HAYMON taschenbuch 273

AF203732

Auflage:
6   5   4
2024

HAYMON tb **273**

Taschenbuchausgabe
© Haymon Taschenbuch, Innsbruck-Wien 2019
www.haymonverlag.at

Die Originalausgabe erschien 2007 in der Leykam Buchverlagsgesellschaft
m.b.H. Nfg. & CoKG, Graz

ISBN 978-3-7099-7921-1

Buchinnengestaltung nach Entwürfen von himmel. Studio für
Design und Kommunikation, Innsbruck/Scheffau – www.himmel.co.at
Umschlag: Eisele Grafik · Design, München, unter Verwendung von
folgenden Bildelementen: bigstock.com/Ryzhkov Photography (Tafel);
iStock.com/stevanovicigor (Strichmännchen)
Satz: Da-TeX Gerd Blumenstein, Leipzig
Autorenfoto: Simone Heher-Raab

Gedruckt auf umweltfreundlichem,
chlor- und säurefrei gebleichtem Papier.

Thomas Raab

Der Metzger muss nachsitzen

Kriminalroman

Thomas Raab

Der Metzger muss nachsitzen

Die Auftriebskraft der Wahrheit ist größer als die Gewichtskraft der Lüge

1

Da ist es wieder! Der Metzger schleicht durch den Park, behäbig und müde. Beinah selbstständig schleppen ihn die alten Schweinslederschuhe seines Vaters den Weg entlang, von der Werkstätte nach Hause. So wie an jedem Abend.

In letzter Zeit kommt es immer öfter. Tief in seinem Inneren beginnt es, kurz und rhythmisch. Das Unberechenbare daran ist ihm etwas suspekt, und Launenhaftigkeit verunsichert den Metzger ja grundsätzlich ein wenig – vor allem die eigene, da ist es mit dem Davonlaufen nämlich vorbei. Und gerade das Davonlaufen, wenn auch deutlich sichtbar nicht im sportlichen Sinn, war für den Metzger bis jetzt eine durchaus vertraute Überlebensstrategie! Kein Wunder also, wenn ihm bei solchen spontanen inneren Wallungen ein wenig anders wird. Dabei weiß er ja noch gar nicht, das Anderswerden wird demnächst, zumindest was sein eigenes Dasein betrifft, brandrodungsartigen Dimensionen gleichkommen.

Unkontrollierbar und begleitet von einem mulmigen Gefühl in der Magengegend zieht es aus seinem Inneren über verborgene Bahnen bis hinauf ins Gesicht. Und genau dort heftet es sich wie ein Parasit, wie ein nervöses Notsignal, an den rechten Mundwinkel und zuckt boshaft vor sich hin.

Welche verschlüsselte Botschaft sich da an der Oberfläche seiner Visage um Aufmerksamkeit bemüht, weiß der Metzger bis heute nicht. Was er jedoch weiß, ist, und das beruhigt ihn keineswegs, dass ungebetene Gäste genauso schwer loszuwerden sind wie Kakerlaken, Schimmelpilze oder eine miese Regierung – im Grunde alles das Gleiche.

So schleicht er also schwerfällig seinen Heimweg entlang, der Metzger, gedankenverloren und minimalistisch vibrierend, bis der rechte Schweinslederne ein eigenständiges Päuschen einlegt. Sein lascher Körper gehorcht der Schwerkraft und fällt, nun schon viel deutlicher zuckend, in die Waagrechte, unsanft aufgefangen von dem Schotterweg, der durch die Hundewiese seines Bezirkes führt.

Da liegt er, Willibald Adrian Metzger, und er ist der Typ, der hinfallen muss, damit eine Veränderung in sein Leben tritt! Hätte er allerdings geahnt, wer da seinem gewohnten Trott ein Bein stellt, er wäre morgens aus seinem antiken Bettgestell erst gar nicht herausgekrochen.

Ein wenig dauert es, bis die Botschaft von Metzgers rotweingeschwängertem Körper über die angeheiterten Nervenbahnen das Hirn erreicht! Dann setzt er sich auf und folgt mit seiner Hand dem Ruf des Schmerzes, der erbarmungslos in seinem rechten Schweinsledernen pocht. Der Metzger streicht sich über den Fuß, ein wenig verdattert, warum sich das ansonsten glatte Leder so rau anfühlt, schon ein wenig mehr verwundert, warum sein Fuß eine so seltsame Stellung eingenommen hat, und schweißtreibend verängstigt, warum er eigentlich gar nichts spürt. Er reißt an der Ferse, und mit einem dumpfen Plopp hält er den Schuh in der Hand. Nicht seinen Schweinsledernen, sondern einen braunen rauledernen Schlüpfer!

Behutsam mustert er dieses ausgetretene Stück, das aufgrund seiner Beschaffenheit mehr über seinen Besitzer erzählt, als dem Träger wahrscheinlich lieb ist, und da trifft der Schuh nun genau auf den Richtigen.

Denn das kann er, der Metzger! Dinge mustern. Und Geduld hat er auch, die braucht er in seinem Beruf. Er hört noch heute seinen Vater: „Blöder Bub, lern was G'scheites! Wennst basteln willst, dann werd von mir aus Volksschullehrer, übrigens der einzig männliche in der ganzen Stadt. Aber altes ruiniertes Klumpert sammeln und wieder zusammenpicken! Bist ja kein Sandler!"

Sandler ist er keiner geworden, der Metzger, aber Restaurator. Was soll aus einem Kind, das mit einer Pinzette die eingerollten Borsten seiner Zahnbürste entfernt, sorgfältig glättet und behutsam wieder einzieht, schon anderes werden? Eventuell Chirurg oder Gebrauchtwagenhändler. Dem Willibald hat es halt nur immer schon ein wenig gegraust, wenn es um schmierige Geschäfte ging.

Nichts konnte er wegschmeißen, für ihn hatten die Dinge alle eine Seele. Und alle hatten sie einen Namen. Er war ein sonderbarer Junge, der Willibald Adrian, und „sonderbar" ist ein denkbar ungünstiges Attribut im begrenzten Universum heranwachsender Knaben. Versteht sich also von selbst, dass Metzgers bester Freund ein kleiner grüner Stein war, der ihm an der Hauswand gegenüber des Elternhauses schicksalhaft in die offene Hand gefallen ist, herausgedreht aus einem Kaugummiautomaten, und versteht sich auch von selbst, dass der Metzger in der Schule immer nur „der Metzger" war! Während die Vornamen Willibald oder Adrian bei anderen schon reichen, um in der Schülerliga der Fußabstreifer ganz vorne eingereiht zu werden, war der Metzger auch noch mit dem „Metzger" gesegnet. Da fällt die Wahl des Siegers dann nicht schwer! Und weil die besonders intelligenten Mitschüler bei Metzger immer gleich auf Fleischhauer gekommen sind, haben diese dann begonnen, das Ganze wörtlich zu nehmen, Metzgers Fleisch regelmäßig verhaut und diese Zuwendung liebevoll als „Schnitzel klopfen" bezeichnet. Mindestens einmal die Woche hat er also seine Abreibung bekommen, der Metzger. Genau da, wo er auch jetzt gerade liegt, mit dem Rauledernen in der Hand, auf der Hundstrümmerlwiese, direkt vor seinem ehemaligen Gymnasium.

Langsam begreift er, dass das nicht sein Schuh sein kann, sucht den dazugehörigen Fuß, folgt aufmerksam der blauen Socke, der Bundfalte der Schnürlsamthose, dann biegt er den Busch zur Seite, und schaut ihm mitten ins Gesicht – dem Dobermann!

2

Felix Dobermann, er erkennt ihn sofort an seinem weintraubengroßen Muttermal – nicht wie die kernlosen Trauben, sondern die fetten blauen – direkt unter dem rechten Auge. Eigentlich hat er sich überhaupt nicht verändert, seit er ihn zum letzten Mal gesehen hat, da ist nur der Metzger gelegen und der Dobermann über ihm, fast an der gleichen Stelle: „No, Fleischhauer, jetzt schaust aus wie a Schweinsroulade!" Dann haben sie sich aus den Augen verloren, weil der Dobermann am nächsten Tag einfach nicht mehr in der Bankreihe vor ihm gesessen ist. Und weil im Grunde die Einzigen, die mit dem Metzger in der Schule geredet haben, die Lehrer waren, hat er nie erfahren, was passiert ist. Ehrlich gesagt hat ihn das auch gar nicht interessiert, Hauptsache, der Dobermann war weg.

Jetzt hat der Metzger natürlich schon immer gewusst, dass unaufgearbeitete Geschichte irgendwann wieder, überheblich grinsend, mit Ellbogen aus dem Fahrerfenster und verspiegelter Sonnenbrille, auf der Überholspur von hinten daherkommt. Dass das jetzt aber nicht nur im globalen Sinn gilt, sondern auch auf ihn persönlich zutrifft, hätte er sich nicht gedacht. So hinterfotzig kann das Leben sein, weil unangenehm ist das schon, am Heimweg über einen alten Schulkameraden zu stolpern, dem man eigentlich immer aus dem Weg gegangen ist!

Wie gesagt, er hat sich also nicht verändert, der Dobermann, bis auf den überdimensionalen Zahnstocher, der aus seinem linken Aug herausragt. Nachbildung, Epoche spätes 18. Jahrhundert schätzt der Metzger, ein sich zuspitzender feiner Stab aus dunkel lackiertem Eichenholz, auf der einen Seite endend in einem edlen

Messingknauf mit den eingravierten geschwungenen Buchstaben K. Z., auf der anderen Seite, wahrscheinlich nadelspitz, endend im Aug vom Felix Dobermann! Man darf es dem Willibald nicht übel nehmen, dass ihn in diesem Augenblick der Stab ein wenig mehr fasziniert als der durchbohrte Schädel, aber erstens, Berufung ist Berufung, und zweitens, er hat ihn schon mal gesehen, den Zahnstocher! Der Metzger muss wieder ein wenig schmunzeln, weil das „Aus-dem-Aug-Verlieren!" nun auch irgendwie auf den Dobermann zutrifft, und die beiden am Ende doch was verbindet. Das Schmunzeln bleibt aber nur ein sehr kurzweiliges Vergnügen, denn wenn der Metzger einmal was gesehen hat, dann weiß er meistens auch wo!

Ein bisserl groß ist es aber schon, das Loch im Aug vom Dobermann, denkt sich der Metzger noch, vor allem in Anbetracht der edlen Schnitzerei, die zwar tief in den Schädelknochen eingedrungen, jedoch weit davon entfernt ist, die neu entstandene Augenhöhle zur Gänze auszufüllen. Da muss schon jemand ordentlich herumgerührt haben, ähnlich der schmerzhaften Kombination Fahrschüler, Schalthebel und Rückwärtsgang. Außerdem hat der Dobermann den anderen Schuh schon irgendwo vorher verloren, sinniert der Metzger beim Betrachten des Gesamtkunstwerkes, armselig liegt er jetzt da, in Socken Richtung Himmelstür, dass er sich da nicht die Füß verbrennt, so nah, wie der an der Hölle vorbei muss!

Der Metzger ist im Grunde kein nachtragender Mensch, wenn er was findet, von dem er weiß, wem es gehört, kann es zwar passieren, dass er es dem, der es verloren hat, schon mal nachträgt, aber das betrifft eher Sachgegenstände. Wenn aber Worte verloren wurden, und das kam häufig vor, die dem Metzger zwar nicht gehörten, aber für ihn gedacht waren, und er sie zwar gefunden hat, aber meistens verletzend, dann war er nicht nachtragend.

Dem Metzger war es nämlich lieber, sie nicht zu lange mit sich herumzuschleppen – sie wurden ihm dann zu schwer.

Der Dobermann aber, der hat ihn nicht nur beschimpft und geprügelt, sondern auch bestohlen, und da ist es aus mit seiner Nachsicht, und da stört es den Metzger dann auch gar nicht, wenn der jetzt in Socken an der Hölle vorbei muss. Gestohlen hat ihm der Dobermann sein Notizbuch, und zwar nicht irgendeine Ansammlung billiger Schmierzettel, sondern eine alte lederne Mappe, gefüllt mit ebenso altem geprägten Papier, geschenkt bekommen von einer Fleisch gewordenen Madonna, zur Aufzeichnung gefundener Gegenstände, das trägt er ihm heute noch nach – weil es ihm der Dobermann eben nicht nachgetragen hat, obwohl es ihm gehört hat.

Gehört hat der Metzger dann, wenige Tage bevor der Dobermann verschwunden ist, wie der Mario Sedlatschek, Dobermanns treuester Adjutant, vom Schulhof aus seinen Namen gerufen hat. Erstaunt über die außergewöhnliche Zuwendung hat dann der Metzger aus dem Fenster geschaut, der Dobermann hat ihm gewunken, ein Streichholz angezündet, ein wenig verschmitzt gelächelt, das Notizbuch in Flammen gesetzt und langsam in den Blechmistkübel zwischen seinen Füßen fallen lassen. Undenkbar, dass der Willibald in der Schule geweint hätte, nur dieses eine Mal hat er es gerade noch auf die Burschentoilette geschafft.

So viel entbehrliche Erinnerungen, der Metzger sitzt immer noch am Schotterweg neben seinem ehemaligen Gymnasium, froh, dass er den Rotwein schon vorher getrunken hat! Nachdem er festgestellt hat, dass seine Beine so weit funktionstüchtig sind, um ihn zur nächsten Polizeistation zu tragen, macht er sich auf den Weg. Plötzlich irgendwie sehr wach und beschwingt. Er sollte es genießen.

Die Wachstube gleicht einer Selchkammer, schwere Nikotinwolken verbreiten ihren bläulich grauen Schimmer, während Willibald Adrian Metzger, schwer allergisch auf Rauch, langsam den Weg durch den Nebel sucht. So eine Rauchallergie kann einem sensiblen Wesen schon ziemlich zusetzen, bei Metzger mit Übelkeit, Aggression, Klaustrophobie und ein paar Sprachstörungen auf Grund der Atemnot. So landet er, nun wieder genauso träge wie noch am ursprünglichen Nachhauseweg, vor dem Tisch des Dienst habenden Kommissars.

„Na, du hast dich verändert, man könnte glauben, du bist dein eigener Großvater!" Zuerst denkt der Metzger, sein Gegenüber telefoniert, bis er auf den durchdringenden Blick, der ihn aus Adlersaugen hinter einer dicken Hornbrille mustert, stößt.

„25 Jahre kein einziger Schulkollege und dann innerhalb einer Stunde gleich zwei!", lispelt der beinah erstickende Willibald Adrian, holt tief Luft und setzt fort:

„Pospischill, bist also Polizist geworden!"

Gedacht hat er sich auch noch: Warst ja schon in der Schule so ein Gerechtigkeitsfanatiker, dass du dir aus der Klassenkassa für deinen Job als Klassensprecher immer selbst einen Gehalt ausgezahlt hast!

Irgendwie sind Rauchallergie und Pospischill nicht gerade die ideale Paarung, und mehr hat der Metzger jetzt nicht gebraucht, als die Geschichte vom Dobermann zu erzählen. Und weil Raucher zwar den Rauch nicht mehr riechen, aber eben nur den Rauch, kann der

Pospischill natürlich problemlos die schwere Rotwein-fahne wittern, die der Metzger da angeschleppt hat.

Und so schnell kann der Metzger dann gar nicht schauen, sitzt er auch schon im Streifenwagen und ist wieder auf der Hundstrümmerlwiese mit einem sehr sarkastischen Pospischill, zwei amüsierten Polizisten und ohne Dobermann, weil da liegt nicht einmal mehr der Raulederschlüpfer!

Ist der Dobermann also schon wieder verschwunden, und der Metzger weiß nicht warum.

„Weißt, Metzger, irgendwie freut's mich ja, dass du mich besuchen gekommen bist, aber wir haben weiß Gott Wichtigeres zu tun, als einen Besoffenen durch die Gegend zu fahren. Geh heim und komm morgen vorbei auf einen Kaffee, nimmst ein Klassenfoto mit, und wir reden über die schönen alten Zeiten, da hast du mein Visitenkarterl, falls dir am Heimweg noch eine Leich über den Weg läuft!"

Und weg ist er, der Pospischill. Von wegen schöne alte Zeiten, aber das mit dem Klassenfoto ist keine schlechte Idee, denkt sich der Metzger, und dass ein Restaurator auch ein ordnungsliebender Mensch ist, versteht sich von selbst. Und Ordnung ist ja bekanntlich Ansichtssache. Was da in eine 60-Quadratmeter-Wohnung alles hineinpasst, wenn das geeignete Inventarisierungssystem gefunden wird, grenzt an ein Wunder. Ebenso grenzt es an ein Wunder, dass der Metzger all diese Schuhschachteln besitzt, wo er doch im Grunde nur ein Paar ordentliche Schuhe hat, nämlich die Schweinsledernen seines Vaters. Wie gesagt, er kann halt nichts wegschmeißen, und zuschauen, wie andere was wegschmeißen, das kann er auch nicht, schon gar nicht Schuhschachteln. Sie sind die beständigen Hüter seiner Heiligtümer, seiner „Vielleicht-brauch-ich-das-doch-noch-irgendwann" und seiner kleinen Geheimnisse.

Irgendwie hat er als Kind den Glauben entwickelt, dass in den Kartonquadern der Himmel drinnen steckt, reiner Selbstschutz. Was bleibt so einem kleinen Jungen denn auch anderes übrig, wenn er einen ganzen Abend lang Maikäfer fängt, in eine Schuhschachtel bettet, auf Gras, Blättern und ausgewählten Wiesenblumen, dankbar neben sein Bettchen stellt, endlich Freunde, und am nächsten Morgen sind sie alle mausetot? Und Willibald Adrian Metzger, von den Eltern liebevoll Wolferl gerufen, weil diese ja die originelle Idee hatten, die Initialen seines Namens auf W. A. M. hinzuphantasieren, wäre es schon damals nie in den Sinn gekommen, die schöne Schuhschachtel der einst funkelnagelneuen Schweinsledernen seines Vaters zum Zwecke der Herstellung von Luftlöchern zu durchstoßen. Er hat sie übrigens heute noch, diese Schachtel, gefüllt mit den Gedenkbildern diverser Verstorbener und verbunden mit einer kindlichen Ahnung von der Ewigkeit – wenn auch aus Pappe.

Metzger setzt also seinen Heimweg fort, ein wenig berauscht, nicht vom Rotwein, sondern vom inzwischen wieder deutlich spürbaren Schmerz aus seinem rechten Schuh, und greift in Gedanken bereits in den richtigen Karton, Klassenfotos hat er natürlich alle noch.

Er schleppt sich durchs feuchte Stiegenhaus die Treppe hoch, hinauf in seine Altbau-Mansardenwohnung, schnappt sich die Reklamesackerln, die an seiner Tür hängen, wundert sich noch, dass es diesmal offensichtlich wirklich viel zu bewerben gibt, zieht mit schmerzverzerrtem Gesicht seine Schuhe aus, holt sich die entsprechende Schuhschachtel, die offene Flasche Rotwein, die grundsätzlich auf seinem Biedermeier-Vorzimmertischchen steht, und lässt sich in sein Chesterfield-Dreiersofa fallen, samt dem 2003er Blaufränkischen, der Schuhschachtel und den Reklamesackerln.

Da lachen sie ihm alle entgegen, denkwürdig verewigt auf Zelluloid, die Idioten aus der 8B, der Friedberg, der Deutner, der Seidlinger, der Pospischill, der Dobermann und wie sie sonst noch alle heißen. In Schwarz-Weiß, entsprechend ihrem damaligen geistigen Horizont. Der Einzige, der nicht lacht, ist der Metzger. Keinen hat er nach der Matura jemals wieder gesehen, bis zum heutigen Tag! Und links außen der Klassenvorstand, Professor Zwirnhofer, Konrad Zwirnhofer, kurz genannt der Henker, noch kürzer K. Z.! Mathematik und Physik! Da war es mucksmäuschenstill, und die Tür zum Gang war sperrangelweit offen die ganze Stunde, damit die Kälte und die Angst aus dem Klassenraum auf die ganze Schule abstrahlte, und jeder, der vorbeiging, zu sehen und zu spüren bekam, was Disziplin bedeutet. Vielleicht war es aber auch das Unberechenbare an Zwirnhofers Erscheinung, das zu dieser atemlosen Stille beigetragen hat. Eine hakenförmige Nase in einem dürren Gesicht, astförmige Arme und knöcherne Hände, die sich verlängerten, je nachdem auf welcher Seite Konrad Zwirnhofer den dunkel lackierten Eichenzahnstocher – kurz K. Z.s Zeigestab! – gehalten hat. Und wenn der auf den Tisch gedonnert ist, war es, als bräche das knöcherne Gerüst dahinter in sämtliche Einzelteile auseinander, nur hat der Henker das Beben seines unterernährten Körpers mit den Augen aufgefangen und seinem Gegenüber einen so durchdringenden Blick zugespielt, dass die in den Augen gebündelte Schwingung seiner Wut selbst den Hartgesottensten der 8B-Schwachköpfe erzittern hat lassen.

Der Metzger mochte den Henker, einerseits aus Dankbarkeit, weil er die anderen auch ein wenig das Fürchten gelehrt hat, und es folglich die ganze Stunde erholsam ruhig war, und andererseits, weil er sich irgendwie mit ihm verbunden fühlte. Beide waren sie Außenseiter, der Henker und der Metzger. Nur war halt der Metzger in der denkbar schlechteren Position.

Während er also auf seinem Sofa liegt, die Fotos studiert und die Rotweinflasche leert, beginnt die Müdigkeit in gewohnter Weise ihren Liebkosungsakt, umschlingt Metzgers lädierten Körper und rollt ihn in die vertraute Embryostellung, weich und heimelig grunzt er zufrieden den feinen Grat zwischen Wachheit und Dämmerzustand entlang, rollt sich ein wenig herum, sucht die Position, die ihn in den Schlaf entlässt. Die leere Flasche rutscht aus seiner Hand, und der Metzger wird anstatt ruhiger immer unrunder. Irgendetwas versucht seine vertraute Chesterfieldsofa-Schlafstellung zu stören! Er setzt sich auf und greift um sich. Die Reklamesackerln!

Eine leichte Wut breitet sich in Metzgers eher friedlichem Gemüt aus. Kein Tag vergeht, an dem nicht irgendwer das zwingende Bedürfnis verspürt, in aller Öffentlichkeit auf gedrucktem Hochglanzpapier seinen Schrott anzupreisen. Und, das empfindet der Metzger als absolute Demütigung des menschlichen Intellekts, auch noch die Frechheit besitzt, für diese Produkte, mit der erwiesenen Überlebensdauer weniger Verwendungen, offiziell Geld zu verlangen. Das Erschütternde dieser Entwürdigung ist nun aber vielmehr, dass das menschliche Hirn beim Reizwort „verbilligt" offensichtlich schwerer Hypnose zum Opfer fällt und dem restlichen Körper befiehlt, scharenweise Schnäppchen nach Hause zu karren, diese dann meist originalverpackt wie eine Familienzusammenführung der unnötigen Art zu diversen Artgenossen dazuzustapeln und mit dem stolzen Gefühl weiterzuleben, sich wieder einmal etwas erspart zu haben. So bleibt der Ramsch ein Schatz, denn wie um alles in der Welt soll der Jäger in den Genuss der Ungenießbarkeit seiner Beute kommen, wenn er sie gar nicht kostet? Hoch leben die Originalverpackungen in unseren Kellerabteilen. Kein Wunder also, wenn der Metzger die Theorie vertritt, die Kellerabteile werden der Menschheit von jenen Firmen zur Verfügung gestellt, ja sogar von diesen Firmen errichtet, die ihre

Reklamesackerln an unsere Türklinken hängen lassen. Keller sind die Gefängnisse unseres Intellekts. Willibald Adrian Metzger hat keinen Keller.

Verärgert schmeißt er die sinnlose Vergeudung von Papier ins Wohnzimmerinnere und wird vom klirrenden Aufprall zurück in den Wachzustand gerissen. Willibald Adrian Metzger wundert sich noch, wie ein Reklamesackerl so ein Gewicht zusammenbringt, betrachtet die Scherben der Messingstehlampe und traut seinen Augen nicht. Da ist er wieder, beinah arrogant schaut er heraus aus einem uralten Plastikbeutel mit der Aufschrift „Cohiba", der Raulederne vom Dobermann!

4

Schwer war die Leiche vom Felix Dobermann. Allein ist es nicht so leicht, eine zwar abgemagerte, aber trotzdem ausgewachsene Person durch die Gegend zu schleppen. Vor allem so, dass niemand etwas bemerkt. Alles war gut vorbereitet, jeder Handgriff war geplant und wurde nun von ihm den Anweisungen gemäß in die Wege geleitet. Der Gedanke, all das zu tun, wäre ihm nie in den Sinn gekommen. Für ihn war jedoch sofort klar, dass ihm die Durchführung keine Probleme bereiten würde. Eine gewisse Hartherzigkeit gegenüber den Dingen, die getan werden müssen, hatte er im Laufe seines Lebens schon entwickelt. Es blieb ihm auch gar nichts anderes übrig.

Zum ersten Mal geht es diesmal aber nun auch ein wenig um ihn. Je länger er mit der Angelegenheit beschäftigt ist, desto distanzierter kann er all die notwendigen Schritte setzen, obwohl er selbst betroffen ist, und irgendwie verliert er immer mehr die Angst vor dem letzten Schritt – wenn es dazu überhaupt kommen sollte.

So oder so, es ist immer dasselbe. Schon die Vorstellung, sich einsam im Wald verirren zu können, löst im Vorfeld Panik aus. Andererseits dann aber wirklich plötzlich alleine im Wald zu stehen und nicht mehr weiterzuwissen – da werden Geist und Körper auf nie gekannte Weise handlungsfähig. So geht es ihm jetzt. Er ist hellwach, unterwegs auf der letzten Reise seines Lebens und dabei völlig gelassen.

Es war ihm schon klar, dass, nachdem der Metzger verschwunden war, niemand an der Stelle vorbeikommen würde, so wie in den letzten Wochen auch. Sehr lange ist der Weg beobachtet worden. Der Weg, den der Metzger von der Werkstatt nach Hause nimmt. Niemals war die Route anders, das wurde ihm versichert. Wahrscheinlich geht er sogar dieselbe Schrittanzahl, dachte er sich noch, wie er den Restaurator in dieser versunkenen Haltung in monotonem Tempo und vor allem zur angekündigten Zeit daherkommen sah. Und es war ein Wink des Schicksals, dass dieser Weg direkt an der Schule vorbeiführt, denn sonst wäre es nie so weit gekommen.

Er war also völlig sicher, dass alles klappen würde, trotzdem erwies es sich als äußerst vorteilhaft, dass er seinen kleinen Rollwagen dabei hatte, um die Leiche relativ rasch die paar Meter zum Auto transportieren zu können. Seine einzige Sorge war, dass der abends immer leicht betrunkene Metzger um Hilfe schreien könnte, bevor er die Polizei holen würde, dann wäre der Plan ein anderer gewesen, auch dafür war im Vorfeld gesorgt worden. Aber der Metzger hat sich genau so verhalten wie erhofft, er ist still davongegangen und dann wiedergekommen, mit der Polizei. Alles ist nach Plan gelaufen. Er konnte dann beruhigt mit der Leiche des Felix Dobermann davonfahren.

Jetzt ist es geschafft. Zumindest der erste Schritt. Zärtlich streicht er über die Wangen des inzwischen ausgebluteten Felix. Das eine Auge ist längst verschlossen, anstelle des anderen würde immer diese entsetzliche Lücke bleiben, hätte er nicht die Augenklappe besorgt. Behutsam streift er das schwarze weiche Leder so über die tiefe Grube, dass eine kleine Ebene entsteht, die nichts mehr von dem Darunter erahnen lässt. Den besten Anzug hat er dem Felix angezogen, damit er ordentlich aussieht, wie ein Ehrenmann eben. Fein säuberlich kämmt er ihm die Haare, so wie es der Dobermann immer selbst gemacht hat, als er noch konnte. Der schiefe Mund hat sich nun wieder entkrampft, und der Felix liegt da, als wäre er nie gelähmt gewesen, als hätte er bis zuletzt lachen können.

Was ist das da draußen bloß für eine Welt? Was ist ein Menschenleben wert? Die Liebe, die die beiden verbunden hat, wird keiner verstehen. Aber das müssen sie auch nicht, das gehört nun nur noch ihm allein.

5

Nachdem der Metzger auf seinem Chesterfieldsofa den Schuh samt Sackerl gefunden hatte, ist er dann einfach eingeschlafen, wahrscheinlich ein wenig beruhigt, weil er doch nicht ganz meschugge ist, denn dass eine Leiche verschwindet, einfach so, das gibt's nicht! Jetzt weiß er wenigstens, dass sich der Dobermann wirklich zu einem Kurzaufenthalt auf der Hundstrümmerlwiese eingefunden hatte. Wollte vielleicht auch einmal wissen, wie das so ist. Er hätte sich aber zu diesem Zweck nicht gerade umbringen und ablegen lassen müssen, ein Anruf bei Willibald Adrian wäre informativ genug gewesen, weil oft genug konnte der Metzger, dank Dobermann, zu Schulzeiten den Hundstrümmerln auf gleicher Augenhöhe gegenübertreten oder besser gegenüberliegen! Jetzt liegt der Metzger auf jeden Fall erleichtert auf seinem Sofa und fällt dankbar der gewohnten embryonalen Schlafstellung zum Opfer.

Geträumt hat er nichts, so wie immer, aber beim Aufwachen denkt er, sein schmerzender Fuß ist im Begriff abzufaulen, so stinkt es im ungelüfteten Wohnzimmer. Und von Beruhigung keine Spur mehr, denn der Schuh liegt immer noch da, selbstsicher und sehr naturverbunden. Weil bei distanzierter Betrachtung bemerkt der Metzger relativ rasch, dass das Braun des Rauleders am Rand eine deutlich andere Bräunung aufweist. Genauer muss er die Schattierung gar nicht weiter mustern, um herauszufinden, dass mit dem Schuh auch ein wenig was von der Hundstrümmerlwiese auf seinem alten Perser gelandet ist.

Der Metzger beginnt nun, den Schuh genauer unter die Lupe zu nehmen. Hundekot am Raulederrand, das wird der Dobermann wohl nicht selber fabriziert haben, auch wenn er Dobermann heißt, Willibald muss ein wenig lächeln über seinen Wortwitz, und das bedeutet, der Dobermann wurde durch die Wiese gezogen. Vorsichtig dreht er den Schuh um und sieht auf der Schuhsohle, einsam im Profil eingeklemmt, ein winziges Papierkügelchen. Er holt einen Zahnstocher, rollt das Papier auseinander und erstarrt: „Cognosce me!" Während heutige Lateinmaturanten mit diesem Sätzchen wohl ihre liebe Mühe hätten, wäre das im Jahre 1980 für den Absolventen eines humanistischen Gymnasiums kein Problem gewesen. Und da, wie wir an unseren Eltern und Großeltern schmerzhaft feststellen dürfen, noch selbst die Wissensreste ihrer Schulbildung unser gegenwärtiges Niveau bei weitem übertreffen, hat dieses Sätzchen dem Metzger selbst nach 25 Jahren keine Schwierigkeiten bereitet:

„Erkenne mich!"

Dem Metzger wird plötzlich etwas schaurig zumute! Erstens hat da jemand gewusst, dass er jeden Abend den gleichen Heimweg nimmt, so viel zu den Schattenseiten von Routine, zweitens war das „jenseitige" Fortbewegungsmittel vom Dobermann zweifelsohne ein Mensch, und zwar wahrscheinlich derselbe, der seine Gewohnheiten kennt, und drittens wurde der Dobermann offensichtlich dort hintransportiert, um vom Metzger gefunden zu werden. Willibalds Hirn überschlägt sich. Er kann sich der Vielzahl der Fragen gar nicht erwehren und schon gar nicht gegen die aufkeimende Gewissheit, dass er sich nun dem Restmüll seines eigenen Lebens widmen muss, mit dem Alten beschäftigen, also Selbstrestauration.

Warum verschwindet die Leiche wieder, wenn er sie doch schon gefunden hat? Ist das der Tick des Dobermann? Wie kann eine Leiche verschwinden, davongelaufen wird sie ja nicht sein? Warum soll nun die Leiche von derselben Person noch einmal gefunden werden? Abgesehen davon, dass es dem Metzger bis gestern niemals in den Sinn gekommen wäre, den seit kurz vor der Matura aus seinem Leben verschwundenen Dobermann zu suchen.

Dem Metzger wird schlagartig bewusst, dass das ganze Schauspiel mit seinem Sturz und dem folgenden intimen Klassentreffen einen Zuschauer gehabt haben muss, nämlich den Dobermannverschlepper, den Mörder.

In Anbetracht der Hitzewallung und der ersten leichten Angstzustände sieht der Metzger in einer eiskalten Dusche die Rettung zurück zur temperierten Stimmung. Wahrlich bedrohlich muss sein Schrei sein, als der Wasserstrahl seinen leicht schwammigen Körper mit Temperaturen konfrontiert, die den Nervenzellen seiner Haut bisher noch unbekannt waren. Reiner Gewöhnungseffekt, leider, denn wenn der Metzger dann einige Zeit später durchs dünne Eis des Baggerteiches brechen wird, hätte er gern genauso geschrien.

Auf jeden Fall hat dieser Schrei den Willibald wach gerüttelt und offensichtlich auch noch andere. Laut pocht es an seiner Tür!

„Na, jetzt hab ich mir aber schon Sorgen gemacht, bist offensichtlich entweder schwer aggressiv ohne Alkohol, oder du hast dich gerade zum ersten Mal im Spiegel gesehn, armer Bub!"

Vor der Tür steht der Pospischill, Inspektor Eduard Pospischill, freundlich grinsend und mit einer Thermoskanne in der Hand.

„Weißt, Metzger, irgendwie hast mir gestern wirklich leidgetan, wie du so verlassen und vom eigenen Rausch ein wenig über den Tisch gezogen auf der Hundstrümmerlwiese gestanden bist, ohne Leiche, aber wahrscheinlich genauso blass wie der Dobermann in deiner Halluzination. Komm, wir trinken jetzt gemeinsam einen Kaffee, hab ich selber gemacht, wird dich sicher aufwecken, hat noch jeden aufgeweckt, und dann erzählst du mir statt deinen komischen Phantastereien, was du so getrieben hast das letzte Jahrhundert. Zieh dir mal was an, weil du in einem Handtuch, am Morgen auf nüchternen Magen, da gehört schon sehr viel Liebe dazu."

Der sehr verdatterte Metzger schmeißt sich in seine Alltagsbekleidung, graue Bundfaltenhose, weißes Hemd, Ärmel nach dem Kauf aufgekrempelt und seither nie wieder in den Urzustand gebracht, weder vor noch nach der Waschmaschine, und holt das Klassenfoto.

„Wenn schon der Kaffee zu mir kommt, samt Inspektor, dann lass mich wenigstens das Klassenfoto beisteuern, tut mir leid wegen letzter Nacht, aber offensichtlich hab ich vorher Wahnvorstellungen bekommen müssen, um ein Wiedersehen mit dir zu verkraften."

Der Pospischill muss herzhaft lachen, und das wundert den Metzger gar nicht, weil lustig war der ja schon immer.

So lustig, dass er der Einzige in der Klasse war, der sich lachen getraut hat, wenn der Zwirnhofer Recht hat walten lassen und die Nieten der Reihe nach intellektuell an die Wand gestellt hat. Eine richtige Freud hat er gehabt, während der Physikstundenwiederholungen vom Zwirnhofer. Und das nur deshalb, weil er im Grunde ein Schmarotzer war, der Pospischill. Ein Schmarotzer am Hirn und an der Füllfeder vom Metzger. Ein geistiges Eierschwammerl neben dem schweigsamen Herrenpilz. Und wer einen Herrenpilz findet, der schaut dann das Eierschwammerl gar nicht mehr an, und so ist der Pospischill zum intellektuellen Windschattenfahrer vom Metzger geworden. Bis zur Matura hat ihn der Metzger mitgeschleppt, und der Pospischill hat ihn dafür wenigstens in Ruhe lassen, mehr aber schon nicht, von Gegenhilfe keine Spur! Egal, vorbei ist vorbei, aber trotzdem wäre es dem Metzger nicht im Traum in den Sinn gekommen, mit dem Pospischill, der fast zwei Jahre in der Schulbank neben ihm gesessen ist, jemals wieder den Tisch zu teilen. Der kahle Edi, so wurde der Kommissar seinerzeit wegen seinem sehr lichten Haar, das inzwischen zu einem Kurzhaarschnitt „letzte Stufe Haarschneider" zusammengeschrumpft ist, genannt, sitzt also nun quietschvergnügt an seinem Küchentischerl, kichernd über das Klassenfoto gebeugt, und versorgt den Metzger mit einem G'schichterl nach dem anderen, ob der nun will oder nicht! Und so schwer es dem Metzger auch fällt, aber mit der Zeit kann er sich das Lachen nicht verkneifen, und irgendwie spürt er da etwas Fremdes am Grund seines schwammigen Bauches. So etwas wie Vertrautheit und einen kleinen Anflug von Geborgenheit tief in seiner gereizten Magenhöhle.

Nach einigen Tassen Pospischill-Kaffee schaut der Eduard dem Willibald Adrian tief in die Augen und sagt: „Alt sind wir auch schon, die Zeit, sie spannt uns vor den Karren und hält uns dort zum Narren, wir ziehen und ziehen ... Und während die Jahre vorbeirasen, steckt der Wagen fest im Dreck!" Jetzt wird dem Metzger ein wenig mulmig, weil wenn ihm schon ein gemeinsames Lachen emotional so zusetzt, was passiert dann erst, wenn es tiefsinnig wird?

„Da schau, der Deutner, was wär aus dem wohl geworden?" Der Pospischill deutet auf das Klassenfoto.

„Wieso wäre?", fragt der Metzger.

„Weißt du das nicht, dem hat der Dobermann die Umwege des Lebens erspart! Direkt in den Himmel! Vier Jahre nachdem der Dobermann plötzlich aus der Schule verschwunden war, hat er den Deutner durch einen Brief in der großen Pause in die Schule gelockt und im Biologiekammerl erstochen. Mitten ins Herz, in der Hand der Leiche ein Brief und rundherum Fußabdrücke. Unser Chemielehrer, der Eder, die Geschichtstante Neubauer und ein paar Schüler haben den Dobermann an diesem Tag in der Schule gesehen. Die Beweislage war erdrückend: Fußspuren überall, die vom Dobermann verfasste schriftliche Einladung in der Hand vom Deutner und kein Alibi. Das hat gereicht, auch wenn der Dobermann das Unschuldslamm gespielt hat, aber du weißt ja, der Dobermann und Unschuldslamm, das ist so wie Amerika und friedliche Absichten!"

„Und wer hat ihn gefunden, den Deutner?"

„Die Klasse, die nach der Pause in den Saal gekommen ist. Einer der ersten Fälle, die ich bei der Kriminalpolizei miterleben durfte. War ein schwerer Brocken, auch wie dann der Dobermann in seiner Wohnung verhaftet wurde, und die 25 Jahre, die sie ihm aufgebrummt haben.

Und dann ist alles rausgekommen, großer Schulskandal, weil alle bis zu diesem Zeitpunkt ja noch immer nicht gewusst haben, warum der Dobermann ein paar Wochen vor der Matura die Schule von heut auf morgen verlassen hat."

Metzgers Anspannung steigert sich zu ihm bisher unbekannten Auswüchsen, er bekommt zittrige Hände, kalter Schweiß drückt ihm die kleinen Hautunreinheiten an die Oberfläche, und ein Herzrasen jagt ihm das Blut durch die Adern, als hätten die Blutkörperchen vor, einen neuen Rundenrekord aufzustellen. Während er das Kaffeehäferl Richtung Lippen führt, betrachtet der Pospischill Metzgers vibrierende Hand inklusive der schwarzen Flüssigkeit und meint: „Na schau, ich hab es dir ja versprochen, mein Kaffee hat noch jeden aufgeweckt!"

„Was ist rausgekommen?", fragt der Metzger.

„Stell dir vor, der Dobermann, das Schwein, hat damals in der Achten versucht, die Praktikantin vom Zwirnhofer im Biokammerl zu vergewaltigen. Und der Deutner, als Biologieordner, hat mitbekommen, dass da im Kammerl was nicht stimmt, hat den Zwirnhofer geholt, natürlich der Professor Eder samt seinem Chemieordner Meixner auch hinterher, und zack. Muss ein Wahnsinn gewesen sein für die Kitzler!"

6

Die KITZLER. Eine Frau, die ein Mann, der auf die für ihn von der Natur vorgesehenen Reizauslöser reagiert, nicht vergisst.

Wie der Zwirnhofer die Unterrichtspraktikantin Kitzler der Klasse vorgestellt hat, waren alle dermaßen paralysiert, dass selbst der Name Kitzler, mit dem ein weiblicher Mensch im Grunde ja nur dann Lehrer an einem reinen Burschengymnasium wird, wenn er völlig meschugge oder krankhaft selbstbewusst ist, nicht einmal das kleinste Lächeln in der 8B hervorgerufen hat.

Alle sind sie dagesessen, Kinnlade am Schreibpult, Finger krampfartig am Sesselrand klammernd und Äuglein leicht angenässt. Alle bis auf eine Ausnahme, den Metzger! Weil der Metzger nur dann auf die für den primitiven Mann vorgesehenen vordergründigen Reize reagiert, wenn diese von üppiger, barocker Statur präsentiert werden.

Es ist natürlich logisch, dass sich diese Welle der Triebhaftigkeit, die den Schülern aus den Augen herausgequollen ist, im ganzen Schulhaus ausgebreitet hat wie eine lodernde Feuersbrunst in trockener Steppe. Und je konservativer die Schule, je verklemmter der äußere Rahmen, desto größer die innere Spannung, desto merkwürdigere Auswüchse zeigt das Balzverhalten der hormongesteuerten Männchen. Und bitte nicht glauben, nur weil wir uns in einem humanistischen Gymnasium befinden, wäre die männliche Lehrerschaft standhaft. Vielleicht im Geiste, aber selbst da bezieht sich diese Standhaftigkeit am wenigsten auf den Kopf.

So waren die Monate der Kitzleranwesenheit geprägt von bizarren Modeerscheinungen, Kopfweh auslösenden Rasierwasserduftcocktails auf den Gängen, etlichen unbeabsichtigten Kollisionsunfällen auf Grund spontaner Koordinierungsdifferenzen in der Bewegungs- und Blickrichtung und etlichen beabsichtigten Kollisionen mit Birgit Kitzler. Sehr zur Freude der weiblichen Kollegenschaft! Da kommt eine überdurchschnittlich perfekt proportionierte, Besorgnis erregend attraktive, unübersehbar große junge Frau ins Konferenzzimmer und fast alle Männer machen ihr den Hof – da gehört nicht viel Phantasie dazu, um sich auszumalen, welche Reaktionen das im weiblichen Lehrkörper hervorgerufen hat. Hass, vom einsamen Schmieden diverser Vernichtungspläne durchwachte Nächte, hysterische Tratscheskapaden, zuerst flüsternd in zurückgezogenen Ecken, später lautstark im Aufenthaltsraum. Das Schulklima war katastrophal: Hitze und Eiszeit nebeneinander!

Und mitten hinein in diese explosive Atmosphäre wird also die Kitzler in der großen Pause, durch das beherzte Eingreifen männlicher Kollegen, dank der Spürnase des so umsichtigen Biologieordners Ferdinand Deutner vor einer Vergewaltigung gerettet.

Die reinste Katastrophe, denkt sich der Metzger. Da passiert eine ohnedies schon höchst unangenehme Angelegenheit, und dann wird einem vom Himmel zur Rettung, zusätzlich zum Deutner, auch noch ein ganz spezielles Trio geschickt! Professor Konrad Zwirnhofer, beinharter Klassenvorstand und Gerechtigkeitsfanatiker, Professor Johann Nepomuk Eder, auch genannt der Maulwurf, und der Meixner. Der Eder war jener Typ Mann, der, versteckt hinter panzerglasdicken Brillengläsern, wortkarg und behäbig durch die Gegend wandelt, dabei völlig unbeachtet bleibt und nur dank seiner lebensbedrohlichen Tollpatschigkeit gelegentlich doch wahrgenommen wird. Die Krönung dieses Trios stellte jedoch der Chemieordner dar! Karl Meixner.

Und ein Ordner, im schulischen Bereich, ist ja keineswegs jemand, der wahrhaftig um jene Ordnung bemüht ist, die den zugeordneten Gegenstand betrifft. Die Ordnung des Ordners liegt rein in der Gehorsamstreue dem eigenen Grundsatz gegenüber, der sogenannten Ordnerstrategie: Ordentlich den Lehrern zuerst entgegen-, dann hinterherhecheln, dabei auffällig bemüht, diverse Unterrichtsmaterialien, Professorentäschchen, -mäntel und -hüte zu tragen, sympathisch zu sein und so gezielt väterliche/mütterliche Instinkte auszulösen, höflich alle Türen auf- und so sich selbst alle Wege offen zu halten. Darum geht es! Um den geheimen Pfad zum Hintereingang des Beurteilungsschaltzentrums eines Lehrers. Denn: Welcher „Herr" gibt schon seinem Ordner schlechte Noten?

Dieses Erfolgsprinzip hat der Meixner, wahrscheinlich aus überirdischem Kalkül, recht geschickt fortgesetzt. Er wurde Ministrant – keine blöde Idee, schließlich weiß man ja nicht, wie der spätere Herr einmal ausschauen wird!

Bei Themen, die mit Sexualität zu tun hatten, waren seine Ansichten so konservativ, der Papst hätte die reinste Freude gehabt, aber wenn es um die Brutalität gegangen ist, die dem Metzger zuteilwurde, war er schön ruhig, der heilige Karl. So heilig war der, ein glänzender Schein hat ihn begleitet. Aber viel weniger ein Heiligenschein als eine gewisse Scheinheiligkeit. Neben seiner Berufung zum göttlichen Hilfsdiener war er nämlich nebenbei auch Jünger des gerade aktuellen Klassengottes, immer dem höchsten Herren hörig, meistens war das der Dobermann. Wenn es drauf ankam, litt die Aufrichtigkeit des Karl Meixner unter akuter Potenzstörung, wahrscheinlich war ihm die Redewendung „jemandem die Stange halten" doch zu anzüglich.

Logisch, dass die Kitzler mehrfach verzweifelt war und auf keinen Fall wollte, dass ihr Malheur in irgendeiner Weise an die Schulöffentlichkeit durchsickerte, man stelle sich vor, was für Schmach, abgesehen davon, dass dann selbst manche Kollegin freudvoll das so beliebte Argument: „Kein Wunder, wenn sich wer so herrichtet!" salonfähig gemacht hätte. Das wollte sich die Kitzler also ersparen.

Fazit: Der Eder hat also im Biokammerl den völlig verzweifelten Vergewaltiger Felix Dobermann bewacht und seinen Chemieordner Karl Meixner zum Schweigen verdonnert. Was kein Problem war, weil der Meixner damals sowieso gerade zur Dobermanngefolgschaft zählte, außerdem sind Ordner in den Augen von Willibald Adrian Metzger nichts anderes als kleine Arschkriecher, die sich durch unnötige Hilfsdienste die Gunst des Fachlehrers erarbeiten. Folglich hätte der Meixner auch als Dobermanngegner den Anweisungen seines Bosses Folge geleistet. So ist also der Chemieordner anstandslos abmarschiert, während die Kitzler im Biologiesaal den Zwirnhofer um Gnade für ihren Ruf anflehte und um ihrer selbst willen Barmherzigkeit für den Dobermann erbat.

Und weil der weiblichen Schönheit die männliche Eigenständigkeit hörig ist, hat der Zwirnhofer dem inzwischen schweigsamen, gebrochenen Dobermann das Angebot unterbreitet: Entweder augenblicklich zu verschwinden und nie wieder, egal in welcher Form, an der Kitzler und vor allem an der Schule anzustreifen oder die Polizei würde den Rest regeln, was so viel wie Anklage wegen Vergewaltigung bedeutete.

In der auf diese denkwürdige große Pause folgenden Stunde, als wieder Stille und Ordnung auf den lärmgeplagten Gängen eingekehrt war, huschte in Unterhose, offenem Hemd und Socken ein Häuflein Elend durch das Schulhaus. Felix Dobermann war daraufhin in der 8B nur mehr ein Gerücht, nur mehr ein leerer Stuhl, sehr zur Freude des damals so gepeinigten Willibald Adrian.

Der Metzger sitzt völlig unbeweglich an seinem Küchentischerl, während die Geschichte aus Pospischills aufgeblähten Backen sprudelt, und denkt sich: Ein Wahnsinn, was dir alles entgeht, wenn du dich aus gesellschaftlichen Angelegenheiten heraushältst!

„Und du hast gar nichts von all dem mitbekommen? Warst ja nach der Matura wie vom Erdboden verschluckt!", hört er den Pospischill.

Die Wirkung des Kaffees ist inzwischen abgeflaut, und sehr ruhig, beinah hypnotisch, stellt der Metzger fest:

„Und vier Jahre später kommt dann der Dobermann, rächt sich genau an der Stelle des Verrates und schickt das Tratschweib Deutner ins Jenseits. Warum bitte erst vier Jahre später, kann Rache so lange warten?"

„Die Vorstellung allein, irgendwann Rache üben zu können, kann so ein erfüllender Lebensinhalt werden, dass Täter nach ihrem Rachefeldzug oft aus lauter Antriebslosigkeit und vor lauter fehlender Lebensmotivation ihrem vereinsamten Dasein selbst ein Ende setzen. Das ist fast ein bisschen so wie bei einem alten Pärchen. Zuerst stirbt er, und kurz danach sie, oder umgekehrt!

Also vier Jahre sind für einen Rächer keine Zeit.

Der Dobermann war zuerst beim Militär und dann mit demselben Verein auf Auslandseinsatz, hat gutes Geld gemacht. Und wie er zurückgekommen ist, wird ihm wahrscheinlich wieder die ganze Geschichte eingefallen sein! Vier Jahre Drill und Killerinstinkt, da sitzt dann halt die Hand ein wenig lockerer!"

„Und dann stellt er sich dabei so blöd an, dass es ein Kinderspiel wird, ihn zu überführen?"

„Richtig, weil der Vifste war er ohnedies nicht, der Dobermann!", meint der Pospischill. „Ich war dabei, wie sie dann den Dreckskerl direkt auf die Anklagebank katapultiert haben, der Dobermann hat sich gewunden wie ein Fisch, aber das Schwergewicht der Beweise hat ihn zum Schweigen gebracht. Verdient ist verdient, trotzdem – er hat es dann schon ziemlich brutal abbekommen, könnte einem beinah ein wenig leidtun. Sie haben ihn frühzeitig entlassen wegen guter Führung. Die betrifft aber eher die Aufseher, weil nach einem Schlaganfall und einem Zwischenaufenthalt in einer Klinik haben dann die Wärter den Dobermann noch ein paar Monate im Gefängnis herumgeführt, im Rollstuhl, querschnittsgelähmt, bis zur frühzeitigen Entlassung."

Jetzt hat der Dobermann dem Metzger fast ein wenig leidgetan, ist schon hart, wenn dir dein Leben so durch die Finger rutscht, und du sitzt dabei hilflos auf vier Gummireifen und kannst nicht einmal mehr um Hilfe schreien, weil der Gehirnschlag hat dem Dobermann nicht nur die Chance genommen davonzulaufen, sondern auch das Sprachzentrum lahm gelegt! Aus dem halbseitig gelähmten Mund vom Dobermann ist kein einziges Wort mehr herausgekommen, nur noch dieses tiefe Seufzen, das verlernt man wahrscheinlich nie!

„Vor der Gefängnistür haben ihn dann zwei ehemalige Mitschüler abgeholt, weil Angehörige hat der Dobermann keine mehr gehabt. Ich weiß das, weil ich war auch dort, war mir irgendwie ein Anliegen. Nämlich der Mario Sedlatschek, sein Adjutant, und der Sebastian Friedberg, der war zufällig sein Arzt auf der Schmidtenhöhe, dem neurologischen Spital, in dem er gelegen ist. Kein Wort haben sie mit mir gesprochen, und kein Wort haben sie mit dem Dobermann gesprochen, und der Dobermann hat ohnedies kein Wort mehr sprechen können, auch wenn er gewollt hätte. Ein richtiger Trauerzug, mir war zum Heulen!"

Irgendwie empfindet der Metzger die ganze Angelegenheit mit dem Dobermann ziemlich bedrückend, Mörder hin oder her! Relativ laut, so wie das halt ist, wenn dich etwas drückt, sagt er noch schnell, während er zielstrebig die Küche verlässt:

„Ich muss aufs Klo!"

Das Klo, zwei Quadratmeter der absoluten Zurückgezogenheit, obwohl dort rein körperlich genau das Gegenteil passiert. Und während wir am stillen Örtchen etwas fallen lassen, fällt auch die Seele ein wenig – nur umgekehrt: Sie fällt nämlich hinauf, richtet sich aus der K.-o.-Lage des Alltags empor, wird unübersehbar, steht vor der eigenen Spiegelwand und dann bleibt sie stehen, die Zeit!

Die Gedanken lösen sich aus der Umlaufbahn der Gewohnheit, und wir phantasieren, kichern, schluchzen, träumen, manche schlafen kurz, manche lösen Kreuzworträtsel, deren Kästchen vor der Toilettentür als verräterische Wissenslücken leer blieben, im Handumdrehen, manche schreiben heimlich SMS und manche denken einfach nichts, konzentriert auf das Wesentliche dieses Daseins, das uns allen erstens tagtäglich und zweitens auch ganz zuletzt bevorsteht – das Loslassen.

Der Metzger ist ein denkender Scheißer. Hier findet er Klarheit, hier kommt er zur Ruhe und trifft Entscheidungen. Er sitzt da und ganz selten kommt es vor, dass sich seine Gesichtszuckungen mit dem Ausscheidungsvorgang paaren – so wie jetzt.

Der Metzger fasst einen folgenschweren Entschluss:

Er muss den Dobermann, oder das, was von ihm übrig ist, suchen gehen.

Und er muss seine Klassenkollegen wiedersehen, weil irgendwie flüstert ihm hier, am stillen Örtchen, sein Instinkt, dass im Kreise dieser zwölf Schüler der 8B, der zwölf Apostel, wie der Johann Lackner, Doppelsitzenbleiber, so humorvoll an die Klassentür geschrieben hatte, ein Judas drinnen sitzt. Oder im Kreis um den dazugehörigen Herrn, also um den Zwirnhofer, etwas faul ist. Und da kommt ihm jetzt der Pospischill, der wirklich glaubt, sein Zusammentreffen mit dem Dobermann war das Phantasieprodukt einer Überdosis Rotwein, sehr gelegen.

„Metzger, geht's dir gut?"

An der Toilettentür hört der Metzger ein zaghaftes Klopfen. „Ja ja, dein Kaffee ist offensichtlich nicht nur ein richtiger Muntermacher, sondern auch ein Abführmittel. Typisch Polizei, immer im Dienst!"

Ein kurzer Druck und die Wochenration Wasser eines Äthiopiers spült das klägliche Ergebnis von Metzgers Denkpause in die Unterwelt.

„Wir sollten ein Klassentreffen machen!", sagt der Metzger recht erholt.

„Da hast du Recht, weil wenn du deinen ehemaligen Schulkameraden schon im Halbrausch über den Weg läufst, wär es doch an der Zeit, sie mal nüchtern anzutreffen und sich mit ihnen zu besaufen!", meint der Pospischill recht amüsiert.

„Und damit auch wirklich die meisten kommen, machen wir das anonym, weil weder du noch ich sind, laut Beliebtheitsskala, die geeigneten Absender. Du und dein Polizeicomputer spucken die Adressen aus, am besten

auch gleich die unserer Klassenlehrer, den Rest über-
nehme ich."

Wie sich der Pospischill freut, endlich sind die Ver-
hältnisse wieder geordnet, der Metzger ist der Chef und
er braucht sich nur anhängen – und der Metzger fühlt
sich wieder ein bisschen besser, fast wie in der Schulbank während einer Schularbeit.

Er ist noch nie in seinem Leben irgendwo unerlaubt mit Gewalt eingedrungen, was jedoch nicht bedeutet, er hätte keine Ahnung, wie Schlösser ohne Schlüssel geöffnet werden können. Bevor er den Betrieb seines Vaters übernehmen musste, eine Arbeit, die ihm im Grunde immer zuwider war, hat er sich mit vielen Jobs gutes Geld verdient. Der mit Abstand lukrativste war die Arbeit beim Aufsperrdienst.

Denn wer dort tätig ist, der ist erstens immer der Held – nie wieder wurde er seither in seinem Leben mit so aufrichtiger Freude erwartet und begrüßt –, der lernt zweitens mit jeder Art Schloss umzugehen und könnte mit diesem Wissen bei Mangelerscheinungen, die moralische Hemmschwelle betreffend, sofort in einer anderen Branche einsteigen, und drittens, und das war der angenehmste Punkt, dem geben Menschen, denen meist zu sehr später Stunde wieder der Eintritt ins eigene Heim ermöglicht wurde, sehr, sehr dankbares Trinkgeld.

Die letzte Nacht hat er sich ein genaues Bild von den Schlössern gemacht, die ihn erwarten werden. Sehr beruhigt war er, denn jeder könnte sie mit nur geringer Kenntnis öffnen. Irgendwie hätte es ihn ja schon das letzte Mal gereizt, nicht nur das Cohiba-Sackerl mit dem Schuh an die Türschnalle zu hängen, sondern auch noch die Wohnung des Willibald Adrian Metzger ein wenig zu inspizieren. Es wurde ihm jedoch extra aufgetragen, alles exakt zu arrangieren. Der Sack müsse an die Tür gehängt werden, nur so habe der Metzger eine Chance, auf die Zusammenhänge zu stoßen.

Hat der Metzger überhaupt eine Chance? Der Restaurator hat als Einziger noch die Möglichkeit, selbst dort, wo alles schon geklärt zu sein scheint, unter die

Staubschicht zu blicken. Was der Metzger dort finden soll, kann er selbst nicht sagen, aber dass es dort etwas zu finden gibt, das weiß er mit absoluter Sicherheit.

Diesmal ist der Auftrag relativ leicht durchführbar. Am Hinweg fühlt er sich wie ein kleines Kind. So unbeschwert und frei. Der Schnee fällt behutsam aus dem grauen Nichts und der Punschstand neben dem Spielplatz taucht die Umgebung in eine feine Note aus Zimt und Orange.

Vorsichtig öffnet er die Schlösser und viel leichter als erwartet ist er am Ziel. Nicht lange hält er sich auf, erfüllt routiniert den Auftrag, trinkt einen Schluck aus der geöffneten Rotweinflasche und macht sich wieder auf den Heimweg. Morgen ist ein neuer Tag, und so leer die Stunden allein auch sind, so groß ist seine Hoffnung, dass er bald nicht mehr allein sein muss.

Nach diesem inhaltlich doch sehr deftigen Frühstück mit Kommissar Pospischill ist der Weg in die Werkstatt eine richtige Erholung. So in Gedanken ist der Metzger, dass ihm zuerst gar nicht auffällt, wie sich der beinah unsichtbare Schnürlregen zaghaft in die ersten Schneeflocken dieses Jahres verwandelt. Wie ihm dann, mit in die Luft emporgerissenen Armen, ein kleines juchzendes Mäderl dermaßen ungestüm in den Bauch rennt, dass der Weg in die Arbeit beinah genauso geendet hätte wie der gestrige Weg von der Arbeit nachhause, nämlich am Schotterweg auf allen Vieren, durchströmt ihn die Freude des Mädchens wie der erste Punsch vom Stand gegenüber seiner Werkstatt.

Der Winter ist seine Zeit. Das Leise und das Langsame!

Leise legen sich die Flocken aufeinander und verwandeln das Grauenhafte der Stadt in eine dicke Daunendecke – und wenn die nicht so kalt wäre, hätte der Metzger wohl kein besseres Platzerl zum Schlafen gewusst als so einen weißen Schneehaufen.

Drum war's ihm seinerzeit auch immer ziemlich egal, wenn er beim ersten Schneefall, wie das Amen im Gebet, nach der Schule unfreiwillig in der Hundstrümmerlwiese gelandet ist und eingerieben wurde wie ein fetter sonnenverbrannter Hausmeister am Strand von Jesolo. Genauso weiß war er zuerst und dann genauso rot! Der Dobermann und der Sedlatschek haben es lustig gefunden, ihm selber war es egal, also war es okay – so Willibalds Logik. Nur wenn in die Hand voll Schnee, die für sein Gesicht gedacht war, gelegentlich ein Hundstrümmerl hineingerutscht ist, hat es der Metzger vielleicht nicht mehr ganz so lustig gefunden!

Leise werden die Schritte, selbst die jener verhinderten Fred Astaires, die aus dem Hinterhalt dank genagelter Absätze ihr Kommen mit einem lauten Klackklackklack ankündigen und dann an uns vorbeizischen, als würde die Welt stillstehen, nur um sie rechtzeitig zu erwarten. Ihr Parkett ist der Asphalt, im Tanzsaal drehen sie ihre Zigarillos. Der Metzger muss lachen, der Winter kastriert sie alle! Die sportlichen Zweisitzer verwandeln die ganze Stadt in eine 30er-Zone, weil Ins-Rutschen-Kommen bei 50 Stundenkilometern ganz schlecht wirkt mit so einem Geschoss, abgesehen davon, dass eine Delle der Entweihung eines heiligen Tempels gleicht. Dick sind sie angezogen unter ihren Faltdächern, und das sommerliche Lächeln weicht einem verbissenen Blick durch die angelaufene Scheibe.

Er lässt sie alle hinter sich mit seiner Jahresnetzkarte für die Öffentlichen, sogar die fetten Mercedes, denen er in einem gelegentlichen Anflug von Mitleid beim Anschieben hilft, wenn die leicht beschneite Fahrbahn ihren Hinterradantrieben ein wenig Philosophieunterricht erteilt. Ist nicht immer gut, wenn das Hirn in der Hinterntasche sitzt, denkt er sich da. Schwerfällig wie trächtige Walrösser schleppen sie sich durch das feine Schneekristall-Meer, meist auch nicht minder aggressiv.

Ja, und langsam wird die Stadt. Ein gemächliches Dahinrollen. Und in der Langsamkeit, in der sogar der Atem sein kleines Wölkchen in Augenhöhe hinterlässt, wird trotz der Schneedecke so manches viel sichtbarer.

Obwohl, die Schneedecke und die Langsamkeit hätte der Metzger jetzt nicht gebraucht, um zu sehen, dass sein Rollladen, den er für gewöhnlich morgens aufsperrt und mit dem vertrauten rhythmischen Rattern die Glastür emporschnellen lässt, schon selbstständig den halben Weg zurückgelegt hat. So verändern sich plötzlich die Dinge! Da braucht es nur eine unerwarte-te Rollladen-Bewegung, und das gotische vertraute Gewölbe, unter dem das Paradies eines Restaurators ruht, wird so unheimlich wie das ewig jugendlich faltenlose Lächeln eines alternden Filmstars.

Die Glastür ist aufgesperrt, das Schloss fachmännisch geknackt, sonst scheint dem Metzger alles völlig unangetastet, die akribische Ordnung, an der so mancher Psychiater seine reinste Freude hätte, unberührt. Alles an seinem Platz, sogar der 2000er Oxhoft vom Braunstein steht nach wie vor am Arbeitstisch.

Der Metzger hat die Angewohnheit, eine Flasche nie ganz auszutrinken, sondern gleich am nächsten Morgen seinen roten Blutkörperchen das letzte Vierterl sozusagen als Morgengabe zu verabreichen. Denn laut Metzger ist Weintrinken wie eine gute Ehe. Wenn die Flasche offen ist, ist jeder gute Schluck ein Geschenk, leer ist sie ohnedies viel zu früh – so viel zur Frage, warum der Metzger immer ledig war, ist und vorhat es auch zu bleiben.

Wein kannst du jeden Tag einen interessanten aufmachen, wenn du aber heute eine interessante Frau kennenlernst und morgen auch – dann hast du ein ernsthaftes Problem – Prost, so einer seiner einsamen Trinksprüche. In Wahrheit wäre der Metzger froh, wenn er nach 25 Jahren wieder einmal eine Frau fürs Leben kennenlernen würde, die sich aufrichtig für ihn interessierte. Dass er seine erste Beziehungserfahrung, die die platonische Ebene nie verlassen hatte, noch aufarbeiten wird können, hat der Metzger bei diesem Trinkspruch ja noch nicht gewusst.

Nun ist der 2000er Oxhoft Cuvée aber leer! Jetzt nimmt der Metzger einmal ausnahmsweise einen der guten

Weine von zuhause in seine Werkstatt mit, und wie es das Schicksal will, verschafft sich jemand genau zu dieser Zeit unerlaubt Zutritt in sein Reich, und nichts verschwindet außer der Inhalt dieser Flasche. Der Metzger grübelt und kommt zu dem Entschluss, dass wahrscheinlich allein der Anblick dieses guten Tropfens durch das Schaufenster nicht reicht, um jemanden zu motivieren, sehr gekonnt in eine Werkstatt einzubrechen – dem betroffenen Weingut alle Ehre. Ziemlich verzweifelt, weil sein ordnungsliebendes, sagen wir ruhig, krankhaft perfektionistisches Auge sonst keine Veränderung wahrnehmen kann, greift der Metzger irritiert und verunsichert in sein Weinregal, öffnet ausnahmsweise schon am Vormittag eine neue Flasche und begibt sich zum Arbeitstisch.

Hier wird all den Dingen mit Wertschätzung begegnet, die von einem hohen Prozentsatz der Menschen da draußen auf Grund des offensichtlichen Alters kaum noch eines Blickes gewürdigt werden. Für den Metzger ist der Umgang mit Möbeln immer eine Metapher für das soziale Bild der Gesellschaft. Nur wenige schätzen das Alter, zu wenige, um es auch entsprechend zu pflegen und zu würdigen. So sind im Jahrhundert des Fortschritts Altersheime aus dem Boden geschossen wie im Spätsommer die Herbstzeitlosen, übrigens hoch giftige Pflanzen.

Für den Willibald ein Symbol des sozialen Rückschritts, sozusagen Abschiebeanstalten, Aufbewahrungsstätten, Flohmärkte, nur mit dem Unterschied, dass dich dort halt nur mehr der Sensenmann abholen kommt.

Natürlich hat auch keine zu unterschätzende Anzahl von Geschäftstüchtigen den Wert der Alten entdeckt und bereichert sich schonungslos an den, für jegliche Zuwendung dankbar, zahlenden Pensionisten.

Auch ein Restaurator gehört zu jenen Menschen, die das Alte betreffend ordentlich abstauben, nur mit dem Unterschied, dass sie dabei ziemlich wenig verdienen. Denn der Restaurator löst feinsäuberlich den Staub und die Verunreinigung aus den schmalsten Fugen, mit Respekt und Achtung, zutiefst dem Kodex der Restauratoren verpflichtet, der im Jahr 1964 in der Charta von Venedig festgehalten wurde und im Artikel 9 besagt:

„Die Restaurierung ist eine Maßnahme, die Ausnahmecharakter behalten sollte. Ihr Ziel ist es, die ästhetischen und historischen Werte des Denkmals zu bewahren und zu erschließen. Sie gründet sich auf die Respektierung des überlieferten Bestandes und auf authentische Dokumente. Sie findet dort ihre Grenze, wo die Hypothese beginnt. Wenn es aus ästhetischen oder technischen Gründen notwendig ist, etwas wiederherzustellen, von dem man nicht weiß, wie es ausgesehen hat, wird sich das ergänzende Werk von der bestehenden Kopie abheben und den Stempel unserer Zeit tragen. Vor Inangriffnahme und während der Restaurierung sind stets kunstwissenschaftliche und historische Untersuchungen anzustellen.“

So steht er nun würdevoll und ein wenig verunsichert vor seinem Arbeitstisch, auf dem erhaben über jegliche Eile das momentane Zentrum seiner Berufung liegt: eine italienische Renaissancetruhe, mühsam ergattert nach einer Wohnungsauflösung!

Wenn das Schicksal eine Kerbe in das Leben diverser „guter Ehen" schlägt, entwickelt der Metzger einen Jagdinstinkt, der ist beängstigend. Eine Ausstrahlung hat er ja, der Willibald, dem würden fremde Mütter ihre Kinder ungeschaut zur Aufsicht überlassen. Und wenn dann so die Tränen fließen und bei diversen Versteigerungen die Damen oder Herren Ex-Gattinnen oder Ex-Gatten vor lauter angeschwollenen Augen gar nicht mehr anders können, als die nächstbeste Gelegenheit zu nutzen, um der Welt ihr Leid zu klagen, hat der Metzger ein Gehör wie ein Luchs und eine Schulter wie ein Gorilla.

Und schwups, gibt es da in den verschiedensten Haushalten plötzlich vordergründig nutzloses Mobiliar, das die betroffenen Enttäuschten oder Enttäuscher als nicht versteigerungswürdig empfinden und trotzdem unbedingt loswerden wollen, weil es eben dem Ex – eh schon wissen – gehört hat, und da kommt jetzt der liebe Metzger ins Spiel, weil wegen der Versteigerung ist der ja nämlich gar nicht auf der Versteigerung. Auch diesmal hat ihm wieder der Hausmeister Petar Wollnar für ein kleines Trinkgeld mit seinem Pritschenwagen – weil der Metzger ja Jahresnetzkarten- statt Führerscheinbesitzer ist – geholfen, die Jagdtrophäe aus dem Ausland, also einer 400-Quadratmeter-Villa, in die Heimat, also seine Werkstatt, zu überführen.

Eine Nussholztruhe aus dem Florenz der Renaissance, in die Frontseite ist halbplastisch ornamental eine von Engeln und Füllhörnern flankierte Kampfszene zweier Zentauren geschnitzt. Der Deckel wird getragen von zwei Karyatiden. Voll Ehrfurcht steht der Metzger vor seiner Truhe und mustert bewundernd die beiden Figuren, die auf so subtile Art und Weise die tatsächliche Verteilung der Weltenlast widerspiegeln. Die Karyatiden sind weibliche Figuren der Architektur mit tragender Funktion. Die Bezeichnung der ebenbürtigen männlichen Skulpturen ist logischerweise weitaus bekannter, sie werden als Atlanten bezeichnet. Die Karyatide trägt nun im Unterschied zum Atlanten, der die Hände zur

Unterstützung neben dem Haupt hochhält, die Last frei auf dem Kopf, und das fasziniert den Willibald, denn:

Die Last der Welt trägt also der Kopf der Frau, während die Männer sich damit abmühen, ihre im Vergleich zur Tierwelt äußerst degenerierten Muskeln spielen zu lassen. Und dabei machen sie so viel Lärm, der den Frauen das Denken verunmöglichen würde, hätten diese nicht die menschheitsrettende Gabe, selbst bei größtem Kindergeschrei Ruhe bewahren zu können! Drum fängt der sonst so leise Metzger bei seinen spärlichen Kirchgängen beim „Vaterunser" laut mit „Mutter unser im Himmel" an.

Weil wenn er schon das mit der Auferstehung nie verstanden hat, und das mit der unbefleckten Empfängnis schon gar nicht, eines weiß er sicher, wenn Gott, dann weiblich!

9

Es ist jedes Mal ein erhebender Augenblick, die Betrachtung der weiblichen Holzschnitzerei, und weil ein erhebender weiblicher Anblick den Metzger in gewisser Weise ein bisschen dazu anregt, drunter schauen zu wollen, genießt er die Freiheit, die ihm seine Arbeit jetzt einräumt. Behutsam hebt er, wie schon so oft, aber immer noch mit der gleichen Andacht, den bereits gesäuberten Deckel der Truhe. Vor seinen Augen ziehen die Gesichter jener Frauen vorbei, die ihm während seines Lebens ein wenig eine Ahnung vom Göttlichen vermittelt haben. Er sieht seine Mutter, seine Kindergärtnerin, die übergewichtige Tante Martha, er sieht die Gemüsefrau vom längst geschlossenen Gemüsehändler Navradill, er sieht seine platonische Ex-Liebe, die Danjela, obwohl bei platonisch gibt es ja selten ein Ex, die setzt sich unentdeckt in ein Eckerl des Herzens und stichelt dort oft ein Leben lang herum. Und er sieht die Kitzler – am Boden der Truhe, auf einem Foto, in einem weißen kitschigen Allerwelts-Hochzeitskleid, Arm in Arm mit einem grauslich grinsenden Johann Nepomuk Eder in einem nicht minder grauslichen silbrig glänzenden Hochzeitsanzug. Und genau in der Mitte dieses Fotos, so dass vorher wahrscheinlich ein kleines Loch im Truhenboden erzeugt werden musste, sehr zum Ärger des Willibald, steckt der Zeigestab vom Zwirnhofer.

Verdammt, es ist ein Fluch, denkt sich der Metzger.

Wird jetzt der Dobermann, den ich ja ohnedies schon gefunden hab, in Einzelteilen in meinem Privatleben verstreut, inklusive allem, was da in und an ihm dran war?

Ein wenig schlecht wird dem Metzger jetzt, und hätte er nicht den Kaffee vom Pospischill im Blut, wäre er jetzt wahrscheinlich bei der Vorstellung eines Fleischhauers, der gerade den Dobermann schlachtet und die Brocken gemächlich unter dem Chesterfieldsofa im Wohnzimmer oder sonst wo versteckt, ein klein wenig schwach auf den Beinen geworden. Der Metzger streift seine feinen Arbeitshandschuhe über, zieht den, wie er bemerkt, vom Blut gründlich gereinigten Zeigestab aus dem Foto und liest auf der Rückseite die nächste Botschaft. In denselben Schriftzügen wie auf dem Zetterl vom Rauledernen steht: „Drum prüfe, wer sich ewig bindet!" Das kann man wohl sagen, denkt sich der Metzger. Was bitte hat die Kitzler dazu veranlasst, den Eder zu heiraten? Anfangs ist er erstaunt und reagiert entsprechend den strengen intoleranten Schönheitsidealen unserer Gesellschaft. Kann ja nicht sein, hässlicher Mann und schöne Frau oder alter Mann und junge Frau, schon gar nicht alte Frau und junger Mann; da ist was faul! In seiner Vorstellung taucht plötzlich, jeglicher Intoleranz zum Trotz, neben diesem skurrilen schulischen Paar ein weiteres Pärchen auf.

Nämlich er selbst, mit einem gesichtslosen weiblichen Wesen! Vielleicht ist da draußen auch für ihn noch ein Plätzchen an einer weiblichen Schulter zu vergeben, weil grundsätzlich geht es ja bei der Partnersuche viel weniger um die Brust als um die Schulter. Da tröstet dann so ein Foto schon irgendwie und gibt Grund zur Hoffnung. Warum bitte soll die weibliche Partnerwahl ausschließlich so primitiven Gesetzmäßigkeiten gehorchen wie: Schwache Frau sucht starken Mann, so ein Schwachsinn!

Immer öfter gilt: Starke Frau sucht schwachen Mann! Ein Kuschelbärli, ein behaartes Maskottchen, das maximal im Schlafzimmer den Chef spielt, aber selbstverständlich, beim Betreten des Schlafgemaches, die Tür aufhält. Und ein netter Kerl war der Eder ja immer, das lässt sich nicht abstreiten. Langsam verfliegt der Tagtraum, und der Metzger kommt ängstlich zurück in die ernüchternde Realität. Immerhin hat sich jemand unerlaubt Zutritt in seine Werkstatt verschafft, im Übrigen nicht der einzige sonderbare Vorfall der letzten Zeit. Der Metzger, immer gut in Mathematik, beginnt zusammenzuzählen:

- zwei Tage:
  gestern und heute
- zwei Zettel:
  „Erkenne mich!", „Drum prüfe, wer sich ewig bindet!"
- zwei Gegenstände:
  ein Schuh voll Hundekot in einem uralten Cohiba-Sackerl, was bitte ist Cohiba?
  ein Zeigestab zwar ohne Blut, aber der Gedanke zählt, weil der ist ja gestern noch in einem viel zu großen Loch im ehemaligen Aug vom Dobermann gesteckt, der sich wiederum vorgestern noch stumm an einen Rollstuhl gefesselt irgendwo Gedanken über seine Zukunft gemacht hat, die ihm bereits heute, im Stadium der eigenen Verwesung, ziemlich egal sein dürfte, so egal wie die Tatsache, dass er verschwunden ist
- und schließlich:
  ein geschmackloses Hochzeitsfoto mit dem Eder und der Kitzler!

Was kommt raus, wenn ich das alles zusammenzähle?, fragt sich der Metzger. Ein Haufen absolut bedrückender Fragen! Zum Beispiel die wichtigste: Warum ICH?

Wer kann sich bedroht gefühlt haben von einem stummen Rollstuhlfahrer, so bedroht, dass er ihn aufspießt?

Warum bekomme ich die Leiche vor die Füße gelegt, warum nimmt man mir sie wieder weg, warum bekomme ich den Schuh, das Foto und die Mordwaffe quasi als Postwurfsendung? Was will der oder was wollen die von mir, weil so einfach ist das ja gar nicht, allein eine Leiche herumzuschleppen, ohne gesehen zu werden!

Eines kann man dem Metzger ja nicht vorwerfen, dass er leicht aus der Fassung zu bringen ist. Aber das Wissen, dass er allein all diesen Fragen nachgehen muss, beruhigt ihn jetzt nicht gerade, weil vom Kommissar Pospischill, der den Dobermann ins Gefängnis gebracht hat, Hilfe anzufordern, dazu braucht es mehr als einen stinkenden Schuh, einen Zeigestab und zwei Brieferl.

Behutsam beginnt der Metzger seiner Arbeit nachzugehen, weil „Arbeit der Hände macht den Kopf frei!" hat seine Mutter immer gesagt!

Er pinselt den Schmutz aus dem Inneren der Truhe, taucht ein in die geheime Welt seines Fundstückes, erschließt jeden Winkel und ...

schmeißt fluchend den Pinsel auf den Tisch!

Keine Chance, danke, Mutter, für den guten Rat, aber wenn die Lebensumstände alles auf den Kopf gestellt haben, wie ein Kopfstand – und den hat der Metzger nie können, sehr zur Unterhaltung seines Turnlehrers Professor Karl Schranner –, ist es ratsam, die Hände zur Unterstützung des Kopfes einzusetzen, weil unter diesen Umständen mit den Händen etwas zu tun, um eben den Kopf frei zu machen, sehr schmerzhafte Auswirkungen haben kann.

Willibald Adrian Metzger spürt ein kurzes Aufflammen längst verdrängter Hassgefühle gegenüber sportlicher Betätigung aller Art, und er weiß in diesem Fall auch die Herkunft dieser seelischen Dauerstörung. Weil acht Jahre lang durchgehend vom Turnlehrer Schranner, auch Schinder Karl genannt, vor allen Mitschülern mit unbemüht sarkastischem Unterton als „Wappler" bezeichnet zu werden und dabei in seiner äußeren Erscheinung reduziert zu sein auf ein, bei leicht speckigen Rundungen im Turnunterricht nicht unbedingt vorteilhaftes, zu enges Leiberl, auf eine veraltete Turnhose und auf diese ballettschuhartigen weißen Turnpatschen, das geht nicht spurlos an einem vorüber! Immer, wenn gewählt wurde, und es wurde IMMER gewählt, weil am beschränkten pädagogischen Horizont des Schinder Karl keine alternativen Gruppeneinteilungsmethoden vorhanden waren, hat der Metzger ein wenig länger als die anderen Pause gehabt. Und dann hat er als Letzter, unter heftigem Gemaule der betroffenen Mannschaft, die wenigen Meter von der Wand zur Gruppe überwunden. Und die waren sehr weit, nie wieder waren ein paar Meter so weit für den Metzger, außer damals der Weg von seinem im Hof verbrennenden Notizbuch bis aufs Klo. Nach der Wahl, die ja aus der Sicht des Metzger jedes demokratiepolitische Verständnis relativiert hat, erbrachten die endlos wirkenden Spielminuten den Beweis, dass sogar unbewegliche Teile, wie eben der Metzger, die im Grunde konstant ihren Standort beibehalten und leicht auszurechnen wären, mehr im Weg sein können als bewegliche Gegenspieler! Was dem Metzger wiederum eines eindrucksvoll demonstriert hat: Die Lernfähigkeit des Menschen wird maßlos überschätzt! Weil wieso läuft ein Homo sapiens nach dem anderen permanent in dieses statische Hindernis und brüllt „Schleich di, Deppata", wenn das Hindernis hier schon seit dem Anpfiff steht und sich eben nicht bewegt? Dummheit, ganz einfach Dummheit! Und wehe, ein boshafter Wink des Schicksals hat dem unbewegten Metzger einen bewegten Ball zugespielt! Der Schinder Karl hat laut gerufen: „Nimm eam an und renn, du Wappler!", und die Mitschüler hatten vor nichts mehr Angst, als dass der Metzger eben genau das tat. Schizophrenie eines Zwangsbeglückten, kann man da nur sagen. Und weil der Metzger eben nie auf den Professor Schranner gehört hat, sondern seiner Position standhaft treu geblieben ist, war die Turnnote mit Abstand die schlechteste in seinem Zeugnis. Wenn die Brutalität des Lebens Zeugnisse schreibt, bleiben nur die Arschlöcher und die Schleimer über, darum geht der Metzger auch nie wählen, weil was soll er sich da aussuchen!

Nach langer, unbewegter Denkpause, der Metzger hat sich gefühlt wie am Spielfeld, nimmt er sich den Zeigestab vom Zwirnhofer her, beginnt diesen abzupinseln, vorsichtig zu betrachten, ein wenig zu polieren und schließlich zu fotografieren. Nein, keine alte Leica liefert dem Metzger dieses Bildnis, sondern eine stinknormale Sofortbildkamera. Hobby und Respekt gehen da beim Metzger eine liebevolle Symbiose ein.

Denn der Willibald Adrian ist nicht nur ein Restaurator, sondern auch ein Archivar, und weil diese Antiquitäten nicht in seinem System aus Schuhschachteln Platz haben und er sie auch verkaufen oder abgeben muss, um leben zu können, hat er ein Fotoalbum oder besser ein ganzes Regal voll Alben. Und in diesen Alben sind sie ordentlich eingeklebt: die Vorher-Nachher-Bilder. Nicht so wie in billigen Zeitschriften, die auf einer Werbeseite eine fettleibige oder hängebrüstete Frau darstellen und daneben eine ganz andere schlanke Frau mit den gesellschaftlich definierten Traummaßen, und obwohl für jeden Laien eindeutig erkennbar ist, dass die beiden nicht einmal weitschichtig verwandt sein können, wird beharrlich behauptet, links und rechts sei ein und dieselbe Hermine Maier abgebildet.

In den Alben vom Metzger ist links ein Foto vom Gegenstand vor seiner Restauration und rechts nach seiner Restauration. Aber das ist noch nicht alles. Der Metzger versucht noch, neben dem alten Gegenstand auch den Vorbesitzer mit aufs linke Foto zu bekommen, als Beweis, aus welchen Händen die Antiquität kommt. Auf dem rechten Foto lächelt dann gelegentlich ein Neubesitzer neben dem restaurierten Glanzstück. Und es ist nicht nur einmal vorgekommen, dass einige Jahre später derselbe Gegenstand, wieder genauso heruntergekommen wie einst, dankbar in den mütterlichen Händen des Willibald Adrian landet und auf der neuen Fotoreihe zwar dieselbe Antiquität aus dem Album lacht, nur die Gesichter der Menschen sind andere. Die Uhren ticken in Gegenwart der alten Schätze etwas anders. Da ist ein Menschenleben nur eine dünne Staubschicht. Mit einem kurzen Wischer ist sie weggefegt, und erleichtert beginnt das Darunter sofort wieder zu glänzen. Der Mensch ist die unbedeutende Fülltruppe jener Dinge, die beständig sind!

Also Zeigestab auf den Tisch, die Kamera schnurrt, und die Zeit bleibt stehen, eingefangen als Moment auf Zelluloid, in der Werkstatt des Metzger. Natürlich hätte jetzt links ins Album der blutige Zeigestab mit ehemaligem Besitzer, also inklusive Augenreste und lebloser Hülle vom Dobermann, eingeklebt gehört und rechts der saubere, inklusive Metzger. Fürs Album hat der Metzger das Foto aber diesmal nicht geschossen.

Er greift zum Hörer seines Festnetzanschlusses: „Hier Pospischill", hört er in sehr dienstlichem Ton.

„Ja, ich bin's noch einmal, der Metzger, sag, jetzt haben wir keinen Termin ausgemacht für das Klassentreffen. Ich muss ja die Einladungen machen!"

„Na du hast es aber eilig, such dir einen Freitag aus, da kann ich mir gut Zeit nehmen, und ich schätze mal, da kann jeder, wenn er will!"

„Und wann, schätzt du, ist die Adressenliste fertig, Herr Inspektor?"

„Morgen, wenn der Polizeicomputer nicht spinnt, der ist nämlich genauso launisch wie meine Frau. Manchmal stürzt er ab und dann muss ich alles neu einrichten!"

„Du bist verheiratet!"

„Ja, mit der Trixi Matuschek, jetzt Trixi Matuschek-Pospischill, hat ihren Namen behalten wollen."

„Was, das war doch eines der drei Mädels aus der ersten gemischten Klasse unserer Schule. Wie wir maturiert haben, war die gerade in der 1A!"

„Ja, das stimmt, aber wie ich sie dann 15 Jahre später beim Novak als Kellnerin getroffen hab, war sie kein Mäderl mehr. Nur das, was aus ihr geworden ist, du weißt schon, was ich mein, das war immer noch 1A!"

„Und Kinder?", fragt der Metzger vorsichtig.

„Nein, weil ich wollt, dass das alles auch 1A bleibt bei der Trixi, und Kinder haben halt keine Fernbedienung, du kannst nicht das Programm wechseln, und wenn du Kinder zur Ruhe bringen willst, dann kostet das eine Menge Geld – und das Geld verwenden wir lieber für was anderes, die Trixi und ich."

Ein wenig wundert sich der Metzger über diesen theoretischen Ansatz zur Kinderfrage, andererseits denkt er sich, vor allem bei genauerer Betrachtung diverser Mütter und Väter, die mit ihren Sprösslingen am Spielplatz gegenüber der Werkstatt die Zeit verbringen: Ein Kinderzulassungsschein für Erwachsene wäre nicht schlecht!

„Gut, Pospischill, dann halt ich dich nicht länger auf und bring dir demnächst eine Einladung."

Weil deshalb hat der Metzger ja den Pospischill angerufen, wegen der Einladung, und deswegen hat er auch den Zeigestab fotografiert.

Draußen schalten sich die Straßenlaternen ein, der Metzger ist ganz erstaunt, wie schnell ihm der Tag durch die Finger gerutscht ist, und hebt ein Blatt Papier ins Licht.

Schön ist sie geworden, die Einladung, über dem Foto vom Zeigestab steht in fetten Lettern KLASSEN-TREFFEN 8B und darunter in kunstvoller Handschrift, denn Schönschreiben kann der Metzger mit seiner ruhigen Hand natürlich: *„Und jedem Anfang wohnt ein Zauber inne ...! (Hermann Hesse)"* Humanistisches Gymnasium, da muss man ein wenig mit deutscher Literatur protzen, außerdem ist das erstens so ein kleiner Hinweis auf den Zauberstab vom Zwirnhofer, und der sollte doch einige zu diesem Treffen locken, und zweitens auch ein Hinweis für den Mörder, falls der weiß, wie das Stufengedicht weitergeht: *„... der uns beschützt und der uns hilft zu leben!"*

Weil der Metzger natürlich schon ein wenig darüber nachgedacht hat, ob der Mörder nicht vielleicht sogar ihn im Auge hat, falls er, der „Wappler", seinem unfreiwilligen Spitznamen alle Ehre macht und die ihm aufgetragene Übung nicht schafft, von der er gar nicht weiß, wie sie aussieht!

Dann ist natürlich am Datum zu lesen, dass das Treffen an einem Freitag ab 19 Uhr beim Novak stattfinden

wird und dass „wir uns freuen, euch alle wiederzusehen!"
Nur wer das „wir" ist, davon ist nichts zu sehen.

Dann schließt der Metzger zufrieden den Rollladen und macht sich torkelnd auf den Heimweg, die volle Rotweinflasche, die er am Morgen öffnen musste, hat er natürlich längst geleert und klarerweise eine neue aufgemacht, damit ihn dann wenigstens diesbezüglich am nächsten Morgen wieder seine gewohnte Ordnung erwartet!

10

Am nächsten Tag passiert nun etwas Außergewöhnliches, die erste wirklich grobe Veränderung im Leben des Willibald Adrian Metzger.

Der Beitrag, den er dazu aus eigenem Antrieb leistet, was für sich allein schon außergewöhnlich wäre, ist die Veränderung seines Weges zur Werkstatt.

Bis zur Hundstrümmerlwiese alles der gleiche Trott, nur nimmt der Metzger dann ab dort nicht den gewohnten geraden Weg, sondern die Abzweigung nach rechts, direkt Richtung Haupteingang des Humanistischen Gymnasiums.

Der Schnee, der über Nacht mehr geworden ist, knirscht unter seinen Schweinsledernen, die jetzt wahrscheinlich bald den Winterschlaf in einer alten Schuhschachtel antreten werden, um den mit Fell gefütterten Winterstiefeln Platz zu machen! Langsamer wird das Knirschen, je näher die Schule kommt, und obwohl der Körper jetzt im Grunde weniger Arbeit zu leisten hätte, spürt der Metzger den Herzschlag bis hinauf in die Schläfen. Die paar Stufen zum massiven Schultor ist der Metzger das letzte Mal mit dem Maturazeugnis in der Hand heruntermarschiert, und er hat sich beim Runtergehen geschworen, diese Treppen nie wieder freiwillig hinaufzusteigen. Von freiwillig kann jetzt im Grunde auch nicht die Rede sein!

Das Tor ist immer noch das alte, der abgenutzte, speckige, zylindrische Holzgriff immer noch genauso protzig und so dick, dass ihn ein Erstklassler nie vollständig umfassen kann, und das schafft Respekt. Da geht so ein kleiner Gsterml, von den großen Schülern liebevoll „Laufmeter" genannt, in eine Pseudo-Elite-Schule und kann es also gar nicht fassen! Begreifen darf er's ein wenig, weil ihm ab dem ersten Tag ohnedies das zugeknöpfte weiße Hemd (zu Metzgers Zeiten noch ein wesentlicher Bestandteil der Kleidervorschrift) dermaßen den Hals zuschnürt, dass er anfangs nichts anderes tun kann, als nach Luft ringend zum Kragen zu greifen. Nach den ersten Schultagen wird die Atemnot dann insofern flexibler, da sie sich gleichzeitig auf viele Ebenen konzentrieren muss: auf die strengen Sitten, auf die gar nicht geringe Zahl an Psychopathen, die auf den Gängen, vorne an der Tafel oder gleich nebenan in der Bank ihr Unwesen treiben, auf die ständigen unfreiwilligen Stundenwiederholungen oder die unangesagten Tests und auf die unzähligen Hefte und Bücher, die so ein kleiner Rücken so lange herumzuschleppen hat, bis sich schließlich die fürs weitere Leben, in diesen Kreisen notwendige, leicht nach vor geneigte Haltung von selbst einstellt! Da ist dann bald so ein enger Kragen eine Kleinigkeit und irgendwann gar nicht mehr zu spüren. Und die, die entweder vergessen haben, dass ihnen ein steifer, mit weißem Leinen vernähter Karton die Kehle zuschnürt, oder die sich davon gar nicht mehr befreien wollen, weil sie dieses Gefühl dringend brauchen, sozusagen als Stabilisator anstelle des verkümmerten Rückgrats, die geht der Metzger eben nicht wählen!

Der Metzger umfasst den Holzgriff fest mit seinen großen Händen, so als würde er ihn zerquetschen wollen, und betritt die Schule. Innen alles neu renoviert, im Grunde eine helle Freude für einen Restaurator, rechts das Glasfenster zur Schulwartloge, im Augenblick leer, in der Mitte des Stiegenaufganges ein neuer Aufzug, eine Glas-Alu-Konstruktion, die sich wahrscheinlich laut Architekt in das Gebäude einschmiegen soll, um Vergangenheit und Gegenwart zu verbinden. Da wird dann dem Metzger immer ganz übel, wenn Architekten laut philosophierend etwas verbinden und dadurch auslösen, dass der Betrachter im Augenblick des Betrachtens hauptsächlich an das Verbinden der eigenen Augen denkt.

Darum geht er auch so ungern in die Stadt bummeln, weil das auf seinen Restauratorenmagen wirkt wie Tafelspitz mit Ketchup. Der Eindruck, den die Stadtplaner der Moderne in einem historischen Stadtkern hinterlassen, gleicht für den Metzger dem Eindruck, den einer dieser Tretrollerfahrer bei einem Frontalzusammenstoß in einem Oldtimer hinterlassen muss. Nur bringt man den Oldtimer danach in eine Werkstatt und den Rollerfahrer ins Spital. Die Rollerfahrer der architektonischen Gegenwart hingegen werden in den Werkstätten der Staatskassa bestens betreut, während der bauliche Oldtimer spitalsreif restauriert wird!

Wie der Metzger also auf den Aufzug zusteuert, um an der Anzeige zu ersehen, wo er die Direktion finden könnte, wird er enttäuscht. Neben dem Lift steht: „Liftbenutzung ausschließlich für das Lehrpersonal und die Hausangestellten!" Gut, dann geh ich, denkt sich der Metzger.

Im ersten Stock steht endlich unübersehbar der Hinweis: Zur Direktion.

Aus den Klassen sind dumpf Stimmen zu hören, und zwar deutlich mehr als zu Metzgers Zeiten. Am Gang ist es wie ausgestorben. Wie der Metzger aber durch die offene Schwingtür Richtung Direktion marschiert, überkommt ihn das Gefühl, er wäre Besucher in einem Museum für Antiquitäten. Der Gang ist gesäumt von alten Kästen, einem Perserläufer und einigen Jagdtrophäen. Da müssten eigentlich auch Schülerköpfe hängen, grübelt der Metzger in Gedanken an manche seiner Lehrer.

Die Tür zur Direktion lässt bei näherer Betrachtung erkennen, dass sie nicht als Eingang gedacht ist, denn die Türschnalle fehlt. Ein dicker Pfeil leitet den Besucher weiter zur Administration und zum Sekretariat. Klar, kein Chef ist direkt erreichbar, da muss man schon mit gewisser rhetorischer Kunstfertigkeit an der Sekretärin vorbei. Da sitzen die großen Bosse also in ihren immer faltenfreien Anzügen auf ihren Lederrollsesseln, mit dem Gefühl alles im Griff zu haben, während draußen vor ihrer doppelflügeligen Tür unauffällig eine Frau das Kommando hat. Die Vorselektion all jener, die überhaupt bis in die Chefetage vordringen dürfen, beginnt also durch das Auswahlverfahren der Sekretärin, einer Frau. Sie liefert dem Chef eine spärliche Anzahl Privilegierter und vermittelt ihm dennoch zugleich das Gefühl, er entscheidet alles selbst – so funktioniert Demokratie!

Und ohne Termin gibt es Demokratie ja schon überhaupt nicht. Die Chancen, bis zum Direktor vordringen zu können, so ohne Termin und ohne triftigen Grund, erscheinen dem Metzger plötzlich gleich null.

Frechheit siegt, denkt er sich und öffnet die Tür.

Leere! Ein pseudolustiges Schild begrüßt ihn mit der Auflistung der zu erwartenden Kosten für gewisse Auskünfte! Für: leichte Fragen 5 €, blöde Frage 10 €, intelligente Fragen 50 €, unfreundliche Antworten gratis, freundliche Antworten nicht im Programm usw.

So ein Glück musst du haben, keiner da, denkt er sich. Verlassen ist das Vorkämmerchen zum Chef, nur ein unbeschäftigter Computer summt einschläfernd vor sich hin.

Auf das Klopfen an die Direktionstür hört der Metzger ein Brummen, das er als „Herein" identifiziert, und öffnet die gepolsterte Tür.

Vor ihm der Höhepunkt seines Spazierganges durch die Welt der Antiquitäten in der Chefetage. Ein Paradies für das Herz eines Restaurators, dem Metzger verschlägt es die Sprache, seine Augen werden groß wie die eines Kindes vor dem ersten Biss in eine überdimensionale Portion Zuckerwatte, und dass ihm der Mund genauso offen steht, ist außer Frage.

Langsam gleitet sein Blick von einem Unikat zum nächsten, ruhig und analysierend verharrt er bei der großen imposanten Kredenz, 17., 18. Jahrhundert, verziert mit insgesamt sechs geschnitzten Karyatiden, unglaublich, selbst der Teppich unter seinen Füßen verschafft sich so viel Respekt, dass der Metzger gar nicht daran denkt, weiter ins Rauminnere zu gehen. Die Zeit steht still! Das bemerkt auch sein Gegenüber, das vom Metzger noch gar nicht registriert wurde.

Ein lang gezogenes „Ja?", wobei das a aristokratisch verunstaltet eher wie ein o klingt, durchschneidet die leicht vernebelte Luft. Ein süßer Geruch steigt dem Metzger in die Nase: Rauch!

Wie kann man nur die Patina solch edler Stücke mit dem Belag diverser Schadstoffe überziehen, denkt sich der Metzger, und weiter: Welches Experiment hat bitte zu diesem Ergebnis geführt?

Vor ihm sitzt Johann Nepomuk Eder. Aus dem unscheinbaren Chemielehrer ist ein Direktor geworden, womit bewiesen ist, dass Unscheinbarkeit offensichtlich doch ein bedeutsames Qualitätskriterium im politischen Postenroulette zu sein scheint.

Zwischen seinen dicken Fingern eingeklemmt knistert eine nicht minder dicke Zigarre, für den Metzger überhaupt das Prunkstück aller Männer, die ihre Potenz aus diversen Gründen öffentlich zur Schau stellen müssen. Mit langsamen Bewegungen dreht er das qualmende Stück gekonnt zwischen Daumen, Zeige-, Mittel- und Ringfinger mit Ehering, während sich der kleine Finger nobel abspreizt. Aber trotz der dicken Finger kann von Fettleibigkeit keine Rede mehr sein. Während ihm zwar von Berufs wegen nun deutlich mehr Gewicht zuteil wird, muss der Eder die letzten Jahre an Gewicht verloren haben, ähnlich dem Dollar. Da sieht man wieder, welch positive Auswirkungen weibliche Anerkennung mit sich bringt.

„Was kann ich für Sie tun?", sagt er mit gefestigter, selbstsicherer Stimme und blickt über den Rand seiner eleganten Brille.

Der Metzger hätte sich jetzt eine gewisse unfreundliche Ansage erwartet wie: „Wie sind Sie hier überhaupt hereingekommen?", aber er wird enttäuscht.

Ausgesprochen freundlich schaut ihm der Eder in die Augen. Lange, um ein paar Sekunden länger als zwischen distanzierten Menschen so üblich. Und dann: „Nein, das gibt es nicht, kann es sein, dass da aus Ihren Augen etwas herausschaut, das mir vertraut ist?"

Der Metzger ist ganz platt, beinah schon ein wenig peinlich berührt, er hat ja noch gar nichts gesagt und trotzdem das Gefühl, hier herrscht ein freundschaftliches Verhältnis. Was die ersten paar Minuten eines Zusammentreffens ausmachen!

„Ja, das kann sein – Willibald Adrian Metzger, Maturajahrgang 1980, 8B, Klassenvorstand Professor Zwirnhofer."

„Ist das eine Freude, Metzger, was machst du denn hier?" Und schon wechselt der Umgangston. Sofort kehrt der einstige Lehrer in das ihm gebräuchliche Du zurück. Der erwachsene Mensch wird wieder der Schüler, auch wenn er bereits vor 25 Jahren maturiert hat. Aber wen stört das schon, irgendwie legt sich der Hauch der Jugend über die gealterte Seele, ein Gefühl der Heimat schleicht durch die Gänge der Erinnerung und zumeist dankbar inhaliert die Gegenwart das Flair der Vergangenheit. Die alte Ordnung ist hergestellt und wie ein kleiner Junge nähert sich Willibald Adrian Metzger dem Biedermeiersessel vor dem riesigen Schreibtisch, bereits vergessen der edle Teppich, schonungslos kratzt der Schweinslederne über die Handknüpferei, und gemächlich nimmt der brave Musterschüler Platz vor seinem ehemaligen Chemielehrer.

Logisch, dass ab nun von Gesprächssymmetrie keine Rede mehr sein kann, weil der Eder den Metzger wie gesagt duzen, der Metzger dem Eder jedoch wie gewohnt das Sie ehrenhaft zuteilkommen lassen wird.

Ein vertrauliches Gespräch entwickelt sich, beide fühlen sich wohl, der auf Rauch allergische Metzger vielleicht nicht ganz so, und jeder erzählt vorerst, was leicht von der Hand geht. Was sich so getan hat die Jahre seit Willibalds Matura. Schnell kommt der Eder selbst zur mörderischen Deutnergeschichte und erklärt, dass er den Dobermann an diesem Tag durchs Stiegenhaus hat huschen sehen und sehr verwundert gewesen war. Leider musste er in die Klasse gehen und konnte ihm nicht nacheilen. Auch die Kollegin Neubauer hat den Felix auf dem Weg in den Unterricht gesehen. Schlimm, was da passiert ist, meint der Eder. Vor allem für die Kinder, die in den Saal gekommen sind, war das kein schöner Anblick. Zum Glück war die Beweislage erdrückend, weil der Deutner eine Einladung zu seinem letzten Termin in der leblosen Hand hatte, vom Dobermann geschrieben, wie dann von einem Gerichtssachverständigen festgestellt wurde. Weiters wurden im Kammerl und im Saal eine Menge Sohlenabdrücke gefunden, identisch mit einem

Schuhpaar des Mörders, ja, und dann noch die Aussagen der beiden Lehrer.

Jetzt klingelt es ein wenig, aber nicht am Gang, sondern beim Metzger, hat er gerade das Wort Sohlenabdruck gehört! Jetzt muss ich an dem Thema dranbleiben, denkt er sich und sagt: „Wie kann man Fußabdrücke identifizieren, es gibt doch so viele gleiche Schuhe?"

„Oben sind sie vielleicht gleich, aber die Sohle ändert je nach Träger ihren Abdruck. Und die rauledernen Schuhe, die beim Dobermann gefunden wurden, hatten dasselbe Profil wie die Abdrücke."

Der Metzger grübelt: Kann es sein, dass für die diversen unangenehmen Pfade des Felix Dobermann, inklusive letzter Weg, immer Raulederne herhalten mussten? Oder sind es gar dieselben Schuhe? Was soll mir der mit Hundekot beschmutzte Lederpatschen ausrichten? Da stinkt etwas gewaltig, auch ohne Hundstrümmerl!

Als er beim Direktor eine leichte Unruhe auf Grund der unerwartet langen Denkpause registriert, nimmt er die Stille wahr, um zum schützenden Smalltalk zurückzukehren.

Soll ja nicht wirken wie ein Verhör!

Man redet über die Renovierung der Schule, über den Verfall der Sitten, dass die Schuluniform längst passé ist, dass die Jugend nicht mehr die alte ist und dass sowieso das Alte viel besser war. Und das klingt quasi wie ein Stichwort für den Metzger:

„Wenn Sie Lust haben, kommen Sie mich mal besuchen, vielleicht steht da in meiner Werkstatt etwas Altes, das Ihre Sammlerleidenschaft ein wenig befriedigt!"

Sehr verdattert schaut der Eder hinter seinem Schreibtisch hervor, doch sein vorerst erstauntes Gesicht verwandelt sich schlagartig in ein offenes Buch der Freude, als der Metzger anfängt zu erzählen, was er eigentlich beruflich macht.

Wie er sich dann verabschieden will, mit Kopfschmerzen, als würde ein Hamster sein Hirn als Laufrad benutzen, weiß er nicht mehr, wie oft die Pausenglocke seit seiner Ankunft im Büro des Direktors geläutet hat, so intensiv war der Austausch zweier Fachkollegen. Dafür weiß jetzt der Eder endlich über jedes seiner Möbel Bescheid, und irgendwie hat der Metzger das Gefühl, dass am Ende des Gesprächs die gleiche Augenhöhe zwischen dem Ex-Schüler und dem Herrn Direktor hergestellt war. Dem Eder ist im Laufe des Gesprächs sogar einmal ein Sie rausgerutscht! Er zieht sein Jackett an, und wie er aus reiner Routine die Hände in die Taschen steckt, spürt er das Kuvert:

„Jetzt hätte ich vor lauter Plaudern fast vergessen, warum ich eigentlich gekommen bin, Herr Direktor. Mir sind da ein paar Einladungen zugeschickt worden und eine Liste, an wen ich sie verteilen soll, irgendwer aus unserer Klasse hat das Bedürfnis alle wiederzusehen – irgendwie find ich die Idee recht spannend!", sagt der Metzger.

Der Eder nicht unbedingt euphorisch: „Netter Einfall, kommt nicht oft vor, nach so langer Zeit ein Klassentreffen, na, da sollte man ja direkt hinkommen. Schaun wir mal!"

„Schaun wir mal!" – eine von Willibalds Lieblingsfloskeln. Er hasst es, wenn er zu hören bekommt: „Schaun wir mal!"

Was heißt das?

Heißt das, ich will nicht, aber dass ich nicht will, will ich auch nicht sagen?

Oder heißt das, ich halt mir alles offen, und wenn nichts Besseres dazwischenkommt, dann vielleicht?

Oder heißt das eben, schaun wir mal? Nur was schaun wir denn mal, bitte! Da fehlt doch der Hinweis auf das „wohin", oder zumindest das „ob"! Für den Metzger heißt das nämlich: „Schaun wir mal, ob ...!" Die Vorstaffelung dieser drei Worte schreit förmlich nach dem ob!

Die Kombination des Eder mit dem „man" rückt nun die Wahrscheinlichkeit eines Klassentreffenbesuches in weite Ferne! Weil der Eder sagt ja: „Na, da sollte MAN ja direkt hinkommen!" Das heißt aber nicht, dass ER da hinkommen sollte.

Der Metzger wird ein wenig verärgert, können die Menschen nicht ehrlich sein und einfach sagen „Ist lieb von dir, aber es interessiert mich nicht!" Ein bisschen naiv, der Willibald, denn würden sich die Menschen wirklich pausenlos ehrlich begegnen, da bliebe kein Auge trocken. Andererseits weiß er, dass sein Ärger ungerecht ist, weil was hat er sich denn erwartet, einen Freudentanz aller Geladenen? Und dass er nun unbegründet verärgert ist, das verstimmt ihn noch zusätzlich, weil er mag ja niemandem Unrecht tun – „Der größte Feind des Menschen ist das eigene Hirn", so seine Mutter! Und so steht der Metzger jetzt zum Verabschieden vor dem Direktor Eder, nach einem unerwartet netten Vormittag, und innerlich brodelt es, vielleicht auch, weil der Zigarrennebel, den der Herr Direktor mit gespitzten Lippen so genüsslich verbreitet, nun endlich auch die kleinsten Verästelungen in Metzgers Bronchien ausgefüllt hat. Kleine Schweißperlen treten ihm wie üblich auf die vom Kopfschmerz gemarterte Stirn und ein wenig panisch wird sein Blick. Der Metzger gibt dem Direktor versucht freundlich die Hand, geht zielstrebig Richtung Tür, starrt auf das kleine barocke Beistelltischchen, das da neben dem Eingang steht, starrt auf das kunstvolle Holzkistchen, das da aufgeklappt am Tischchen steht, starrt auf die Heerschar von Zigarren, die da fein säuberlich in dem Kistchen liegen, starrt auf die Etiketten der Zigarren und das Letzte, was er noch mit inzwischen verschwommenem Blick wahrnehmen kann, ist der fett gedruckte Schriftzug „Cohiba" am Papierring, der jede Zigarre umwickelt.

Zigarrendunst mitzurauchen hat für den Metzger schon folterartigen Charakter, sich dabei aber gut zu unterhalten, viel zu sprechen und den Dunst dabei richtiggehend aufzusaugen, wie unfreiwilliger Lungenzug, dann völlig unkonzentriert zu schnell aufzustehen, mit einem kleinen zusätzlichen Ärger intus, das ist für den Kreislauf wie eine Kriegserklärung. Kalt sind die Perlen auf seiner Stirn, und kurz vor der Tür kippt er um wie ein irrtümlich als Schaukelstuhl missbrauchter Thonetsessel. Der schwere Aufschlag wird zwar ein wenig tröstend vom Perser aufgefangen, trotzdem hätte sich der Metzger wohl einen besseren Abgang vorstellen können, als direkt vor den Füßen des Herrn Direktor stehend k. o. zu gehen. Wenn er jedoch gewusst hätte, auf welche Weise er wieder zu Bewusstsein gebracht wird, er wäre sicher gerne noch einmal umgefallen!

11

Wie lange er dem Eder so hilflos ausgeliefert am Perser gelegen hat, weiß der Metzger klarerweise nicht, aber die Art und Weise des Erwachens wird er nie wieder vergessen. Es war kein ruckartiges Zusichkommen, sondern eher ein Hineingleiten vom Zustand der schwarzen Leere in den Zustand des vollkommen Wachseins. So wach, dass plötzlich jene Sinne ihre Tätigkeit aufgenommen haben, die bisher relativ unterbeschäftigt und gelangweilt auf ihren Einsatz gewartet haben. Ein süßer Duft mit einer Nuance Vanille ist ihm in die Nebenhöhlen geschlichen und wird dort wahrscheinlich so schnell nicht wieder herauskönnen. Und wie er dann ganz dicht an seinem Ohr ein „Willibald" vernommen hat, zart gehaucht und mit dieser eigenwilligen Betonung des l, so als würde es das Bedürfnis haben, ein Vokal werden zu wollen, war es um den Metzger geschehen. Suchend haben sich seine Augen geöffnet und relativ schnell herausgefunden, was diese beiden weichen Fleischberge sind, die ihm so gelassen ins Gesicht hängen. Instinktiv hat er sofort richtig reagiert und auf seine innere Stimme gehört: „Zeit lassen mit dem Aufwachen!"

Und während er dann wie gelähmt auf die nicht zu fassenden Aussichten gestarrt hat, hat die Danjela Djurkovic, neben ihm kniend und so einzigartig über ihn gebeugt, weiter in sein linkes Ohr geflüstert.

„Danjela", das l so, als wären in diesem Namen davon mindestens vier hintereinander, hat der Schulwart Herr Djurkovic der damals blutjungen Kroatin hinterhergerufen, wenn sie den Gang aufgewischt hat, wahrscheinlich nur, um vor den gaffenden Burschen und Lehrern klarzumachen, zu wem dieses Abbild einer Frau gehört. Hat zumindest der Metzger angenommen, denn die Danjela war für ihn der Gipfel aller Weiblichkeit. Weit entfernt von dem seiner Auffassung nach kranken Schönheitsideal, dem die meisten Frauen bis zur Selbstvernichtung hinterherhecheln. Aber hier, am Gang des Humanistischen Gymnasiums, versteckt hinter einem Schrubber, war die weibliche Welt ein barockes Gemälde. Die Hüftknochen eingebettet in eine weiche mütterliche Hülle, so, als würde diese alles zur Gänze in sich aufnehmen können. Die Brüste bereit, die ganze Welt zu stillen, mündend in ein solch wogendes Delta der Lust, dass Willibalds im Grunde sehr großer Kopf darin wahrscheinlich völlig verschwinden könnte. Die Venus von Willendorf, deren großer Farbdruck über dem Bett vom Metzger hängt, hatte durch die Danjela Djurkovic plötzlich ein Gesicht bekommen, hat sich aus der Versteinerung befreit.

Anfangs ist der Metzger in den Pausen aus der 8B immer nur kurz zur Schulwartloge hinuntergelaufen und hat so getan, als würde er bei der großen Eingangstür nach frischer Luft schnappen. Wie dann aber eines Tages die Danjela direkt auf den Schüler Willibald Adrian zugesteuert ist und in gebrochenem Deutsch gemeint hat: „Du nix in Klasse, ich verstehen, nix gut zu dir deppate Jungen!", war er froh, dass er Frischluft bekommen hat! Mit einem Mal wurde ihm klar, dass nicht nur er die Danjela beobachtet hat, sondern auch die Danjela ihn, weil woher sollte sie denn sonst wissen, dass der leicht fettleibige Bursche, der da immer so unauffällig bei ihr vorbeigeschaut hat, das ärmste Schwein in der 8B war!

Und ab diesem Zeitpunkt hatte der Metzger jede Pause ein unabgesprochenes Rendezvous. Denn sowohl er als auch die Djurkovic sind sich ab nun wie zufällig, genau an der Stelle ihres ersten Gesprächs, Pause für Pause über den Weg gelaufen – auf eine neuerliche Konversation. Und das ist ja eigentlich ganz schön viel Zeit, nämlich in etwa 45 bis 60 Minuten täglich, je nach Stundenplan. Sie hatten sich mehr zu erzählen als so manches Ehepaar! Wobei das Thema, warum der alte Schulwart, der Djurkovic, dieser Griesgram, so eine junge Frau abbekommen hat, niemals angesprochen wurde. Der Metzger hat der Djurkovic ihren Akzent geliebt, so geliebt, dass er zeitweise sogar in diesem Akzent geträumt hat – vor allem die erotischen Träume.

Eines Tages, wie die beiden so verträumt beim Eingangstürl gestanden sind, ist der Dobermann vorbeigekommen und hat gerufen: „Na, Metzger, stehst dir's auf blade Tschuschn-Weiber?"

Dabei hat er übersehen, dass der Schulwart hinter ihm die Stiegen runterspaziert ist. So schnell hat der Dobermann dann gar nicht schauen können, und er hat die restlichen Stufen im Sturzflug zurückgelegt. Unten angekommen hat ihm der Schulwart noch eine gewischt, wie er das sonst mit dem Steinboden macht. Danach ist er weiter zu seiner Frau, hat sie grob am Arm in die Schulwartloge reingezogen und dem Metzger zugerufen: „Und wenn du noch einmal deppat da herunten herumstehst, geht's dir genauso wie dem Trottel da!"

Das war dann das letzte Date zwischen der Danjela und dem Willibald.

Und jetzt, 25 Jahre später, ist er ihr näher als jemals zuvor, ausgenommen der Welt seiner Träume. Danke, Dobermann, danke, dass du dir vor meinen Füßen dein Auge hast ausstechen lassen, denkt sich der Metzger.

Er setzt sich auf, schaut der Danjela in die Augen und sagt – nichts. Sie sagt auch nichts, greift ihm nur unter die Achsel, zieht ihn vom Perser hoch und raus aus der

Direktion, der Eder sprachlos auf Grund der Ohnmacht des Metzger und dieses schweigsamen Abganges!

Dann sieht der Metzger den Lift doch noch von innen, oder sagen wir, er benutzt ihn zumindest, weil gesehen hat er nur die Djurkovic. Das Einzige, was die Jahre an ihr verändert haben könnten, ist wahrscheinlich die Aussprache, der Rest hat eher an Qualität gewonnen. Vor ihm steht eine reife Frau, reif im wahrsten Sinn des Wortes, weil was da chemisch die kurze Fahrt ins Erdgeschoß zwischen den beiden so ohne Berührung ausgetauscht wird, hätte wohl jede blasse Frucht zum Erröten gebracht. Unten ausgestiegen zieht ihn die Djurkovic Richtung Schulwartloge, die er dann auch zum ersten Mal von innen sieht, und fragt:

„Geht schon wieder gut? Eder gesagt, bist du umgefallen wie Frau mit Mieder!"

Was die Aussprache betrifft, ist der Metzger nun überglücklich, fließender ist sie geworden, aber die eigenwillige Platzierung der Verben und der Anreden, die den Worten diesen Hauch an slawischer Erotik verleiht, ist geblieben!

„Zugeschnürt hab ich mich schon gefühlt, aber weniger von diversen Kleidungsstücken als vom entsetzlichen Zigarrendunst! Meine Rauchallergie, weißt du!"

Die Djurkovic öffnet die Tür zur Schulwartwohnung, dreht sich zum Metzger hin und meint schmunzelnd: „Oh, ein sensibles Mann!"

Eine ungewohnte Spannung beginnt sich in seiner Hose auszubreiten! Viel zu eng wird ihm der Schritt trotz Bundfalten, verbunden mit leichten Gleichgewichtsstörungen und einem dezenten Schwindel. Obwohl dem Metzger dieser Augenblick nun dafür denkbar ungünstig erscheint, greift er sich zwischen die Beine, senkt den Blick und wundert sich, warum diese Spannung nun sein ganzes rechtes Hosenbein erfasst hat. Da hängt sie, die Ursache seiner kurzfristigen Gereiztheit, offensichtlich nicht minder gereizt. Klein, aber ziemlich selbstbewusst, dunkel und pelzig, Zähne fletschend und sabbernd zieht ein Hundewelpe an der Stulpe seiner besten Hose. Verbissen kämpft das Viecherl einen aussichtlosen Kampf gegen das Übergewicht des Metzger und gegen seine eigene Erscheinung. Weil sosehr sich der Hund auch bemüht, eine gewisse Bedrohung darstellen zu wollen, er ist doch nur ein süßer Wollknäuel!

So süß kann der aber gar nicht sein, dass der Metzger das zum Anlass nehmen würde, ihn zu streicheln oder zu tätscheln, weil die Beziehung zu Hunden für den Metzger bisher eher von Misserfolgen geprägt war. Wobei da schon erwähnt werden sollte, dass die Hunde, mit denen der Metzger seine meist unfreiwilligen Kontakte aufgenommen hatte, auch eher in die Kategorie unsympathisch oder schwierig fallen. Der widerliche Dackel vom Gemüsehändler Navradill, der bereits eingeschläferte inländerfeindliche Rottweiler vom Hausbesorger Wollnar und diverse Möpse und Chihuahuas ausgewählter Kundinnen, nur um einige Beispiele zu nennen!

Aber so ein kleines Etwas, mit den riesigen braunen Augen und den haarigen Schlappohren, das ist dem Metzger neu, und bei näher Betrachtung hätte ihn dann der Streichelreflex schon ein wenig zu jucken begonnen, wäre da nicht die Djurkovic gewesen, die die Aufmerksamkeit seines Streichelreflexes schon zur Gänze auf sich gezogen hat. Dass jedoch ein Mann, der das Hunderl einer Frau abschmust und herzt, dadurch bereits die halbe Eintrittskarte für diverse Liebkosungsabenteuer mit der Hundebesitzerin erworben hat, das weiß der Metzger in diesem Augenblick noch nicht.

Die Djurkovic ist schneller. Sie nimmt den Hund in den Arm, der sofort beginnt, die Hand dankbar abzuschlecken. Dann streicht die Danjela dem Metzger zärtlich über die Schulter und meint: „So großer Mann braucht sich nicht fürchten vor so kleines Welpe, ist übrigens beste Rasse. Promenadenmischung! Entstanden bei freie Liebe von zwei glückliche Hunde!"

Wallungen bringen da den Temperaturhaushalt des Willibald durcheinander, und der Geruch. Diese Mischung aus weiblichem Schweiß und einem schweren süßen Parfüm hätte ausgereicht, und er wäre apportieren gelaufen wie das kleine Hunderl. Die Nähe zur Djurkovic hat aber beim Metzger sofort auch einen anderen Reflex ausgelöst.

„Wo ist eigentlich dein Mann?"

„Na in Eichentruhe, wäre jetzt 90, ist aber nur geworden 70!" Die Djurkovic wechselt das Thema.

„Was machst du eigentlich in Schule?"

„Verteilen von Einladungen zu einem Klassentreffen der 8B!" „Du willst Klassentreffen der 8B, willst vergiften alle?", fragt die Djurkovic berechtigt.

„Nein, aber ich hab kürzlich zufällig den Pospischill getroffen, und noch jemanden. Kann ich gleich alle auf einmal wieder sehen, bevor mir die Nächsten auch so der Reihe nach den Weg kreuzen."

„Da werden aber sowieso nicht kommen alle, weil einige schon so wie mein Mann in Eichentruhe!"

„Wer?", fragt der Metzger ein wenig erstaunt, so als wüsste er von nichts.

Und dann erzählt die Danjela die Geschichte mit dem Mord am Deutner, und was da los war an der Schule. Und dass die Polizei gar nicht so oft da war, wie das im Grunde bei einem Mord sein sollte, weil sich ohnedies sehr bald herausgestellt hatte, dass nur der Dobermann der Mörder sein konnte. Sie und der Schulwart hatten ihn zwar an diesem Tag nicht im Haus gesehen, aber offensichtlich war er ja dem Eder und der Neubauer begegnet. Wie er an der Schulwartloge, die im Grunde immer besetzt sein sollte, vorbeigekommen ist, weiß sie nicht. Nur den Deutner hat sie reinkommen sehen. Das war sowieso eine Sauerei, weil nachdem die Polizei gegangen und die Leiche beseitigt worden war, hat sie den ganzen Dreck und das Blut wegputzen können.

Während sie so erzählt und der Metzger froh ist, dass die beiden endlich reden, weil dieses prickelnde Schweigen davor schon wunderbar schön gefährlich wurde, wird er stutzig, als die Djurkovic behauptet:

„Das Motiv von Dobermann nur sehr komisch, mir hat mein Mann erzählt, der bei Verhandlung war, dass Motiv gewesen sein soll Rache an Deutner, weil der hat Dobermann erwischt, wie der soll vergewaltigt haben die Kitzler."

„Ja und, was ist da so unglaubwürdig?", fragt der Metzger.

„Na, da hat der Dobermann aber schon vorher sehr oft vergewaltigt die Kitzler, nur hat die viel Spaß gehabt dabei, immer am Nachmittag, wenn Schule leer, oder die beiden geglaubt, dass Schule leer! Haben halt nicht gewusst, dass ich putze Schule am Nachmittag."

„Was soll das heißen?"

„Kitzler und Dobermann haben gemacht wochenlang biologische Übungen in Zeichensaal, letzter Stock, da wo steht Sofa. Und ich hab immer müssen warten, bis fertig, und das hat gedauert, und oft war sehr spät, und für mich war auch spät, bis ich mit Putzen fertig, wegen Kitzler.

Und irgendwann war aus mit Stöhnen von Kitzler aus Zeichensaal, ich überglücklich wegen Putzen, nur Dobermann recht grantig, und fast zur selben Zeit beginnt selbes Stöhnen aus Physiksaal! Nur nix mehr mit Dobermann, sondern diesmal mit Deutner. Richtige Schlampe, Lehrerin für Liebe machen und Herz brechen, Praktikantin ja, aber nix in ihrem zweiten Fach Mathematik – naja, vielleicht nur was angeht rechnen, weil Kitzler sehr berechnend! Und dann muss Dobermann verlassen Schule wegen Vergewaltigung, großer Blödsinn alles, hat Kitzler wahrscheinlich wollen sich ordentlich zur Brust nehmen, aber nix um machen Liebe! Und wie Zwirnhofer erwischt Dobermann, logisch, dass Kitzler nix erzählt von ganzer Geschichte. Na, im nächsten Schuljahr war sie dann Gott sei Dank nix mehr an dieser Schule."

Der Metzger ist ziemlich erstaunt, aber jetzt nicht gerade vom Mitleid erschüttert, dann hat's den Dobermann also erwischt, obwohl er unschuldig war! Es gibt doch Gerechtigkeit, denkt sich der Metzger.

„Warum hast du der Polizei nichts erzählt?", fragt der Metzger.

„Na, weil ich nix so gut mit Polizei!"

Die Djurkovic drückt herum, wechselt von einem Bein aufs andere, geht ein wenig zurück und beginnt zaghaft zu erzählen.

„Was soll machen ein Mädchen mit 22, wenn Heimat kein Zuhause? Allein illegal über Grenze zu Cousin, und mit Cousin ins Wirtshaus Novak. Und beim Novak sitzt der alte Schulwart Hans Djurkovic, und wie ich dann 14 Tage später wieder komme zu Novak, hat mein Cousin mit Schulwart Idee ausgehandelt, wie ich kann legal bleiben in Land." Lange Pause.

„Na, durch Heiraten! Aber ich nix Nutte, und Hans Djurkovic im Grunde sehr nett. Wir haben auch erst geheiratet nach einem Jahr, um zu schauen vorher, ob klappt Zusammenleben. War sehr krank und sehr allein und hat mir versprochen, wenn ich werde seine Frau, er gut sorgen für mich finanziell, und ich soll gut sorgen für ihn mit Arbeit in Schule und Pflege. Und gut war so! Hans war anständiger Mann, und ich hab versucht ihm gute Frau zu sein. Und wie Krebs ganz schlimm, und keine Chance mehr auf Heilung, Hans ist wieder gekommen heim und gestorben zu Hause, so wie sein soll auf dieser Welt!"

Und dann erzählt sie von ihrer damaligen Angst, die Polizei könnte in der Zeit bis zur Heirat draufkommen, dass sie illegal beim Schulwart lebt. Und ihr schlechtes Deutsch hätte auch nicht gerade dazu beigetragen, sich mit den nicht ganz vorurteilsfreien inländischen Polizisten auseinandersetzen zu wollen.

Seit 20 Jahren ist sie nun alleine Schulwartin und hat zwei Freundinnen, die ihr aushelfen.

So angenehm die Geschichte der Djurkovic für das jugendlich verliebte Herz des Willibald Adrian auch ist, so unangenehm sind ihm die anderen Neuigkeiten.

Die Kitzler hat also das Unschuldslamm gespielt, mehr oder weniger den Zwirnhofer um den Finger gewickelt, und der hat dann dem Dobermann den Rat gegeben, die Schule zu verlassen. In Wahrheit wollte die Kitzler nur ihre schmutzigen Affären nicht auffliegen lassen und hat beinhart den Zwirnhofer und auch den Eder, der ja auch in den Biologiesaal gekommen ist, manipuliert und in dem Glauben gelassen, es handle sich um eine Vergewaltigung.

Und dann heiratet der Eder die Kitzler, das ist schon ziemlich unglaublich.

Inzwischen ist es Nachmittag, der Kaffee in der Schulwartwohnung hat den Kreislauf vom Metzger wieder in Schwung gebracht, und das Herz ist sowieso wie ausgewechselt. Wie sich dann die beiden voneinander verabschieden, drückt die Djurkovic den Metzger an ihre Brust und sagt: „Schön, dass du bist wiedergekommen zur Eingangstür auf eine Plauderei, die Zeit von letzter Pause bis zu dieser war länger nämlich als eine Unterrichtsstunde. Vielleicht geht wieder schneller in Zukunft, weil sonst nächste Plauderei von Eichentruhe zu Eichentruhe – und ich könnt mir vorstellen schönere waagrechte Position mit dir!"

Jetzt ist der Metzger rot geworden wie die untergehende Sonne, nur ist halt was aufgegangen in seinem Inneren.

„Na dann", meint er unbeholfen, „dann hoffen wir, dass du nicht die Ohnmacht am Perser vom Herrn Direktor meinst!" Glücklich schaut die Djurkovic dem Willibald Adrian in seine braunen Knopfaugen und ihr Lächeln hätte das traurigste Winkerl dieser Erde glücklich gemacht, gesehen hat es aber nur der Metzger.

Jetzt weiß ich, was Cohiba heißt, und dass ich darauf ohnmächtig werde. Und dass der Raulederne vom Dobermann mir irgendetwas erzählen will, denkt sich der Metzger beim Heimgehen, und was die Kitzler für ein Luder ist, und dass der Eder im Grunde in Ordnung ist und dass ich sicher bald wieder in die Schule muss.

12

Die nächsten zwei Tage verbringt der Metzger mit seiner Renaissancetruhe, seinem Braunsteiner Cuvée und damit, standhaft der Versuchung zu widerstehen, sofort wieder bei der Djurkovic aufzukreuzen. Das hätte einen zu ungestümen Eindruck vermittelt, außerdem ist er, was die Liebe betrifft, im Grunde äußerst unerfahren – abgesehen von seiner ersten großen platonischen Liebe zur Danjela, die nun vielleicht doch noch um eine Ebene reicher werden könnte. Sexuell hat der Metzger nämlich für einen Mann Mitte 40 relativ wenig vorzuweisen, und das, was er diesbezüglich erlebt hat, ist von Liebe sehr weit entfernt.

Ein kurzes Abenteuer mit einer hysterischen neureichen Kundin, die bei der Lieferung ihrer renovierten Schlafzimmerkommode den Metzger dann einfach nicht mehr zusammen mit dem Hausmeister Wollnar und seinem Pritschenwagen nach Hause fahren lassen wollte.

Er müsse mit ihr und einem guten Rotwein noch gemeinsam auf dieses Prunkstück anstoßen! Während der Metzger die Kommode gemeint hat, hat die Kundin, übrigens mit einem ebenso hysterischen, peinlich rasierten Pudel, offensichtlich an ganz etwas anderes gedacht. Nachdem beim Metzger die Wirkung des Rotweins die Kontrolle über die Selbstkontrolle übernommen und die Kundin aus denselben Gründen dem Metzger verdeutlicht hatte, dass hysterisch noch diverse Steigerungsstufen kennt, konnte er schließlich bei Kerzenlicht vom Bett aus die Kommode betrachten, während die Kundin zutiefst gekränkt feststellen musste, dass sein Prunkstück, alkoholgeschwängert, den Dienst verweigert hatte! Er ist dann mit dem Taxi heimgefahren!

Kurz darauf verlieh dem Willibald die kleine Unsicherheit bezüglich seiner Manneskraft ausreichend Stehvermögen, um sich auf die nächstbeste Gelegenheit einzulassen. Wieder eine Kundin, diesmal ein Glaskasten, wieder fährt der Wollnar allein nach Hause, diesmal schon ein wenig erstaunt über das Verhalten seines sonst so edlen Kollegen, diesmal eine Spur weniger Rotwein und der Metzger nimmt die erste morgendliche U-Bahn, zufrieden mit seiner Manneskraft und sehr zermürbt über sein Verhalten. Seine Moral war ihm trotzdem mehr dankbar als beschämt, weil Herumlaufen mit dem Gefühl, unten funktioniert nicht alles, einem Mann im besten Alter langfristig nicht guttut.

Das waren dann schon alle Abenteuer aus seinem beruflichen Umfeld. Das erste Mal überhaupt war mit der Tochter der besten Freundin seiner Mutter. Da haben sich die beiden Mamis gedacht, sie tun ihren über 30-jährigen Sprösslingen etwas Gutes, wenn sie ein wenig Schicksal spielen. Jetzt kann man nicht gerade behaupten, dass sich die betroffenen Versuchskaninchen besonders anziehend gefunden hätten, dennoch haben die beiden eine Ebene gefunden, die ihnen schließlich doch weitergeholfen hat. Nora und Willibald, zwei vergeistigte Wesen, waren sich im akademischen Austausch darüber einig geworden, dass sie zwar so was von überhaupt nicht zusammenpassen, aber dass sie trotzdem die Chance nutzen sollten, um erste Erfahrungen in körperlicher Hinsicht zu sammeln und um den inzwischen, auf Grund des Alters, unangenehmen Zustand der Jungfräulichkeit zu beseitigen. Sehr pragmatisch und beinah wissenschaftlich waren diese Begegnungen, Plural deshalb, weil beim ersten Mal schon das volle Programm, das ging ja nun auch wieder nicht. Als es dann aber schließlich geschehen war, in einem mittelmäßigen Hotel, folgte ein freundlich sich gegenseitig Dank aussprechender Abschied und zwei enttäuschte Mütter, die daraufhin niemals wieder Schicksal gespielt haben.

Aber jetzt ist alles anders, jetzt hat den Metzger ein wenig eine Ahnung von Liebe eingeholt. Weh tut sie anfangs, stellt er fest, weil der Trieb und das Hirn ein ständiges Hickhack betreiben. Der eine macht aus dem anderen Kleinholz, und damit heizt das Herz seine Glut.

Und wenn dann Trieb und Hirn völlig dem Erdboden gleichgemacht sind, so hofft der Metzger, entflammt das Herz. Und dieses lodernde Feuer ist die Liebe. Nur womit dann nachgelegt werden kann, wenn der ursprüngliche Heizstoff zu Ende geht, das ist das große Geheimnis.

Momentan sitzt der Metzger jedoch noch fest in der seelischen Holzhackerstellung: Soll ich schon heute zu ihr oder soll ich nicht?

Das Läuten des Telefons befreit ihn aus dem gedanklichen Gänseblümchenblätterausreißen:

„Hier Pospischill! Ich bin in der Nähe und bring dir die Adressenliste, bis gleich."

Jetzt wird der Metzger ein klein wenig panisch, weil dem Pospischill die Einladung mit dem Zeigestab zu zeigen, wäre im Augenblick seines eigenen Ermittlungsstandes noch denkbar ungünstig. Erstens glaubt ihm ja der Pospischill seine Geschichte nicht, und zweitens, woher hat denn der Metzger den Zeigestab? Da kann er auch nicht erzählen, bei ihm wäre eingebrochen worden, aber gemeldet hab ich das nicht!

Also schnell weg mit dem Staberl, schnell weg mit den Einladungen und schnell eine neue Einladung schreiben.

Wie draußen ein Polizeiwagen vorfährt, hat der Metzger eine Pseudoeinladung fertig. Der Pospischill kommt herein und will sich hinsetzen.

„Nein, nicht da, ist ein alter Thonet auf wackligen Beinen!"

„Nette Begrüßung, freu mich auch, dich zu sehen, hab nicht viel Zeit! Hast du einen Kaffee?"

„Nein, nur einen Rotwein oder ein Glas Wasser!"

„Na, dann nehm ich doch den Kaffee!", sagt der Pospischill sarkastisch und knallt unsensibel die Adressenliste auf die Renaissancetruhe.

Der Metzger reagiert schlagartig auf dieses kunsthistorische Attentat und sagt:

„Darf ich vorstellen: Renaissancetruhe, Florenz, 16. Jahrhundert, Schätzwert 30.000 Euro!"

Der Pospischill erblasst und nimmt vorsichtig die Liste von der Truhe, wischt ein wenig unbeholfen mit seinen Fingern über die gepeinigte Stelle und sagt:

„Und wer kauft so was, bitte?"

„Zum Beispiel der Herr Direktor Eder!"

„Wie bitte?"

„Ich war in der Schule und hab dem Eder zum Austeilen an unsere Klassenlehrer einige Einladungen gebracht. Die Direktion – ein Museum!"

Dabei wackelt er mit seiner Pseudoeinladung.

„Du warst in der Schule!", der Pospischill ist nun völlig verdattert.

„Hast geglaubt, ich mein das nicht ernst mit dem Klassentreffen?"

Der Pospischill drückt dem Metzger die Liste in die Hand, schaut plötzlich wie ein richtiger Polizist und sagt:

„Aber Blödheiten machst du keine, oder?"

„Nein, Herr Inspektor, nur seit ich dir begegnen durfte, befinde ich mich auf einer Art Vergangenheitsbewältigungstrip! Aber du musst dir keine Sorgen machen, ich erzähl schon niemandem, wie du die Matura geschafft hast!"

Jetzt hat der Pospischill wieder eine richtig gute Farbe im Gesicht bekommen und sagt ein wenig verunsichert:

„Na, dann is ja gut, pass auf dich auf, und wenn du mich brauchst, ruf an, jederzeit!"

Dann ist er weg, und der Metzger froh, dem Pospischill von seinem Schulbesuch erzählt zu haben, weil es tut schon gut, wenn zumindest ein ungläubiger Polizist darüber Bescheid weiß, wo du warst, wenn du noch nicht genau weißt, wo du eigentlich hin willst!

Das mit dem „Nicht-wissen-wohin" nimmt jedoch schlagartig eine Wendung, denn ab nun gibt es eine Adressenliste, aus dem Polizeicomputer, inklusive Telefonnummern.

Alle stehen sie drauf, mit Ausnahme vom Deutner, vom Dobermann und von der Kitzler, die ja jetzt vermutlich Eder heißen wird, rein namenstechnisch für sie eine enorme Verbesserung.

Sogar die Geheimnummer von Metzgers Privatanschluss steht da drauf, so viel zum polizeilichen Umgang mit vertraulichen Daten, und so viel zur Einschätzung, die der Pospischill von seinem ehemaligen Mitschüler haben muss: Ein vertrauensseliger, gutmütiger Kerl, der ein wenig den Hang hat, zu oft zu tief ins Glaserl zu schauen, und danach dennoch völlig ungefährlich bleibt, bis auf die Halluzinationen – dem kann man schon so eine Liste aushändigen!

Dass diese Liste aber nur eine List war, um eben an die Adressen heranzukommen, hätte der Pospischill dem Willibald niemals zugetraut! Da wird aber noch so einiges passieren, was der Eduard dem Willibald im Vorhinein nicht zugetraut hätte, und was sogar der Willibald Adrian dem Metzger nicht zugetraut hätte.

13

Zum Beispiel Folgendes:

Erste Station der unangemeldeten Hausbesuche ist Professor Konrad Zwirnhofer am Stadtrand. Allein die Fahrt dorthin, mit den Öffentlichen, könnte durchaus in die Kategorie Abenteuer eingeordnet werden. Wenn nach der Endstation der U-Bahn die nächste Station, bei der ausgestiegen werden muss, die Endstation einer Straßenbahn ist und danach als nächstes Ziel wiederum die Endstation eines Busses angepeilt wird, der nur im Zweistundenintervall fährt, wäre es empfehlenswert, sich für die Heimreise zumindest EINE intakte Telefonzelle am Weg zu merken, um gegebenenfalls ein Taxi rufen zu können – das gilt klarerweise nur für grundsätzliche Mobiltelefonverweigerer, und, wie wäre es anders zu erwarten, so einer ist Willibald Adrian Metzger!

Er ist also dort, wo der Bus die Schleife macht, ausgestiegen, hat am Fahrplan gelesen, dass der nächste Bus in zwei Stunden retour geht, sich noch gefreut, hat seine Adressenliste und die Karte gezückt, festgestellt, dass es bis zum Zwirnhofer seinem Gartenhäuschen noch ein kleines Stückchen zum Gehen ist, und hat nach einem etwa 30-minütigen Spaziergang wieder die Busstation erreicht.

Natürlich war das ein netter Spaziergang, vorbei an den Villen all jener, die dem Metzger rein möbeltechnisch äußerst viel zu geben haben, vorbei an diversen Mercedes Cabrios und glänzenden Geländewagen, weil ja jeder Neureiche, der am Rande der Stadt wohnt, durch die Anschaffung eines Geländewagens, den er fahrtechnisch gesehen gar nicht braucht, mit potenten 20 Litern auf 100 Kilometer im Stadtverkehr gerne kundtut, dass er eben am Rande der Stadt wohnt! Abgesehen davon, dass dort, wo das Geld zuhause ist, die Schneeräumung zuallererst ihre Runden dreht.

Jetzt hat sich der Metzger nicht mehr so gefreut, weil der nächste Bus inzwischen schon in 90 Minuten fährt, und dieser nächste Bus auch der letzte dieses Tages ist. Beim zweiten Versuch ist der Metzger schon bis in die Gartensiedlung vorgedrungen, die zwar direkt neben den überdimensionalen Villen liegt, aber weil eben das Geld auf der anderen Seite nicht zuhause ist, oder weil die notwendigen Beziehungen fehlen, ist die Flächenwidmung dort so, dass die Häuser maximal 35 Quadratmeter groß sein dürfen. So schaut die Welt also aus, nur eine mickrige Straße trennt Recht von Unrecht, trennt die, die sich's richten, von denen, die eben nicht mit dem Bezirksvorsteher, den Abgeordneten, den Firmenchefs und den Gynäkologen, die die Kinder der Bezirksvorsteher, der Abgeordneten und der Firmenchefs entbunden haben, auf ein Bier gehen.

Nach einigen Runden in gespenstischer Stille vorbei an leeren eingewinterten Gärten sieht der Metzger wieder, inzwischen schon ziemlich müde und ziemlich schlecht gelaunt, am Ende der Gasse ein kleines Platzerl mit Bankerl, nämlich die Busstation.

Noch 50 Minuten. Er setzt sich auf die Holzbank vor dem Fahrplan, und wie er da so mit den Beinen wippend auf eine Eingebung wartet, hört er hinter sich eine vertraute Stimme: „Willibald Adrian Metzger, willst du wo einbrechen oder jemanden besuchen?"

Hinter ihm steht in sportlicher Kleidung, mit Nordic-Walking-Stöcken in der Hand, ein gealterter Konrad Zwirnhofer.

Hoffe, er kann die Stöcke auch benutzen und schleift sie nicht so sinnlos neben sich her, wie 90 Prozent all jener, die behaupten, diesen Sport zu betreiben, denkt sich der Metzger.

„Ich will jemanden besuchen, der einen Stock verloren hat, und sich offensichtlich nun mit zwei neuen abmüht, die ihm aber scheinbar nicht so gut in der Hand liegen!"

Der Zwirnhofer starrt ihn stutzig an, und der Metzger zieht aus dem Plastiksackerl, das er jetzt schon seit über einer Stunde durch die Gegend schleppt, den Zeigestab.

„Nein, das darf nicht wahr sein, das ist unmöglich!" Wirklich erfreut ist der Zwirnhofer, erstens über den Zeigestab und zweitens über den Besuch.

„Du musst mir erzählen, wo du den her hast, warum du mich besuchen willst und was aus dir geworden ist, Willibald!"

Müde nimmt er die Walking-Stöcke in eine Hand und hängt sich mit der anderen beim Metzger ein, geht über die Straße, sperrt mit einem Schlüssel das Tor zu einem Privatweg mit der Aufschrift „Familiengärten Hofmannsthal" auf, geht bis zum dritten Gartentürl und sagt:

„Willkommen in meinem bescheidenen Heim!"

Der Metzger ist gerührt über den freundlichen Empfang und gleichzeitig auch ein wenig auf der Hut.

Wenn das alles ist, was sich ein Lehrer im Lauf seiner Jahre ersparen kann, dann wäre das ein weiterer Grund, diesen Beruf nicht anzustreben, denkt sich der Metzger. Klein und eng ist es in dem Häuschen und der Hauch des Alters in jeder Ecke zu spüren. Es duftet nach Großvater, die meisten Fotos an der Wand sind schwarz-weiß, auf einem alten Sofa liegen Dutzende Polster mit gehäkelten Überzügen, die Regale an der Wand sind bis auf den letzten Platz mit physikalischer Gerätschaft und ebensolchen Büchern gefüllt, am alten Esstisch steht eine

Porzellanvase mit Blümchenmotiv und Seidenblumen, und in der Ecke schmachtet ein leidender Holz-Jesus auf seinem Kreuz. Der Metzger hat nie verstanden, was Menschen dazu bewegt, an eine Religion zu glauben, die einerseits die Auferstehung als ihre größte Frohbotschaft in die Welt posaunt, sozusagen „Kinder, keine Angst vor dem Tod!", und gleichzeitig genehmigt, dass ihr absoluter Held, der Befreier der Menschheit, abgebildet im Moment seiner größten Marter, als geweihte Holzschnitzerei über den Betten, den Esstischen, den Familiensofas, den Kuschelecken und in den Kinderzimmern der meisten Christen hängt. Da muss es einem erst einmal gelingen, eine rechte Freude aufkommen zu lassen. Für den Metzger ist es deshalb nie ein Wunder gewesen, wenn die religiösesten Menschen über Leichen gehen, sie werden ja richtiggehend abgehärtet, schon allein durch die ständige Gegenwart solcher Dekorationsstücke. Was dem Metzger im Laufe seiner Restauratorentätigkeit schon an Schund und absolut widerwärtig hässlichen Kreuzen mit ebenso absurden Gottessöhnen durch die Finger gegangen ist, da hätte der Vater oder die Mutter oder die ganze Sippschaft da oben im Himmel wohl keine Freude! Für die sind diese Kreuze ja auch nicht gedacht, sondern für die unzähligen Schäfchen da herunten, die gefälligst auch ein wenig gebückt und verängstigt sein sollen, denn bekanntlich glauben die Menschen ja immer dann am meisten, wenn es ihnen schlecht geht. Und ganz glückliche Menschen sind ja grundsätzlich schlecht fürs Geschäft. Die jahrhundertealte Liebesbeziehung zwischen der Angst und der Demut funktioniert heute noch, das wissen nicht nur die Religionen.

Der Zwirnhofer stellt eine Teekanne mit Wasser auf den Gasherd und setzt sich zwischen die Häkelpölsterchen.

Ganz von allein fängt er an zu erzählen: „Das letzte Mal habe ich den Zeigestab gesehen, da hat sich grad der Dobermann über die Kitzler hergemacht. Der Eder war dann Aufpasser, während mich die Kitzler im Nebenraum gebeten hat, die Sache intim zu regeln. Ist ja dann doch später die Wahrheit auf den Tisch gekommen!"

Der Metzger weiß nur inzwischen, dass Zwirnhofers Vorstellung von der Wahrheit gar nicht der Wahrheit entspricht, wie das halt oft so ist mit der Wahrheit!

„Dann hab ich dem Dobermann gesagt, er soll sich nie wieder blicken lassen, sonst zeig ich ihn an. Daraufhin hat er wutentbrannt den Zeigestab genommen und wollte auf mich losgehen. Gott sei Dank war der Eder dabei und hat ihn festgehalten. Dann ist er in Socken und mit dem Zeigestab davongelaufen! Eine traurige Geschichte! Und wie bitte bist du jetzt, Willibald, an den Finger meiner Macht gekommen?" „Wissen Sie, Herr Professor", beginnt der Metzger, der Zwirnhofer fällt ihm aber ins Wort und meint:

„Nonono, Willibald, jetzt bist schon ein erwachsener Mann. Eigentlich müsst ich ja Sie sagen! Also entweder wir sind beide per Sie oder beide per Du!"

Ist doch eine Charakterfrage, das mit der symmetrischen Gesprächsebene! Gerührt sagt der Metzger:

„So eine Ehre, dann stoßen wir also an auf ein Du, mit dem Tee!"

In diesem Fall mit Pfefferminztee, ist gesund, wirkt nervenberuhigend und ist gut für den Magen, also ein wohltuendes Omen.

„Der Zeigestab ist mir wie so viele andere Antiquitäten in die Hände gefallen, ich hab ihn mehr oder weniger nur aufheben müssen, ihn gründlich restauriert und ehrenvoll behandelt." „Und dann hast du dir gedacht, ich schau mal, ob der Zwirnhofer noch lebt!"

„Ja, außerdem gibt es ein Klassentreffen, und ich bring Ihnen, nein dir, die Einladung!"

Der Zwirnhofer ist plötzlich sehr vorsichtig geworden und fragt: „Wer lädt denn ein?"

„Anonym!", sagt der Metzger.

Plötzlich ist das Gesicht vom Zwirnhofer wie kurz vor einer Stundenwiederholung, wenn jeder gewusst hat, heute geht's einem an den Kragen. Seine Augenbrauen haben sich hochgezogen, was natürlich bei einem sehr abgemagerten Menschen doppelte Wirkung hat, weil da die Augen und die blauen Äderchen viel mehr zur Geltung kommen. Seine Finger haben sich in das Häkelmuster der Pölster hineingearbeitet, so, als könnten sie in den Tiefen der Schaumstoff-Füllung verborgene Schätze aufspüren, und seine eher stolze aufrechte Haltung ist in sich zusammengesunken wie eine Luftmatratze, der die Luft ausgeht.

„Es hört nicht auf!", flüstert er und schaut dem Metzger verängstigt in die Augen.

„Was hört nicht auf?", flüstert der Metzger.

„Die Toten geben keine Ruhe!", wiederum der Zwirnhofer. Das kann man wohl sagen, denkt sich der Metzger in Anbetracht der jüngsten Ereignisse und fragt seinen Klassenvorstand:

„Was heißt das, die Toten geben keine Ruhe?"

Ganz still ist es jetzt im Zimmer, man kann direkt hören, wie der Teebeutel sein Aroma an das heiße Wasser abgibt, nach einer scheinbar ewigen Pause beginnt der Zwirnhofer:

„Was weißt du alles?"

„Der Dobermann hat den Deutner umgebracht, ist im Gefängnis gelandet und wurde inzwischen querschnittsgelähmt und vorzeitig entlassen. Das weiß ich!"

„Woher?", fragt der Zwirnhofer.

„Vom Pospischill, den ich zufällig getroffen hab!"

„Vier Jahre nach eurer Matura ist der Deutner erstochen im Biologiekammerl aufgefunden worden. Und alles hat auf den Dobermann hingedeutet, im wahrsten Sinn des Wortes. Ich hab den Dobermann nie leiden können, aber den Deutner schon gar nicht. Vor allem war der Deutner, im Gegensatz zum Dobermann, der Hinterfotzigere. Kaum war der Dobermann weg vom Fenster, hat er sich an die Kitzler herangemacht, sozusagen edler Retter, und die Kitzler war so blöd und hat sich auf ihn einlassen!"

Der Metzger, der von der Djurkovic weiß, wie die Sache wirklich gelaufen ist, dass nämlich die Kitzler den Dobermann versetzt hat wegen dem Deutner, wundert sich, wie beharrlich sich Unwahrheiten in Seelen ausbreiten und den kleinen Planeten „Mensch" auf eine völlig falsche Umlaufbahn schicken. Und während er den Zwirnhofer so reden hört, freut er sich irgendwie schon, die ganze Geschichte bald von der Kitzler persönlich erzählt zu bekommen. Welche sphärischen Klänge wohl aus ihrem Munde ertönen werden, Sirenengesang einer Scheinheiligen!

„Irgendwie war sie für mich wie die Tochter, die ich nie gehabt hab", hört er vom Sofa den Konrad.

„So ein junges Ding, das sich halt leider nicht im Griff hatte, weil was hätte denn die Kitzler vom Deutner schon bekommen können!"

Der Zwirnhofer gönnt sich eine spontane Pause, wirkt ein wenig traurig und schaut auf ein altes Foto an der Wand.

„Und wie der Deutner dann tot war, ich war nicht ganz unglücklich darüber, muss ich zugeben, hat sich sofort der Eder, obwohl verheiratet, auf die Kitzler gestürzt. Sie war zwar nicht mehr an der Schule, aber ich in Kontakt mit ihr, und der Eder in Kontakt mit mir. Und das nur deshalb, wie ich später draufgekommen bin, um über mich in Kontakt mit ihr zu sein. Und irgendwann haben dann beide keinen Kontakt mehr zu mir gehabt, sondern nur mehr untereinander. Ich war dann schließlich mit dem Antritt der Pension richtig erleichtert. Auch ein Glück, andere können sich nicht trennen! Mir ist das aber nicht schwergefallen, weil mir die letzten Dienstjahre dann noch kurz die Ehre zuteilgeworden ist, den Eder, diesen Waschlappen, mit Herr Direktor ansprechen zu müssen. Zu meinem großen Glück durfte ich zusätzlich noch zuschauen, wie die beiden geheiratet und Kinder gekriegt haben."

„Kinder!", hört der Metzger plötzlich im Raum nachklingen. Tolle Raumakustik für so ein Minihäuserl, dessen Wände mit Bildern, Vorhängen und Regalen dermaßen verstellt sind, dass kaum noch die Musterung der Tapete zu erkennen ist.

Das Echo war aber weit davon entfernt, den Klang von Zwirnhofers Stimme zu doppeln. Die Wiederholung war rein inhaltlich, die Stimme aber um einiges rauer und vor allem höher.

„Kinder", hört der Metzger wieder, und dann „Laura, bist mein Sonnenschein!", perfekt darauf gereimt hört er sofort, aus derselben Ecke:

„Laura, du bist hier daheim! – Lauuuuuuuura, ja wo ist denn die Laura? Hier daheim!"

Aus dem Eck hinter dem alten Kasten sieht der Metzger die schmalen Gitterstäbe eines Käfigs hervorragen, eines sehr großen Käfigs. Ein wenig fragend schaut er den Konrad an, dann steht er auf, beugt sich vor und fühlt sich, als wäre er in der Kajüte eines spanischen Segelschiffes, der Zwirnhofer hätte auf Grund seiner Erscheinung auch gar keinen so schlechten Kapitän abgegeben.

Vor ihm ein riesiger Graupapagei, ein Psittacus erithacus. Wahrscheinlich genauso alt wie sein Herrl, denkt sich der Metzger. Da, wo noch Federn sind, sind sie auch grau, ansonsten dominiert das Rosarot der blanken Haut, der Kopf hat offensichtlich Modell für manchen Modefriseur gestanden, so zersaust und dadurch schon beinah modern der Look, und die Flügel vermitteln nicht unbedingt den Eindruck, sie könnten den Papagei weiter transportieren als auf den kleinen Teppich direkt vor dem Türl des Käfigs.

„27 Jahre ist er alt, schläft meistens, so wie ich!", sagt der Zwirnhofer traurig.

„Bin froh, dass ich ihn hab, ich hoff halt, er findet noch ein Zuhause, wenn ich das letzte Mal übersiedeln muss!"

„Du schaust aber gar nicht so aus, als würdest du schon an den Umzug denken müssen!", antwortet der Metzger verlegen!

„Apropos Tod, was hast du vorhin gemeint mit: Die Toten geben keine Ruhe?"

Wieder schaut der Zwirnhofer auf das Foto an der Wand. Der Metzger, der immer noch steht, geht unverfroren auf das Foto zu. Wieder ein Hochzeitsfoto, links der Zwirnhofer und rechts die Dame hat er schon einmal gesehen. Sein Gedächtnis beginnt auf das interne Archiv der Schuhschachteln im Kopf zuzugreifen, ruckzuck geht das, wenn das Hirn weiß, wo es suchen muss.

Und da der Willibald immer schon eine Schwäche gehabt hat für ältere Frauen, ist es keine Schwierigkeit, der edlen Madame im hellen Kostüm den richtigen Namen zu geben.

Wie sie damals den Metzger vor der Schule erwartet hat, ein paar Tage nachdem ihm einmal zur Abwechslung der Deutner zeigen musste, wie tief sich eine Faust in die Magengrube eingraben kann, hatte sie am selben Tag gemeinsam mit ihrem verkommenen Sohn eine Vorladung zum Direktor. Der Metzger war nämlich einerseits nicht gewillt, jedem seine Mitschriften zu geben, und andererseits bereit, den Dank für die Abweisung noch tagelang zu spüren. Die Faust vom Deutner hat sich folglich am Klo so tief in seine Magenhöhle hineingebohrt, dass der Metzger erstens am Weg in die Klasse unfreiwillig und unübersehbar seinen Mageninhalt am Gang zur Schau stellen musste und zweitens sofort an Ort und Stelle umgekippt ist. Das fallt dann schon auf, wodurch natürlich die Beziehung Deutner-Metzger nicht gerade positiv beeinflusst wurde, weil klarerweise der Metzger schuld war, dass nun der Deutner samt Mutter zum Direktor musste.

Und wie der Willibald dann am Tag der Vorladung die Schule verließ, stand sie da, die Deutnermama, ging auf ihn zu, ihre mütterliche Brust bebte vor Aufregung, der Metzger hatte in Anbetracht dieses Bebens natürlich Schwierigkeiten, ihr in die Augen zu sehen, und sagte:

„Es tut mir so leid, so unendlich leid, lieber Willibald Adrian! Was der Ferdinand mit dir gemacht hat, kann ich nicht wiedergutmachen. Ich schäme mich für ihn, und glaub mir, ich bin gestraft genug mit meinem Sohn! Ich will dir eine kleine Freude machen. Ich hab den Ferdinand gefragt, ob er weiß, was du gerne magst, und ich hoffe, er hat mich nicht belogen. Er meint, dass du alte Sachen sammelst und dich alle in der Klasse deshalb auslachen! Ich finde das toll, wenn ein Junge schon so ein ausgesuchtes Hobby hat! Lass dir dieses alte Notizbuch von mir schenken, es ist in Leder gebunden und drinnen sind sehr wertvolle Bogen aus geprägtem Papier, da kannst du all deine Sammelstücke eintragen!"

Der Willibald Adrian hat noch immer auf die mütterliche Brust gestarrt, aber wie er dann der Mutter vom Deutner in die Augen gesehen hat, hat er etwas viel Besseres entdeckt! Etwas, das vielleicht von der Sippschaft da oben im Himmel den Menschen geschenkt wurde, damit sie ein wenig Frieden finden – nämlich Liebe! So viel Wärme und Geborgenheit war da in ihrem Blick, und wie der Metzger da jetzt vor dem Foto in Zwirnhofers Häuschen steht, spürt er sie wieder, und gleichzeitig sieht er auch, wie sein Notizbuch am Hof in dem Blechkübel zwischen den Füßen vom Dobermann in Flammen aufgeht.

„Du hast die Mutter vom Deutner geheiratet?", der Metzger dreht sich um und schaut dem Zwirnhofer in die inzwischen feuchten Augen, „das kann ich verstehen!"

„Sie war schon zu Lebzeiten ihres Sohnes zuerst unfreiwillig oft in meiner Sprechstunde, später dann freiwillig, und wie dann der Ferdinand ermordet wurde, war sie ein Häufchen Elend, da haben wir viel Zeit miteinander verbracht. Kurz bevor sie gestorben ist, hat sie noch gesagt zu mir: ‚Der einzige Trost nach dem Tod vom Ferdinand war, dass ich dich dafür bekommen hab!'

Weißt du, Willibald, seither wart ich halt, bis ich zu ihr kann, zu meiner Bernadette!

Und seit sie tot ist, passieren so seltsame Dinge, ich träum vom Ferdinand und vor allem ständig von der Bernadette. Und in letzter Zeit kommen mir sowieso sehr oft die 8B und die Kitzler und der Eder in den Sinn. Und jetzt kommst du daher und wieder geht's um die 8B, bringst mir den Zeigestab und eine Einladung zum Klassentreffen."

Jetzt ist der Metzger klarerweise völlig vor den Kopf gestoßen – soll er dem Zwirnhofer die ganze Wahrheit sagen, wo der Zeigestab her ist, dass er das Klassentreffen nur macht, weil er den Mörder vom Dobermann finden will oder muss? Besser nicht, denkt er sich.

Der Metzger setzt sich hin und bedrückt durch die zerbrechliche Ausstrahlung der einst so stählernen Respektsperson sagt er: „Konrad, ich geb dir meine Nummer und das nächste Mal, wenn du Nordic Walking gehst, rufst du mich an, und ich geh mit, nur ohne Stöcke. Ich bin ohnedies viel zu fett!"

Der Zwirnhofer lächelt, dann macht er den Käfig auf, hält den Zeigestab in die Luft und pfeift. Der Papagei hebt sich schwerfällig in die Lüfte und landet gekonnt auf dem Holzstaberl. „Jetzt hast du wieder dein Platzerl, gell!", und zum Metzger gewandt sagt er: „Das hat er schon als Papageibaby gelernt!"

„Baby, Baby!", krächzt der Papagei.

„Laura, bist mein Sonnenschein – Laura, du bist hier daheim! – Lauuuuuuuura, ja wo ist denn die Laura? Hier daheim!" Der Metzger legt dem Zwirnhofer die Einladung auf den Tisch, und gemeinsam mit dem Papagei auf seinem Zeigestab begleitet der Ex-Klassenvorstand seinen Ex-Musterschüler bis zum zugesperrten Tor.

„Bis bald, und bitte anrufen!", sagt der Metzger.

„Danke, Willibald, und danke für deinen Besuch!", hört er noch.

Dann ist Stille, ein eiskalter Wind pfeift ihm um die Ohren und es hat wieder begonnen zu schneien. Diesmal freut sich der Metzger nicht mehr so über den Schnee, weil allein in der Finsternis stehen, ohne Mobiltelefon, dort wo sich Fuchs und Hase nicht über den Weg laufen können, um sich gute Nacht zu sagen, weil es von Mardern nur so wimmelt, wo der letzte Bus längst davongefahren ist und wo weit und breit keine Telefonzelle steht, das ist wahrlich nicht zum Lachen.

Hab genug nachzudenken, tröstet sich der Metzger, der jetzt so lange marschieren kann, bis er auf ein Taxi oder ein öffentliches Verkehrsmittel stößt. Hätte er sich auch nicht gedacht, dass das mit dem Walken schon so früh beginnt!

Wer ist Laura, bitte, fragt er sich zum Beispiel.

„Und sind die Träume vom Zwirnhofer von Bedeutung, oder erzählt er mir Märchen, weil er selbst was mit der Geschichte zu tun hat?

Der Nächste, der sich nicht über eine Einladung zum Klassentreffen der 8B freut!

Hat der Eder also schon vor dem Mord ein Aug auf die Kitzler geworfen, interessant!

Und die Kitzler hat offensichtlich den Zwirnhofer ausgenutzt, als guten Onkel sozusagen!

Wenn es so weiterschneit, werden morgen wieder einige Vollkaskoversicherungen tief in die Tasche greifen dürfen!

Wann kommt bitte ein Taxi?"

14

Im Grunde sind fast alle Aufgaben erfüllt, die schwierigste liegt nun vor ihm. Er muss warten und er kann nichts tun, nicht einmal helfen, denn er weiß nicht, wobei und wie.

Jetzt ist es schon schwerer, am Morgen aufzustehen und den Sinn zu suchen, der die Tage, von denen keiner weiß, wie viele von ihnen noch bleiben, ausfüllt. Heute ist es Mittag, als er aus dem Bett kriecht. Die morgendliche Dusche holt ihn zurück zu den Lebenden, dann geht er kurz ins Büro. Seine Mitarbeiter lassen auf Grund ihres Verhaltens eines genau erkennen: Sie sind sich bewusst darüber, dass mit ihm etwas nicht in Ordnung ist. Sehr zuvorkommend und ausgesucht höflich begegnen ihm seine Angestellten. Der Umgang miteinander ist in seiner Firma ohnedies sehr freundlich, eine der Regeln in ihrem Geschäft, nur so kommt man an das Trinkgeld der im Fall ihrer Kundschaft ohnedies sehr losen Geldbörse heran. Trotzdem ist er seine Arbeit leid, der letzte Kunde wird er selbst sein.

Dann kommt er zu seinem Schreibtisch. Säuberlich gestapelt liegt die Post der letzten Tage auf der Schreibunterlage. Zwischen der Reklame und den Rechnungen ein Brief mit handgeschriebener Adresse und ohne Absender. Nie bekam er Briefe, außer vom Felix, und der kann jetzt nicht mehr schreiben. Innerlich sehr angespannt, aber äußerlich sehr gefasst, eine seiner absoluten Stärken, öffnet er den Brief: KLASSENTREFFEN 8B! Eine schlechte Kopie zeigt den Zeigestab und darunter steht *„Und jedem Anfang wohnt ein Zauber inne!"*

Gut, Metzger, gut!, denkt er sich. Hast du Lunte gerochen, ohne dass ich dir drohen muss!

Weil im Grunde ist er ja kein Freund von Gewalt, ganz im Gegensatz zum Deutner und zum Dobermann! Das Gesicht, das die beiden in der Schule gezeigt haben, hat ihn im Grunde immer sehr befremdet. Und ihre gegenseitige Rivalität, die sich nicht nur in Liebesangelegenheiten, sondern auch vor allem darin zum Ausdruck brachte, wer den Metzger mehr in der Hand hatte, konnte er nie verstehen! Dass der Metzger nun, nach all den Jahren, seiner eigenen trostlosen Schulzeit gegenübertreten muss, ist zwar auch keine Kleinigkeit, trotzdem ist er überzeugt, dem Willibald wird es nachher besser gehen!

Irgendwie war es sein Glück, dass der Metzger mit all seiner Schrulligkeit in der Klasse war. Denn ohne ihn wäre mit Sicherheit er selbst das Opfer, das schwächste Glied gewesen. Er war immer schon etwas zarter und feiner als die anderen, etwas sensibler und vor allem größer. Diese Mischung aus Zerbrechlichkeit und Größe wäre die ideale Angriffsfläche gewesen, ohne die Schwammigkeit und die so einzigartig verstaubte Erscheinung des Metzger.

Leid hat er ihm schon getan, aber erstens wäre er nie so lebensmüde gewesen, diese Gemütsregung nach außen zu tragen, und zweitens hatte er schon damals eine Schwäche für den Felix.

Der Metzger hat also ohne viel Aufsehen verstanden, dass er sich nun der Sache annehmen sollte, die ihm vor die Füße gelegt wurde, weil ihm sonst eventuell Ähnliches drohen könnte. Klug war er immer schon, viel zu klug für die Idioten der 8B! Und jetzt ist er die einzige verbliebene Hoffnung. Alle werden zusammenkommen, da ist er sich sicher!

Dieses Klassentreffen wird keiner auslassen, falls er noch am Leben ist, denn die Neugier war immer noch der stärkste Antrieb neben der Lust.

15

Es hat lange gedauert, bis das erste Taxi am Metzger vorbeigefahren ist. Der Metzger hat gewunken, als würde ihm eine Ameise unter der Achsel emporkriechen, aber der Taxler ist weitergefahren. So wie all die anderen darauf folgenden, weil wenn ein Taxi zu so später Stunde in so einer verlassenen Gegend herumkurvt, dann meistens mit Gästen an Bord.

Der letzte Taxifahrer jedoch, der am Metzger vorbeigerauscht ist, hat wahrscheinlich gesehen, wie sich der herumfuchtelnde Arm nach dem Passieren ein wenig senkt, und ebenso wild gestikulierend wie zuvor nicht mehr die gesamte Handfläche, sondern nur mehr den Mittelfinger zum Winken benutzt! Denn wenige Minuten danach taucht derselbe Wagen in sehr langsamem Tempo hinter dem Willibald wieder auf. Der Metzger bekommt einen kleinen Schweißausbruch.

Er ist ja grundsätzlich schon über sich selbst sehr überrascht! Dass er, der Tage zuvor noch geruhsam dem Trott seines Lebens gefolgt ist, sich verhält wie ein Autofahrer, der endlich das lange vor ihm fahrende Damenfahrzeug überholen kann, hätte er sich nie gedacht! Hinter dem Lenkrad ist es aus mit dem Charme.

Peinlich berührt über sein derbes Verhalten, wundert er sich gleichzeitig darüber, warum er, in dem für ihn schon lange nicht mehr erlebten Moment der wutentbrannten Verzweiflung, gerade die von ihm niemals zuvor gebrauchte Geste des Mittelfingers benutzt. Ist sie kulturell genetisch verankert im Menschen des 21. Jahrhunderts?

Inzwischen hat das Taxi in Schritttempo die Höhe des Metzger erreicht! Jetzt wäre er sehr gerne spontan im Erdboden versunken, aber verschwinden, einfach so, das gibt's ja bekanntlich nicht.

Einfach geradeaus schauen und weitergehen, denkt sich der Metzger, während er links von sich das Summen eines elektrischen Fensterhebers hört.

„Heast!"

Der Metzger geht weiter, steht außer Frage, dass seine rechte Gesichtshälfte nun ihr, zum Glück für den Fahrzeuglenker nicht ersichtliches, so eigenständiges Zucken an den Tag legt. Kommt wieder einmal wie gerufen! Als hätte die Ameise unter der Achsel nun sein Gaumenzapferl erreicht, so übel ist ihm inzwischen.

Bin ich eine Memme und vor allem ein Idiot, denkt er sich. Jetzt werd ich gleich Opfer des subjektiv berechtigten Reaktionsverhaltens eines Taxlers, der den Mittelfinger heute wahrscheinlich zum hundertsten Mal betrachten musste, und obwohl seine Fahrweise grundsätzlich andere Verkehrsteilnehmer zu diesem Signal berechtigt, er das eben aber sicher nicht so sieht und folglich dessen so fährt, bin ich nun der glückliche Tropfen auf dem heißen Stein. Wie in der Schule!

„Heast, was ist! Gehst gern so spät spazieren bei so an Sauwetter oder willst mitfahren?"

Ein wenig verunsichert, dass sich Theorie und Praxis nicht decken, so wie das ja meistens der Fall ist, dreht sich der Metzger zum Wagen. Der will mich nur ins Auto locken und dann wieder am Arsch der Welt aussetzen, quasi als Rache, so Metzgers sofort aufgestellte Gegentheorie. Wie gesagt, mütterlicherseits, das eigene Hirn ist unser größter Feind!

„Jetzt steig schon ein, geht kalt rein beim Fenster, außerdem zitterst eh schon so im G'sicht, vor lauter Kälte!" Nicht die Worte haben den Willibald dann überzeugt, das nette Lächeln und die guten Augen des Fahrers waren der Türöffner, wieder wie so oft im Leben!

Wannst die Augn aufmachst, dann lernst an jeder Ecke und in jedem Moment mehr vom und vor allem fürs Leben als aus so an deppaten Büchel, geht dem Metzger zur Abwechslung einmal eine Weisheit seines Vaters durch den Kopf.

„Hab ich ein Glück!", sagt er dankbar zum Taxler. Obwohl, so erleichtert über den unerwarteten Ausgang dieser Situation und so dankbar, wie der Willibald jetzt den Lenker angeschaut hat, ein bisserl was von oben war da schon zu spüren. Wahrscheinlich ist die ganze Sippschaft, also Heilige, Märtyrer, Engerl, Söhne, Töchter, Himmelvater und Mutter, ohnedies mehr da herunten zu finden als über unseren Köpfen! Wenn die Menschen mehr geradeaus und links und rechts schauen würden als hinauf, gäb es wahrscheinlich weniger Kollisionen.

Das Zusammentreffen mit dem Taxler und die Heimfahrt entpuppten sich als kleiner Wink des Schicksals, denn unterwegs hat der Metzger mehr erfahren, als er beim Einsteigen annehmen konnte. Der Chauffeur ist nämlich durch Gebiete gefahren, die für Benutzer der öffentlichen Verkehrsmittel nicht zugänglich sind, außer man geht. Und Gehen als weitreichendes Fortbewegungsmittel steht für den Willibald ja freiwillig nicht zur Diskussion. Wie die beiden also so eine Abkürzung nach der anderen nehmen, um möglichst schnell die Stadt zu durchqueren, weil ja der Metzger ganz am andern Ende zuhause ist, taucht plötzlich rechter Hand ein lang gestrecktes Gebäude auf. „Neurologisches Krankenhaus Schmidtenhöhe" steht über dem Hauptportal.

Hier bist du also gelegen, Dobermann! Und hier arbeitet der Sebastian Friedberg, hat zumindest der Pospischill behauptet. Und wer dich gepflegt hat, wird wahrscheinlich wissen, wer da bei dir aus- und eingegangen ist zur Besuchszeit!

Der Taxifahrer ist dem Metzger so sympathisch, dass ihn der Willibald gleich bittet, am nächsten Morgen vor seiner Haustür zu stehen, um diesmal gezielt eine Fahrt zur Klinik zu unternehmen.

Im Park neben dem Gebäude wimmelt es nur so vor Patienten in Wintermänteln und Schlapfen, die, zumeist genüsslich an Zigaretten saugend, zusätzlich die wärmenden Strahlen der tief stehenden Wintersonne inhalieren. Seltsame Kombination für einen Nichtraucher, aber bitte, jedem das Seine, es gibt ja auch Menschen, die vor dem Frühstück, sozusagen auf nüchternen Magen, den Lungen eine Fuhre Teer zur Begrüßung eines neuen Tages schicken. Kein Wunder, wenn eines Tages die Lungen keine Lust mehr auf dieses Ritual haben und das Atmen verweigern.

Jedenfalls hier, aus den winterlichen Gärten des Spitals, steigt nur so der Nebel empor, und mittendrin sitzt eine einsame, verzweifelt wirkende Dame nicht rauchend im Rollstuhl. Sozusagen hingestellt und nicht abgeholt.

Der Metzger steuert auf sie zu, schiebt den Rollstuhl an und manövriert diesen gekonnt in eine Frischluftzone mit den Worten: „Wenn schon an der frischen Luft, dann auch frische Luft, gell!"

„Sie sind aber ein ganz ein Netter!", meint die Dame, jedoch völlig unwissend, dass der Willibald in diesem Fall gar nicht so nett ist, sondern schlichtweg nur nach Anschluss sucht, denn er kann ja nicht grundlos dem Friedberg über den Weg laufen, muss ja wie ein Zufall aussehen.

Nach einem kurzen Gespräch weiß er, dass die wahrhaftig nette Dame Frau Renate Kaingartner heißt, also

Tante Renate, und warum sie hier ist. Das erzählen Patienten ja ohnedies von selbst!

Dann wird geplaudert, über dies und jenes, und wie ihm die unbekannte Tante erzählt, dass die Geschichten über die Angehörigen, die selbst nach vier Wochen Spitalsaufenthalt noch nie auf Besuch waren, das wirkliche Leben schreibt, fühlt sich der Metzger mit seinen unredlichen Absichten nicht gerade besser.

„Jetzt plaudere ich schon länger mit Ihnen, als ich mit meiner eigenen Tochter reden kann!"

„Ja, Angehörige sind ja nicht unbedingt jene Menschen, die einen anhören!", sagt der Metzger und insgeheim fasst er den Entschluss, bald wieder einmal seine eigene Mutter zu besuchen.

„Was machen Sie eigentlich im Spital, besuchen Sie wen?"

„Nein, eher suchen als besuchen! Ich treffe einen befreundeten Arzt und sollte eigentlich auch schon weiter", sagt der Metzger.

Beim Verabschieden bedankt sich Frau Kaingartner noch bei diesem freundlichen Herrn, der ihr so uneigennützig, wie sie betont, Gesellschaft geleistet hat. Womit wir wieder beim Thema Wahrheit wären. Oft ist es für unsere Mitmenschen ja direkt ein Segen, wenn sie die ganze Wahrheit gar nicht kennen!

Beim Portier erfährt er problemlos, auf welcher Station er dem Sebastian Friedberg zufällig über den Weg laufen kann, und dass der sogar heute Dienst hat.

Mit einem durchdringenden Signal öffnet sich die Aufzugstür, der Metzger steigt ein, hinter ihm eine Traube voll in Morgenmänteln und Nachthemden eingehüllte Patienten. Unheimlich, so eine schweigsame Liftfahrt, umgeben von Kranken! Der Metzger hält unweigerlich die Luft an, vor Angst, er könnte sich anstecken – auch mit nicht ansteckenden Krankheiten. Und obwohl ihm schon klar ist, dass die Wanderbewegungen diverser Bazillen in den öffentlichen Verkehrsmitteln wesentlich heftiger ausfallen als in diesem senkrechten Transportmittel, fällt seiner Lunge das Atmen in dem beengten Fahrstuhl sehr schwer.

Als der Lift das von ihm angewählte Stockwerk erreicht, stürzt er voll Atemnot aus dem Fahrstuhl, und während ihm der auf den Lift wartende Besucher gurgelnd und keuchend ins Gesicht hustet, holt der Metzger den längst notwendigen tiefen Luftzug.

Grauslich so ein Spital, in jeder Ecke lauert die Krankheit, wie kann man hier herinnen gesund werden, geschweige denn arbeiten, denkt sich der so schonungslos ins wahre Leben gestoßene Willibald Adrian Metzger. Es dauert nicht lange und zu dem Publikum in Bademänteln mischt sich die gänzlich eigene Rasse der Weiß-, Grün-, Blau- oder Braunröcke. Weiß sind auf jeden Fall immer die Ärzte und eventuell die Oberschwestern, das steht außer Frage, der Rest des Personals streitet sich um die restlichen in Spitälern gebräuchlichen Farben, meist Pastelltöne. Krankenschwestern, Pfleger und Wagerlschieber, Putzfrauen und Rettungspersonal, sie alle geben deutlich zu erkennen, dass sie in der hierarchischen Ordnung immer noch weit über dir stehen. Ganz unten in der Skala der Rangordnung steht der Besucher, dann kommt der Patient, wobei der alte Patient meist dieselbe Ignoranz erfährt wie der besorgte Gast, der vergeblich um Information über die Krankheit des Angehörigen bittet.

Als Besucher schleicht man durch die Gänge, freundlich grüßend, natürlich ohne entsprechendes Echo und wird ständig von dem unangenehmen Gefühl begleitet, dass man der Einzige ist, der hier nicht beschäftigt ist. Und das trifft wahrscheinlich auch zu, denn wenn man das Spital verlässt, zufällig mit einem jungen Turnusarzt, der vor lauter Übermüdung gar nicht anders kann, als freundlich zu sein, und einem zu Ohren kommt, wie lange und zu welchen Bedingungen Krankenhauspersonal heutzutage zu arbeiten hat, dann bitte sei ihnen allen das Spiel mit der Hierarchie ein wenig vergönnt, weil was haben sie denn sonst!

Der Metzger beobachtet, wie ein bärtiger Besucher vor ihm, nun schon zum fünften Mal mit den deutlichen Gesten des Stehenbleibens, des dem Gegenüber kopfnickend In-dieAugen-schauen-Wollens und des tiefen Einatmens als Ankündigung etwaiger Worte nichts anderes erwidert bekommt als ein ignorierendes Weitergehen, so als wäre er eben gar nicht da. Dann sieht der Willibald recht amüsiert, wie sich der nun schon leicht aufgebrachte Besucher den sechsten vorbeieilenden Angestellten, diesmal weiße Tracht, beim Ärmel schnappt. Worauf dieser natürlich äußerst erstaunt sein zügiges Fahrwerk, sprich die weißen Schlapfen, zum Stehen bringt und dem Aufdringling erbost seine Aufmerksamkeit schenkt.

Mehr wollte der ja gar nicht, und es dauert nur etwa 20 Sekunden, bis der Gast weiß, auf welchem Zimmer seine Mutter liegt. Der Arzt wirkt, als müsse er unbedingt diese 20 Sekunden wieder aufholen, nur wird er abermals unvorbereitet gebremst:

„Sooooo ein Zufall, Sebastian Friedberg!", ruft der Willibald dem Mediziner gespielt freudvoll entgegen.

„Metzger", mehr sagt der nicht, nur „Metzger", aber nicht mit am Ende ansteigender Sprachmelodie, sondern als Feststellung. Sozusagen als Antwort auf eine gar nicht gestellte Frage.

„Tante Renate liegt hier im Spital, und während sie draußen ein wenig nach frischer Luft schnappt, wollt ich mir die anderen Abteilungen anschauen, und wen treff ich, den Friedberg! Bist also wirklich Arzt geworden, hast ja schon zu Schulzeiten angekündigt, du willst einmal gutes Geld verdienen."

„Sehr lustig", meint Sebastian Friedberg, „du hast ja sicher auch die Einladung zum Klassentreffen bekommen, oder? Wir können dann beim Novak weiterplaudern, ich bin sehr in Eile!"

„Genau, dann kannst du mir auch erzählen, wie das für dich so war, einen ehemaligen Schulkameraden vom Gefängnis überliefert zu bekommen, um ihn hier mit der lebenslänglichen Gefangenschaft, in die ihn sein eigener Körper geschickt hat, vertraut zu machen."

Die Gehetztheit weicht aus dem Blick des Arztes und sehr ruhig sagt er:

„Ich weiß, dass du dem Dobermann nur das Schlechteste wünschen musst, irgendwie auch berechtigt, aber wenn du gesehen hättest, was für ein armes Schwein der geworden ist, es hätte dein Rachebedürfnis wohl weit übertroffen. Gesabbert hat er wie ein kleines Kind, in die Hose hat er sich geschissen und zurück in die Windeln hat er müssen, aus war es mit dem Reden, nur mehr liegen und Rollstuhl, und erst gegen Ende seiner Zeit hier bei uns hatten wir ihn so weit, dass er wenigstens ab und zu mit der nicht gelähmten Hand in Großbuchstaben etwas aufschreiben konnte, um sich seiner Welt mitzuteilen. Das wünschst du keinem! Und dann war die Behörde noch so feinfühlig, dass er die paar Wochen bis zur frühzeitigen Entlassung zurück ins Gefängnis durfte, ich hab getan, was ich konnte, aber das blieb ihm auch nicht erspart." „Wahnsinn, mir hat der Pospischill, den hab ich kürzlich auch zufällig getroffen, so einiges erzählt, auch dass du ihn gepflegt hast. War denn da sonst niemand, der sich um ihn gekümmert hat, und was macht der Dobermann jetzt?" Der Metzger beobachtet, wie sich der Friedberg plötzlich scheinbar doch etwas gerührt an die Wand lehnt und jede Eile aus seinem Gesicht weicht. Ruhig, als würde sich ein Zeitlupenfilter über die Hektik des Spitals legen, beginnt er zu erzählen.

„Gelegentlich war der Sedlatschek da, ein paar Mal unser Ältester, der Johann Lackner, gemeinsam mit dem Karl Meixner, der ist übrigens Priester geworden!"

Logisch, denkt sich der Metzger, die konsequente Fortsetzung der Ordnerstrategie. Außerdem, was wird aus einem erzkonservativen Chemieordner, der die chemischen Vorgänge des Körpers, zumindest wenn sie ihre Wirkung im Beckenbereich entfalten, schwerstens verurteilt, und der es gewohnt ist, Geheimnisse herumzutragen, selbst wenn ihre Offenlegung dem Guten dienlich wäre? Ein Priester! Kann ich mir so richtig vorstellen, der heilige Karl in Pfarrerkutte als Menschenfischer, mit erhobenem Zeigefinger! Ist auch logisch, dass sich der katholische amtliche Zeigefinger erheben muss, irgendwo müssen ja die unterdrückten strammen männlichen Energien hin. Ist auch kein Wunder, dass folglich in dieser Berufsgruppe eher steife Persönlichkeiten die Regel sind.

„Ich glaub, einmal war sogar der Zwirnhofer auf der Station", hört der Metzger den Friedberg, „da hab ich mich aber gleich in Luft aufgelöst, weil die Gefahr zu groß gewesen wäre, dass ich ihm ein bissel was ins Gesicht sagen muss, Erinnerungen aus der Schulzeit sozusagen. Und dann war da auch ab und zu eine junge Dame, die ist aber, wie mir die Schwestern erzählt haben, immer nur in der Tür gestanden. Auch komisch!

Der Sedlatschek und ich haben den Dobermann dann aus dem Gefängnis abgeholt, der Pospischill war auch da und hat aus dem Streifenwagen heraus zugeschaut. Dann sind wir mit dem Felix zum Pater Karl, also zum Meixner, gefahren. Der hat übrigens damals sehr aufmerksam die Gerichtsverhandlung verfolgt, gemeinsam mit dem Sedlatschek, und den Dobermann auch öfter im Gefängnis besucht. Mehr weiß ich auch nicht, ist mir zu sehr an die Nieren gegangen, außerdem hat der Meixner gemeint, ich soll mir keine Sorgen machen, ich hätte alles getan, der Herr würd mir's danken. Die weitere Pflege übernehmen sie!"

„Schlimmes Schicksal, ich sag immer, Himmel und Hölle sind da herunten zu finden!"

„Da hast du Recht, Metzger, nur dass halt manche mehr Hölle als Himmel abbekommen, oft zu Unrecht, du kennst das ja!", meint Friedberg nun etwas kleinlauter.

„Ich muss jetzt wirklich weiter! Ich war ja auch nicht grad immer nobel zu dir, Willibald, aber wenn deinerseits Lust besteht, ruf mich mal an und wir treffen uns!" Ein Visitenkärtchen wechselt den Besitzer, und einmal mehr hat der Metzger das Gefühl, dass Reife eine Frage des Alters ist, und Gerechtigkeit darin besteht, dass irgendwann das Gewissen mit der Eroberung des Herzens beginnt, bei manchen leider erst während der letzten Atemzüge!

Tut schon gut, selbst nach 25 Jahren, wenn kleine Entschuldigungen ausgesprochen werden, und wie gesagt, der Metzger ist ja grundsätzlich nicht nachtragend.

„Gern", antwortet er diesmal aufrichtig freundlich, und es wird ganz offensichtlich, dass die anfängliche Ruppigkeit des Arztes dem Metzger gegenüber als Ursache das schlechte Gewissen hatte.

16

Den Weg zu Metzgers Wohnung kennt er ja schon. In ihm ist der Entschluss herangereift, eigenständig gewisse Schritte zu unternehmen, denn nur warten, das will er nicht, dafür sind ihm die verbleibenden Tage doch zu wertvoll.

Er kann dem Willibald Adrian zwar nicht helfen, aber er kann ihm das Gefühl geben, nicht alleine zu sein. Indirekt hilft er dem Metzger dadurch sogar, denn subtile Angst ist auch ein Ansporn!

Es dauert ein wenig, und das Warten lässt die Kälte durch die vielen Schichten seiner Kleidung dringen. An die Wand gepresst steht er im Eingang eines Hauses und beobachtet das Gebäude auf der anderen Straßenseite, in dem der Restaurator seine Wohnung hat.

Er empfindet es geradewegs als befreiend, hier zu sein, draußen zu sein, es ist tausendmal besser, als in der Firma zu hocken oder im Bett darauf zu warten, dass der Tag oder was auch immer ein Ende hat.

Denn hier finden die Dinge auch statt, die für sein Leben entscheidend sind. Viel zu lange hat er sich mit nur scheinbar bedeutsamen Angelegenheiten auseinandergesetzt, hat zugelassen, dass die Ansichten anderer seine Entscheidung bestimmen. Gefühle unterdrücken führt zu Verdauungsproblemen. Verdauungsprobleme führen dazu, dass zwar irgendwann die Umwelt die Unterdrückung in Form von miesem Geruch und schlechter Laune wieder zurückbekommt, aber lustig ist das nicht, für beide Seiten! Etwas runterzuschlucken ist Selbstverstümmelung! Käme in etwa dem Vertilgen der eigenen Zunge gleich, oder des abgetrennten Zeigefingers. Macht keiner, logisch, aber bei Gefühlen sind wir nicht so zimperlich! Die fehlen ja anfangs nicht, zumindest wenn wir vor dem Spiegel stehen.

Die Welt ist voll mit Verdauungsproblemen auf Grund verschluckter Gefühle, ein einziger lauter, ununterbrochener Furz, und in diesem seelischen Gestank steht die Aufrichtigkeit mit aschfahlem Gesicht – wird auch bald umkippen, keine Sorge!

Ist sie schon, richtig!

Und dort, wo sie gelegentlich noch vom Boden kleine Hilferufe absendet, kommt ein riesiger Pinguin im Nadelstreif und lässt einen fahren.

Weggefahren ist gerade der Metzger, in einem Taxi!

Er verlässt sein Versteck und betritt das Haus ohne Gegensprechanlage. Im oberen Stockwerk angelangt, steht er vor der Wohnungstür des Willibald Adrian, betrachtet das Türschild mit den Buchstaben W. A. M. Er nimmt den vorgefertigten Zettel aus seiner Manteltasche und steckt ihn in den Türspalt.

Mozart war auch ein Wunderknabe, vielleicht gelingt dem Willibald Adrian ein großes Werk!

17

Der Weg mit den Öffentlichen nachhause erscheint dem Metzger ziemlich kurzweilig, weil erstens sind ja Spital und öffentliches Verkehrsnetz meistens ganz auf Tuchfühlung, und zweitens war die nächtliche Taxifahrt schon ziemlich spät und Willibald folglich deshalb auch ein bisschen blind. Kein Wunder, ist doch sein Hirn mit nichts anderem beschäftigt, als die Einzelheiten zu ordnen und sich ein Bild zusammenzureimen.

Besucht also der Zwirnhofer den Dobermann im Spital! Schlechtes Gewissen oder väterliche Klassenvorstandsliebe? Und eine junge Frau steht in der Tür! Warum geht sie nicht ans Bett? Der Pospischill, der Lackner und der Meixner, jetzt Pater Karl, geben sich auch ein Stelldichein mit dem Gelähmten, ganz abgesehen vom Friedberg, der ja in seiner Rolle als Arzt anwesend ist, was aber gleichsam bedeutet, dass er auch noch zusätzlich außerhalb seiner Rolle als Arzt anwesend sein könnte.

Im Grunde gar nicht so wenig Besucher, die da um den Dobermann herumgeschwanzelt sind! Dass dabei ausschließlich Mitleid und Liebe die treibenden Kräfte waren, klingt für den Metzger aber nach Gutenachtgeschichte an der Bettkante einer Dreijährigen. Mami und Papi erzählen, wie gut und schön die Welt ist, und im Wohnzimmer reden die beiden dann kein Wort mehr miteinander! Da gibt's dann bei Versteigerungen wieder einiges zu holen für den Willibald.

Der Dobermann ersticht also den Deutner, der mit der Kitzler ein Verhältnis hatte. Dann heiratet die Kitzler den Eder, der sich zu diesem Zweck erst vorher scheiden lassen muss. Dafür heiratet der Zwirnhofer die Mutter vom Deutner, die wunderschöne Bernadette, edle Spenderin des verbrannten Notizbuches. Der Pospischill bringt den Mörder hinter Gitter und ein Schlaganfall bringt ihn vorzeitig wieder heraus, direkt in die Arme des Arztes und ehemaligen Mitschülers Sebastian Friedberg. Dort wird der ans Bett gefesselte Felix von einigen Besuchern heimgesucht. Bei seiner Entlassung aus dem Gefängnis, in das er noch kurz zurück muss, wird dann der Rollstuhl inklusive Dobermann, unter Beobachtung des Kommissars Eduard Pospischill, von seinem besten Freund, dem Mario Sedlatschek, und zusätzlich von Sebastian Friedberg zu Pater Karl, also dem Meixner, gelenkt.

Ich muss den Pater besuchen, denkt sich der Metzger.

Und ich muss herausfinden, wo der Dobermann schließlich gelandet ist, weil der wird ja wohl nicht als Ministrant beim Meixner geblieben sein!

Es ist gegen Mittag, als der Metzger durchs Stiegenhaus zu seiner Wohnung in den letzten Stock hinaufgeht. Hab ein echtes Glück mit dem Haus, denkt sich der Willibald. Hier findet das Zusammentreffen der vielen Kulturen dieser Stadt bereits am Gang statt. Fleischlich, aber nur im Sinn der brutzelnden Schnitzerl oder garenden Hühner, deren Duftstoffe sich unterlegt von sehr eigentümlichen Gewürzmischungen über den Weg laufen. Jeder Gang verbreitet ein Aroma, das jedem Besucher allein für sich das Wasser im Mund zusammenlaufen lässt. Wer aber beim Durchwandern des Treppenhauses die diversen kulinarischen Zonen hinter sich gebracht hat, dem kann es schon passieren, dass sich dann ganz oben, im letzten Stock, eine leichte Übelkeit einstellt. Nicht jedoch beim Metzger, der mag das genau so.

Erdgeschoß: Waschküche, Radabstellraum und leere Zwei-Zimmer-Wohnung;

erster Stock: türkisch, vorwiegend Knoblauch-Zwiebel-dominiert;

zweiter Stock: indisch und Hausmeister Wollnar, also polnisch, Curry-Majoran-angehaucht;

dritter Stock: einheimische Oma mit dreimal wöchentlichem Enkerlbesuch und Metzger, also Butterschmalz-Rotwein-Note.

Für den Willibald ist nichts beglückender, als zur Mittagszeit an den geschlossenen Türen vorbeizumarschieren. Heraus tönt eine Melange voll Leben, voll fremdsprachiger Frische, voll Zuhause.

Hier wird noch selbst gekocht, tiefgekühlt ist ausschließlich der Ton des Hausmeisters gegenüber den neuen Untermietern. Zumindest so lange, bis diese zur Kenntnis nehmen, dass sich hier herinnen, in diesem interkulturellen Biotop, erstens gefälligst alle beim Namen kennen und zweitens auch freundlich grüßen müssen, sogar mehrmals täglich, je nach Häufigkeit des Zusammentreffens.

Wer den Hausmeister Wollnar überhaupt nicht grüßt oder in seiner Gegenwart über andere Mitbewohner ein schlechtes Wort verliert, ist unten durch – und das wünscht sich niemand!

Als der Metzger nun die letzten Stufen zu seiner Wohnung hinaufgeht, sieht er schon das Papier in der Tür stecken. Irgendwie hat er damit gerechnet! Er zieht den Zettel aus dem Spalt: „... der uns BESCHÜTZT und der uns hilft zu LEBEN. Ich schau auf dich!", die Fortsetzung des Hesse-Gedichtes auf Willibalds Einladung zum Klassentreffen.

Beschützt und leben in Großbuchstaben geschrieben. Er hat also meinen Wink verstanden. Heißt das jetzt, ich muss mich fürchten, oder heißt das, er passt auf mich auf?

Angst empfindet der Metzger keine mehr, eher ein Gefühl der Nähe, vielleicht durch all das, was er schon herausfinden konnte und vor allem, ohne den Unbekannten hätte er nie wieder die Danjela Djurkovic getroffen. Zeit für einen Besuch!

Ganz fesch hat er sich gemacht, der Willibald. Sein bester Anzug, darunter ein schwarzer Rollkragenpulli und die frisch polierten Schweinsledernen.

Was er nicht bedacht hat, ist die gewaltige Anziehungskraft, die eine Schnürlsamthose auf Hundehaare ausübt! Wie er nämlich kurze Zeit später von der sehr erfreuten Danjela in die Schulwartwohnung gebeten wird, hat das Wollknäuel namens Edgar diese Freude anfangs absolut nicht geteilt.

„Musst nehmen ihn rauf, und streicheln!", kommt der professionelle Tipp.

Von dem Vorschlag sind vorerst weder der Metzger noch der Hund sehr begeistert.

Jedenfalls waren am Zeugungsakt dieses kleinen besten Freundes des Menschen relativ haarige Exemplare beteiligt. Der Metzger betrachtet den kleinen dunklen Teppich, der sich in seine Hose hineingearbeitet hat, und weiß dabei noch gar nicht, wie hartnäckig Hundehaare ihr Quartier in Schnürlsamt verteidigen. Unbeholfen beginnt er Edgar, nach Metzgers Vorstellung von Hundenamen übrigens eine höchst seltsame Wahl, zu streicheln.

Anfangs sind die kleinen scharfen Zähne, die verzweifelt versuchen, die doch mächtige Pranke des Willibald zu durchbohren, so bedrohlich wie die Fänge einer Hyäne. Dass sie sich dabei aber so anfühlen wie die Borsten der harten Bürste, die nach der Arbeit die Hände des Willibald schrubben, beruhigt und amüsiert diesen sehr – den Hund weniger. Nun liegt es in der Natur, dass Lebewesen, vorrangig männliche, die ihre Chancenlosigkeit erkennen, die Taktik ändern, denn schließlich geht es um nichts anderes als die Frage: „Wer ist hier der Chef?"

Zu diesem Zweck wird eine samtige Zunge ausgefahren, kombiniert mit einem Augenaufschlag, da könnte mancher Schönheitschirurg Maß nehmen!

„Er mag dich schon, braucht feste Hand, ist wie in Beziehung! Da braucht Mann auch feste Hand!"

Ab diesem Zeitpunkt ist Edgar nicht mehr vom Willibald runter zu bekommen, wahrscheinlich weil es einen Unterschied macht, von einer zarten Damenhand oder einer großen Männerpranke gestreichelt zu werden. Da gibt offensichtlich zweitere für das Hunderl mehr her.

„Ist er schon stubenrein?", fragt der Metzger besorgt.

„Ja, aber muss gehen öfter Gassi. Weißt du was, wir könnten machen eine Runde auf Hundewiese, ist so schöner Schnee!" Und dann schlendern die drei an diesem winterlichen Nachmittag gemütlich vor dem Gymnasium auf und ab. Der Hund an der Leine, die Leine in Metzgers linker Hand, seine rechte Hand in der Hosentasche, und in die entstandene Lücke zwischen Ellbogen und Schwimmreifen, zärtlich aber bestimmt eingehängt, die Danjela.

„Letztes Mal, dass ich war spazieren mit Mann, war hinter Eichentruhe auf Friedhof!"

„Dann wird es ja Zeit, dass du wieder ein bisschen in Übung kommst!" Langsam und wortlos schlendern die zwei den Schotterweg entlang, gelegentlich ruckelt es an der Leine. Plötzlich wird aus dem zaghaften Ziehen ein heftiges Zerren! Der Hund, der pausenlos die Schnauze am Boden führt, schlägt kompromisslos eine

Richtung ein, die ganz und gar nicht der Vorstellung des leicht irritierten Willibald entspricht. Genau neben der Stelle, an der der Metzger Tage zuvor den Dobermann gefunden hat, huscht Edgar in die Büsche und zeigt nun, wer der Chef ist.

Na wenn der groß ist, geht der mit dir Gassi, denkt sich der Metzger, während er der Djurkovic ein verzweifeltes Lächeln schenkt. Dann beweisen ihm die Schweinsledernen, dass, falls die Schlittschuhe vergessen werden, die Kombination Ledersohle und Schnee gut als Ersatz geeignet ist. Und während sich der Metzger abermals in seiner ganzen Pracht am Boden ausbreitet, sieht er noch das kleine Hunderl, die Leine nachschleifend, über die Straße laufen.

Panisch rennt die Danjela hinterher, der Metzger bringt schwerfällig sein Schlachtschiff namens Körper in die Senkrechte und nimmt behutsamen Schrittes die Verfolgung auf. Es dauert nicht lange, dann steht Edgar vor der Eingangstür eines Hauses, heftig damit beschäftigt, so etwas wie Bellen zu Stande zu bringen. Beruhigt nimmt ihn Danjela auf den Arm und schaut dem heraneilenden Willibald erleichtert in die Augen.

„Wenn du mir jedes Mal liegst zu Füßen, wenn wir uns treffen, dann nächstes Mal ich leg mich auch auf Boden, weil ist nicht gut, wenn einer schaut zu viel auf anderen herab!" Keuchend lehnt sich der Metzger an die Hausmauer und sieht genau gegenüber das Humanistische Gymnasium.

„Komisch war das jetzt schon, oder? Warum rennt der Hund einfach so mir nichts dir nichts wild drauflos?"

„Hat wahrscheinlich gewittert anderes Hund!"

„Einen Dobermann zum Beispiel!"

Erstaunt schaut die Djurkovic zum Metzger und beginnt hellauf zu lachen.

„Guter Witz mit Worten!", sagt sie. So witzig hat das der Metzger aber gar nicht gemeint.

18

Die nächsten Tage muss sich Willibald Adrian Metzger wieder ums Geschäft und seine Arbeit kümmern. Er mag es nämlich gar nicht, wenn die Aufgaben, die erledigt werden müssen, ungetan liegen bleiben. Da staut sich dann eine innere Unzufriedenheit auf, und die geißelt ihn, solange eben diese Pflichten ungetan im Hinterkopf haften: Metzger, du solltest doch! Metzger, müsstest du nicht längst schon!

Die immerwährende Unruhe ist der Preis seiner Selbstständigkeit. Und trotzdem, er nimmt sie gerne in Kauf! Denn eines kann sich der Metzger überhaupt nicht vorstellen: angestellt zu sein. Zuerst bist du angestellt, um überhaupt angestellt sein zu können, in der endlosen Reihe der Stellensuchenden! Dann bist du irgendwann angestellt, aber wehe du stellst was an, dann kannst du dich gleich wieder anstellen! Es gibt immer jemanden, der weniger Fehler macht und der alles um einen Deut schneller erledigt als du. Nicht besser, schneller, darauf kommt es an! Aber selbst wenn du nichts anstellst, dann kann es dir passieren, dass du dich trotzdem bald wieder anstellen musst, weil Typen, die wiederum zu angepasst sind, gibt es wie Sand am Meer: „Und wenn ich Sand am Meer will, dann fahr ich nach Jesolo!", hat sein Vater immer gesagt, wenn der Willibald Adrian nur mittelmäßig war.

Außerdem hat sein Vater bei diversen handwerklichen Aufgaben immer gemeint: „Stell dich nicht so blöd an!"

Wenigstens ein Punkt, dem der Metzger heute gerecht wird, aber keinesfalls, um dabei dem Vater gerecht zu werden, sondern aus purer Überzeugung!

Denn nichts, aber schon gar nichts, kann so wichtig sein, keine Konzertkarte, keine Liftfahrt, kein Einkauf im Supermarkt, kein Platz in den Öffentlichen, eben nichts, dass der Metzger auf die Idee käme, sich anzustellen, schon gar nicht blöd!

Deshalb selbstständig, weil der Willibald ist ständig er selbst, in guten und in schlechten Zeiten. Nichts kann schöner sein als in der Werkstatt zu stehen, in der eigenen Werkstatt, und ohne Zeitdruck die Vergangenheit abzustauben, Möbelstück für Möbelstück.

Dass er dabei aber auch einmal seine eigene Vergangenheit abstauben wird, daran hat er natürlich nicht gedacht.

Die Finalarbeiten an der Truhe haben begonnen, er muss die nächsten Tage mit dem zweiten Möbelstück seiner Karyatidenreihe beginnen, weil wenn schon einmal so finanzkräftige Abnehmer in der Warteschlange stehen, dann ist das Mindeste, dass der Fertigstellungstermin eingehalten wird. Eine Wiener Schreibkommode, in etwa um 1810/1820, ebonisiert, also schwarz gebeizt, mit einem vermutlich mit Birne furnierten politierten Weich- bzw. Hartholzkorpus mit drei Laden und oberster vorspringender, klappbarer Schreiblade mit ahornfurniertem Innenleben. Am Rand teilweise goldgefasste Karyatidenlisenen und Klauenfüße.

Da wartet viel Arbeit, so wie dieses Prunkstück im Augenblick ausschaut, und in Anbetracht der zu erwartenden Summe muss diese Arbeit makellos sein, was ja ohnedies ein Grundprinzip des Willibald ist.

Eines Tages kam der Chef einer Privatbank im Geschäft vorbei und sah die Truhe und die Schreibkommode.

Er lauschte der tranceartigen Schwärmerei des Restaurators über Frauen, die auf ihrem Kopf die Last der Menschheit tragen, und war hellauf begeistert.

Nun ist es ja grundsätzlich die Eigenheit der Chefetage diverser Banken, niemals die mit dem Geschäft vertraute Sekretärin zu wechseln, das käme einem Selbstmord gleich, sondern stattdessen in regelmäßigen Abständen das Mobiliar des Büros auszutauschen. Und hier wird natürlich nicht so gespart wie bei den Gehältern der Angestellten, die mit ihrem kompletten Jahresgehalt wahrscheinlich nur einen Bruchteil der Neuausstattung des majestätischen Wirkungsbereiches zu erwerben im Stande wären. Denn wozu sparen, zahlt ja ohnedies die Firma, also auch irgendwie die Angestellten, die ja dann immerhin während ihrer kurzen Aufenthaltszeiten in den Räumlichkeiten des Chefs, zumindest kurzfristig, auch von den Neuerwerbungen profitieren.

Der Metzger entfernt vorsichtig die vergoldeten Klauenfüße, um diese sorgsam zu reinigen, als mit dem bekannten Klingeln die Tür geöffnet wird.

„Hallo!", mit der lang gezogenen so eigentümlichen Betonung des „a" betritt Direktor Eder die Werkstatt.

„So eine Überraschung!", hört er den Metzger aus den hinteren Räumlichkeiten, „der Herr Direktor!"

„Ich hab mir gedacht, ich nehme erstens Ihre Einladung an und schau zweitens mal, wie es Ihnen geht, nach Ihrer kleinen Ohnmacht bei mir in der Direktion. Ich war grad am Weg in die Stadt und bin sozusagen direkt vorbeimarschiert. Schöne Sachen haben Sie hier stehen, Willibald!"

Aha, registriert der Metzger, kaum verlassen wir das sichere Parkett der Schule, sind wir auch schon per Sie!

Hat ihn auch gar nicht gestört, denn distanziert redet sich's leichter, da ist die Reizschwelle vor unangenehmen Aussagen niedriger als mit dem vertrauten Du. Es ist nämlich ein Irrglaube anzunehmen, dass ein Du eine offenere Begegnung zulässt. Ganz im Gegenteil: Die Menschen werden vordergründig freundlich, weil einem plötzlichen Du-Kumpel, den man gar nicht kennt, ehrlich zu sagen, was Sache ist, bereitet weitaus mehr Schwierigkeiten, als mit dem vorgerückten Sie die Fakten auf den Tisch zu legen, so Metzgers Theorie. Ein Sie, gepaart mit dem Vornamen, wovon der Eder gerade Gebrauch macht, ist aber auch eine sehr eigene Mischung. Trotzdem, immer noch besser als das Du mit Nachname!

„Haben S' einen Favoriten, Herr Direktor?"

„Naja, diese beiden Sessel hier sind schon Prunkstücke!"

„Ja, das stimmt, Chippendalestil, das Muster des Stoffbezuges müssen Sie bei Tageslicht sehen."

Der Metzger geht mit dem Eder und einem der Sessel kurz vor die Tür.

„Hier sehen Sie die verschiedenen Rosatöne der Stickerei, durchsetzt mit einem Goldfaden, der im Tageslicht besonders zur Geltung kommt. Und hier, die in Form von Vögelköpfen beschnitzten Armstützen und die Klauenfüße. Würde gut in die Direktion passen, rechts von dem Beistelltischchen, neben dem ich mich kurz zur Ruhe gelegt habe. Gott sei Dank hab ich bei meinem Sturz das Kisterl mit den Zigarren nicht mitgenommen!"

Die beiden gehen wieder in die Werkstatt, dabei lächelt der Eder und lässt hemmungslos den Lehrer heraushängen.

„Das Kistchen heißt Humidor, besteht innen komplett aus spanischem Zedernholz, ist ausgestattet mit Hygrometer und Befeuchtungssystem und dient zur richtigen Lagerung meiner Zigarren."

„Die eine umwerfende Wirkung haben! Zumindest auf mich, dank meiner Rauchallergie!", unterbricht ihn der Metzger.

„Na, dann sollten S' zum Rauchen anfangen, Willibald. Dann stört der Rauch nicht mehr. Das hilft, glauben S' mir!" Johann Nepomuk Eder greift in seine Sakko-Innentasche und reicht dem Metzger eine Zigarre inklusive einer Packung Streichhölzer.

„Außerdem hat das Genießen einer Zigarre nichts mit Rauchen zu tun. Diese kubanische Cohiba wird dir irgendwann noch viel Freude machen!" Da war es wieder, das Du! Hinterfotzig hat es sich dazugeschummelt zu diesem Geschenk, und ganz ehrlich, den Metzger stört es!

Er nimmt die Zigarre, steckt sie in die Innentasche seiner Jacke und meint:

„Herr Direktor, was sagen Sie zu dieser Chaiselongue? Ein ideales Plätzchen für eine feine Dame! Das wär doch etwas für Ihre Frau, ist sie noch immer so attraktiv wie im ersten Dienstjahr?"

Diese Ansage hat dem Eder jetzt gar nicht gutgetan! Was so ein kurzer Satz auslösen kann. Etwas befremdet sagt er: „Kommt immer darauf an, wie man miteinander umgeht! Ich pfleg sie halt so wie Sie Ihre Antiquitäten. Aber woher bitte wissen Sie, dass ich die Birgit Kitzler geheiratet hab?" Dabei wirft er einen Blick zur Werkbank, auf der fein säuberlich geordnet Metzgers Werkzeuge und Arbeitsmaterialien liegen.

Skalpelle, Spachteln, feinstes Schleifpapier, dünne Pinsel, Farben, Binde- und Lösemittel, chemische Substanzen, Speziallacke und Poliermittel, stapelweise Tücher aus den verschiedensten Stoffen und vieles mehr. Während er auf Antwort wartet, schaut er dem Willibald nicht in die Augen, was der Situation eine noch viel unangenehmere Note verleiht.

„Vom Zwirnhofer!", antwortet Willibald Adrian.

Totenstille.

„Vom Zwirnhofer?", fragt Johann Nepomuk, mit Betonung auf -hofer.

„Ja, ich hab ihm eine Einladung zum Klassentreffen gebracht, persönlich, war ja immerhin unser Klassenvorstand!", antwortet Willibald Adrian nun schon hörbar bestimmter und sehr bedacht darauf, mit einem ebenso gefestigten Blick die Augen seines Gegenübers zu erwischen.

„Da wurde auch über mich und meine Frau gesprochen?", kommt es etwas vorwurfsvoll zurück.

„Was ist daran so komisch? Wir haben über vieles gesprochen, über die Dobermanngeschichte, über den Deutnermord, ich hab ja so manches nicht gewusst!"

„Es ist daran nichts komisch, ganz im Gegenteil, mir stößt es nur immer sauer auf, wenn andere über uns reden, weil schon so viel geredet wurde, wegen dem Altersunterschied und meiner Scheidung. Als hätten die Leute nichts Wichtigeres zu besprechen! Das ist alles schon so lange her, außerdem geht mein Privatleben niemanden was an!" Diese unglaublich dünnhäutige Reaktion erstaunt den Metzger.

„Verzeihen Sie mir, Herr Direktor, aber erstens regieren diese Welt Tratsch und Klatsch, und dieses Thema ist ja hervorragend dafür geeignet, und zweitens muss man, wenn man aus dem Schlachtfeld der Partnersuche mit der schönsten Trophäe, der Prinzessin, zurückkehrt, schon damit leben können, dass die übrig gebliebenen Männer neidisch zum Helden emporblicken!"

Jetzt ist er auf seine alten Tage natürlich schon ein wenig geschmeichelt, der Eder, obwohl der Metzger das Gefühl nicht loswerden kann, dass noch irgendetwas anderes in seinen Augen zu lesen ist. Irgendetwas

Verborgenes. Etwas, das gerade gebändigt werden muss, um nicht aus- oder aufzubrechen.

Auf jeden Fall eine seltsame Situation, die unerwartete Reaktion des Herrn Direktor auf das Thema Birgit Kitzler oder nun Birgit Eder. Dem Metzger ist nicht entgangen, dass sich während des Gesprächs die Hände im Hosensack des Johann Nepomuk zu Fäusten zusammengeballt haben und sein ganzer Körper in eine reservierte Abwehrhaltung geflüchtet ist.

„Auf jeden Fall werde ich nächste Woche Freitag nicht beim Novak aufkreuzen, hab über das Wochenende ein Direktorenseminar. Dann können alle in Ruhe tratschen, und wenn diese Sessel bis dahin noch nicht verkauft sind, dann hol ich sie mir ab, und du erzählst mir ein bisschen vom Klassentreffen."

„Aber Sie wissen ja gar nicht, was die Chippendales kosten!" „Metzger, Metzger, für ein Prunkstück greife ich tief in die Tasche! Aber draufsetzen darf sich ab heute keiner mehr." Irgendwie hat der Metzger jetzt genug von diesem asymmetrischen Du, Exschüler-Lehrer-Beziehung schön und gut! Aber auf der geschäftlichen Ebene geht das nicht mehr! Entweder beide per Sie oder beide per Du! Er holt tief Luft, in der Hoffnung, der Sauerstoffgehalt der Werkstatt ist mutgesättigt, und sagt:

„Aber natürlich, Herr Direktor Eder! Ich darf dich doch Johann Nepomuk nennen, oder? Jetzt, wo wir Geschäftspartner sind."

Im Gesicht vom Eder ist eine gewisse Unbeholfenheit nicht zu übersehen.

„Metzger, jetzt überraschst du mich!", sagt der Eder verlegen. „Und ich wäre dann der Willibald Adrian. Das Du hast du ja schon in Verwendung und ich finde das kombiniert einfach besser mit Willibald, oder was meinst du, Eder?" Ein schelmisches Lächeln breitet sich zufrieden in seinem Gesicht aus, und nimmt dem Eder jede Chance, anders als ebenso freundlich zu reagieren.

„Da hast du Recht, dann gib mir ein Schluckerl aus der offenen Rotweinflasche da hinten und wir sagen Du zueinander!" Sich so verhaltend, als hätten sich zwei Erwachsene gerade freundschaftlich das Du gegeben, stoßen die beiden an.

„Und weil wir jetzt so vertraut sind", meint der Metzger, „bekommst auch gleich die Sessel billiger."

Was so ein Du bewirken kann!

„Ich fühl mich wirklich wohl da in deiner Werkstatt, ist ein toller Beruf! Zeig mir ein wenig, woran du gerade arbeitest und wie du das machst!"

Ein netter Vormittag beginnt, so viel Freude an seinem Beruf hat der Metzger schon lange nicht mehr gehabt, so viel getrunken zwar auch nicht, aber irgendwie hat überraschenderweise seit dem Du die Chemie gestimmt zwischen den beiden! Vor allem ist das für den Willibald eine neue Erfahrung, vor einem stillen Bewunderer zu arbeiten, der sich aufrichtig für die Tätigkeiten des Restaurators interessiert. Nach einiger Zeit beginnt Johann Nepomuk dem Metzger schon unaufgefordert die richtigen Arbeitsgeräte zu reichen, und während er aus seinem Dasein als Direktor erzählt, wird er zusehends persönlicher und persönlicher. Plötzlich landet der Eder wieder selbst beim Thema. Er erzählt von seinem Dasein als zweifacher Familienvater und dass sich für ihn ein Traum erfüllt hat.

„Glaub mir, Willibald, das hätte ich mir auch nie gedacht. Dass ich noch einmal so ein Glück hab und so eine Frau abbekomme, da waren andere Mächte am Werk!"

Wie wahr, denkt sich der Metzger. Die Mächte wären halt interessant!

„Ich hätte mir nie gedacht, dass die Birgit nach dem Schicksalsschlag bei mir nach Halt sucht. Gut, ich geb zu, dass ich über den Konrad Zwirnhofer immer irgendwie mit ihr in Verbindung war, weil heimlich gefallen hat sie mir ja schon immer, aber dass diese Verbindung beidseitig war, hat mich dann schon überrascht. Die Scheidung von meiner Ex-Frau war halt nicht lustig, aber wir hatten keine Kinder und ich war mir absolut sicher, dass ich das Glück nicht beleidigen sollte!"

„Apropos Glück! Weißt du, dass der Zwirnhofer die Mutter vom Deutner geheiratet hat?"

„Jaja, und das hat auch einen Keil zwischen uns getrieben, weil die Bernadette Deutner hat es nie richtig verkraftet, dass die Freundin ihres Sohnes, also die Birgit, so schnell nach dem Tod vom Ferdinand vor den Altar getreten ist!

Aber sprechen wir von etwas anderem, wichtig ist, dass nun jeder glücklich ist, auch meine Ex-Frau hat wieder geheiratet, Gott sei Dank!"

Ja wichtig ist, dass jeder glücklich ist, denkt sich auch der Metzger, und glücklich, das ist er jetzt. Ein außergewöhnlicher Vormittag geht zu Ende, und für den Willibald ist es einmal eine ganz neue Erfahrung, im Mittelpunkt zu stehen! Stolz ist er auf sein Handwerk, stolz auf seine Werkstatt und zugleich traurig, dass sein Vater nicht mehr erleben kann, wie sein Sohn vom Basteln lebt, ohne dabei Volksschullehrer zu sein.

19

Irgendwie fühlt er sich die letzten Tage aufgekratzt. So in etwa müssen sich Drogen auf den Körper auswirken!

Es tut sich was. Bei seinen gelegentlichen Beobachtungsfahrten zur Werkstätte hat er kürzlich gesehen, wie der Metzger dem Herrn Direktor einen Sessel erklärt. Und dass der Eder plötzlich den Metzger besucht, bedeutet, dass die Dinge in Bewegung geraten sind, und das ist gut, sehr gut! Vielleicht kann der Eder dem Metzger in einigen Fragen auf die Sprünge helfen? Er wüsste so gerne, was der Willibald schon alles herausgefunden hat, würde ihm gerne unter die Arme greifen. Aber das geht nicht, weil dadurch die ganze Mission gefährdet wäre. Wenn der Metzger auch nur annähernd erfährt, wer hinter all dem steckt, er würde keinen Finger mehr rühren, verständlicherweise.

Die Nächte kann er kaum noch schlafen, alles zieht vor seinen Augen vorbei, wie ein alter Schwarz-Weiß-Film ohne Tonspur, und er bemerkt, dass seine positive Anspannung, seine Unruhe umso intensiver werden, je näher der Freitag rückt. Das Klassentreffen! Irgendwo in der Runde wird er sitzen, der Mörder und Verräter. Hundertprozentig! Er wird da sein, auch wenn seit dem Mord bereits 21 Jahre vergangen sind. Aber was sind schon 21 Jahre für das Gewissen. Das Gewissen hat keine großen und kleinen Zeiger, die unaufhaltsam ihre Runden drehen und dabei manches zurücklassen, so weit zurück, bis wir es vergessen – das Gewissen kennt keine Zeit! Und das Gewissen vergisst nichts, da kann sich das Hirn noch so bemühen. Den Zeitpunkt für die Entleerung des seelischen Mistkübels bestimmt nicht der Kopf.

Und deshalb wird der Täter da sein, wird beobachten und gut zuhören, wird sich davon überzeugen wollen, dass alles in Ordnung ist, dass sich der Deckmantel der Lüge wie ein sauberes Tischtuch über den Schmutz breitet.

Er wird ihn beobachten, ohne zu wissen, wer es ist.

Die letzten Tage war er auch wieder regelmäßig in der Firma, ohne ihn fehlt einfach der wichtigste Teil. Denn abgesehen davon, dass er der Chef ist, seine Aufgabe ist auch die menschliche Betreuung der Kunden – und darauf kommt es an! Es geht immer um Beziehung, ausschließlich auf dieser Ebene wird der Kunde gebunden und wird das Vertrauen geweckt. Obwohl, das muss er schon zugeben, er hat es insofern leichter, da der Kunde, der den Weg zu seinem Büro genommen hat, grundsätzlich für jede Art der menschlichen Zuwendung dankbar ist, sie sogar sucht.

Immer dann, wenn ein Verlust vorliegt, ist auch der, der etwas verloren hat, ein Verlorener. Der größtmögliche Verlust in unserem jämmerlichen Dasein ist das Abhandenkommen des Daseins selbst. Und während wir zeitlebens versuchen, die Dinge festzuhalten, schwingt unbeirrbar die Sichel des Todes über unseren Köpfen.

Seit seiner Kindheit ist der Tod ein Thema, eine völlig alltägliche Angelegenheit, die sein Dasein inhaltlich prägt. Durch den Verlust seines geliebten Felix bereitet ihm nun erstmals das Unwiderrufliche Schwierigkeiten.

Es gibt einen Raum in der grenzenlosen Unendlichkeit über der irdischen Wahrnehmung, in dem Platz ist für seine Liebe, für ihre Liebe. Im Hier war nie Platz!

Und es gibt Gerechtigkeit, manchmal muss man ihr nur ein wenig auf die Sprünge helfen.

20

Knarrend öffnet sich die Glastür. Gerade noch war die Stadt eingetaucht in eine dumpfe schneebedeckte Stille, doch mit dem Öffnen des alten Holzrahmens kommen dem Metzger jener Lärm und Dunst entgegen, die für den eingefleischten Wirtshausgeher die Heimat ankündigen! Willkommen beim Novak, steht auf einer Tafel rechts vom Eingang, darunter in verblasstem Kreideschriftzug: Spezialitäten des Tages.

Während die Aufzählung der Speisen wahrscheinlich seit dem ersten Auftragen niemals wieder von der Tafel gelöscht wurde, weist rechts davon die Aufzählung der Preise eine deutlich hellere Schrift auf. Alles ist teurer geworden! Für etwa 13,76 Schilling durften wir stolz einen Euro einkaufen, heute bekommt man für einen Euro bestenfalls Ware im ehemaligen Wert von 10 Schilling! Rechnet sich ja viel leichter: Ein Schnitzel mit Kartoffelsalat 7,90 Euro. 79 Schilling wären damals für ein Schnitzel ganz schön viel gewesen, heute ist man froh über jede Speise, die nicht an der Zehn-Euro-Marke kratzt. Wird also wieder eine Gulaschsuppe werden um 3,50 Euro. 35 Schilling wären ganz schön viel gewesen, aber 3,50 Euro, ein richtiges Schnäppchen, beschließt Willibalds Magen nach kurzer Absprache mit dem Verstand.

Vor ihm rechter Hand eine lang gezogene Holzschank, die gewisse Ähnlichkeiten mit der Bar in einem Saloon nicht verleugnen kann! Der Zapfhahn so alt und so abgegriffen, der könnte viele traurige Geschichten erzählen.

Links von der Schank beginnt der Restaurantbereich, eher Beislbereich. Eine Mischkulanz alter knarrender Sessel vor lieblos gedeckten, aber vollen Tischen auf abgetretenem Dielenboden. An den Wänden eine durchgezogene Bank aus dunkelrotem, zerfranstem Glattleder, davor wieder Tische mit Sesseln. Das Einzige, was beim Novak neu wirkt, ist die junge Kellnerin, die hoffnungslos überfordert von Tisch zu Tisch hetzt. Und obwohl da herinnen weder Stil noch Eleganz anzutreffen sind, strahlt das Lokal eine Gemütlichkeit aus, die den Besucher nach dem ersten Achterl unwiderruflich in ihren Bann nimmt. Einmal beim Novak, immer beim Novak!

„Sind schon einige da, im Stammzimmer hinten links!" Vor ihm steht Heinrich Novak, der Sohn des verstorbenen Wirten, wobei der einzige Unterschied zur gewichtigen Erscheinung des Vaters darin besteht, dass der Sohn schon bereits mit knapp 50 stolz eine Glatze und den typischen Novak-Schnauzbart durch die Gegend trägt.

„Du suchst doch das Klassentreffen oder, obwohl, wenn ich dich so anschau: Bei uns herinnen warst du noch nie!"

Nein, weil ich mir unter Heimat etwas anderes vorstelle, denkt sich der Willibald und sagt:

„Das stimmt! Beides! Vielen Dank und bringen S' mir gleich ein Vierterl Rot!"

Dann steuert er mit zusehends steigender Nervosität dem besagten Extraraum zu.

Alle werden sie da sitzen in neuer Sitzordnung, und sie werden sich dabei anders begegnen als in der Schulbank. Persönlichkeiten entwickeln sich weiter, auch wenn sich gewisse soziale Muster und Rhythmen der Schulzeit einbrennen, innerlich tätowiert, und gelegentlich für Gleichgewichtsstörungen am Parkett des Lebens sorgen.

Nur wenn sich dann die weiterentwickelten Persönlichkeiten Jahre später wieder auf schulischer Ebene ge-

genübersitzen, werden die alten Muster wohl kaum zu bremsen sein. Außer, wie im Fall der 8B, die Chefs sind abhandengekommen. Ohne Dobermann und Deutner fehlen die Führungsspitzen, und was machen Idioten ohne Führung, das wird spannend, denkt sich Willibald Adrian Metzger!

Die Feindschaft der beiden Chefs hatte die 8B in zwei Hälften geteilt. Sozusagen eine Zweiklassengesellschaft in einer Klasse! Da waren auf der einen Seite der Felix Dobermann mit dem Sebastian Friedberg, dem Mario Sedlatschek, dem Kurt Hofmüller und dem Gerhard Dörflinger, sozial niedrigstehender, dafür aber umso effektiver in der Wahl der Waffen! Auf der anderen Seite die Schnöselabteilung, angeführt von Ferdinand Deutner, gefolgt von Paul Reiseneder, Maximilian Seidlinger und Karl Meixner, der nun sein gebügeltes blaues Hemdchen gegen einen Talar ausgetauscht hat.

Und schließlich waren da noch der Johann Lackner, Doppelrepetent, mehr oder weniger eine eigene Großmacht, als oberste Instanz zwischen den Stühlen sitzend, und schließlich der unberührbare Klassensprecher Eduard Pospischill. Warum der unberührbar war, wusste keiner, das war einfach so! Das Schlusslicht der hierarchischen Ordnung aller Parteien, also das unterste Sprosserl der wahrlich beschissenen Stufenleiter dieses Hahnenstalls, stellte Willibald Adrian Metzger dar. Und wer erst einmal das tiefste Platzerl innehat, dem scheißen auch alle bedenkenlos auf den Kopf.

Das war also die 8B, die zwölf Apostel, wie der Lackner die Klasse bezeichnet hatte. Von einem heiligen Haufen kann hier aber bei Gott nicht die Rede sein!

Eher von einem üblen Scherz des Schicksals, einer Meisterleistung an „Nicht für die Schule, sondern fürs

Leben lernen wir", einer Kaderschmiede für eingerückte verweichlichte Seelchen.

Im Metzger regt sich Unbehagen, ist kein Vergnügen, wenn du ewig gebraucht hast, den Gestank nach einem langen Bad in einer übel riechenden Kloake loszuwerden, und dann mehr oder weniger gezwungen freiwillig wieder hineinsteigen darfst! Werd vielleicht doch etwas anderes bestellen als ein billiges Gulasch, damit wenigstens mein Magen eine gute Unterlage hat, wenn es ihn umdreht, beschließt der Metzger. Ein mehrgängiges Wirtshausmenü sozusagen:

Erster Gang:

Für eine in zwei Lager aufgespaltete Ansammlung männlicher Wesen kommt dem Metzger beim Eintritt in das sehr kuschelige, weil völlig mit rotem Samt tapezierte Nebenzimmer ein richtiggehend vergnüglicher Klangteppich entgegen. Gelächter, Geplauder, unterlegt mit sanften, sich durch billige Boxen plagenden Klängen deutschsprachiger Schlagermusik! „Und immer wieder geht die Sonne auf!", tönt es aus den Boxen, während der Metzger die ersten Schritte in das bordellähnliche Etablissement wagt.

„Der Metzger!", ruft ein schon leicht angeheiterter Paul Reiseneder.

Hast in diesem Moment bereits mehr mit mir gesprochen als im Laufe unserer gemeinsamen Schulzeit, denkt sich der Willibald.

Paul Reiseneder, immer am besten gekleidet, immer am Hemdzipfel vom Deutner, und immer erschien der Papa, hochrangiger Jurist, höchstpersönlich in diversen Sprechstunden, um dem niedrigen Leistungsniveau seines Sohnes rein zeugnistechnisch eine bessere Optik zu verleihen! Dafür war Paul der Erste, der im Alter von 16 eine Vespa vor der Schule parkte. Sein Pech, dass das damals noch eine reine Knabenschule war.

„Servus Metzger!", tönen die anderen Anwesenden mit ein, der Lackner, der Sedlatschek, Kurt Hofmüller, Gerhard Dörflinger, Pater Meixner, Sebastian Friedberg, die Geschichtsprofessorin Anna Maria Neubauer und der „Schinder Karl", Professor Schranner.

„Setz dich zu mir!", ruft ihm der Pospischill entgegen, der mit einem eher verzweifelten Blick neben der auch schon leicht angeheiterten Professor Neubauer sitzt.

„Grüß euch alle miteinander!", sagt der Metzger und beginnt seinen Entschluss in die Tat umzusetzen. Der Willibald Adrian hat sich nämlich im Lauf der letzten Tage eine Taktik zurechtgelegt, hat gegrübelt, wie er wohl am besten in Erscheinung treten könnte, und ist zu der Einsicht gekommen, er müsse rein aufklärungsstrategisch einen Frontalangriff starten, weil so wie während der Schulzeit nur farblos still in der Bank sitzen, das führt zu nichts. Heute muss er über seinen Schatten springen, heute muss er auffallen, heute muss er dafür sorgen, dass ihm gegenüber jeder gesprächsbereit ist, und sei es nur auf Grund des schlechten Gewissens. Dann sollen sie, falls sie in seiner Gegenwart nicht automatisch eines haben, gefälligst auch eines bekommen. Überschätzen dürfen wir die Moral des Menschen nämlich grundsätzlich nicht.

„Hättets euch nicht gedacht, dass ich hier aufkreuze, oder? Dass ich mich noch einmal freiwillig mit euch abgeb!"

Jetzt ist es still, richtig still! Nur aus den Boxen: „Und wieder bringt ein Tag für uns sein Licht!"

Der Metzger weiter, eiskalt und monoton: „Ich mir auch nicht! Aber nachdem ich vom Pospischill zufällig erfahren hab, dass sich ehemalige Mitschüler ohnedies im Lauf der Jahre gegenseitig ausrotten, wollt ich einfach wissen, wie viele von euch noch übrig sind!"

Immer noch Stille! Nur das Schlucken ist zu hören, mit dem einige ihre trockenen Kehlen befeuchten müssen.

„Wär jetzt meinerseits der geeignete Zeitpunkt für ein Maschinengewehr, einen Bleihagel, aber da ich angenommen hab, der Pospischill wird da sein, hab ich ungefährlichere Kugeln mitgebracht!"

Der Metzger greift in seine Umhängtasche und zieht, nicht ohne dabei ein wenig schadenfroh zu bemerken, dass sich in manchen Gesichtern blankes Entsetzen breitmacht, langsam und genüsslich eine Packung Mozartkugeln heraus und stellt diese knallend auf den Tisch.

„Willibald Adrian Metzger heiß ich, für alle, die sich nur mehr an meinen Nachnamen erinnern können, Abkürzung W. A. M., so wie der Wolferl, und damit ihr euch das alle merken könnt, lassts euch die Mozartkugeln gut schmecken!"

Er wirft einen viel sagenden Blick auf den um mindestens 40 Kilo schwerer gewordenen Turnlehrer Karl Schranner und meint:

„Und bitte greifts schnell zu!" Weil wenn ich mir unseren ausgefressenen Ex-Turnlehrer so anschau, wird da bald von der Schokolade nichts mehr über sein – hat sein Hirn zur internen Belustigung des Systems Metzger noch nachgesetzt. Dann hat er das Rotweinglas vom ziemlich blassen Schranner genommen, es in die Höhe gehoben und gesagt:

„Ein Prost auf euch alle, schauts nicht so drein und gönnts mir doch auch ein bisserl eine Freude, nachdem ich euch unfreiwillig so viele Jahre unterhalten durfte! Und jetzt will ich wissen, was aus euch geworden ist?"

Und mit einem Zug schüttet er den kompletten Glasinhalt in seinen angespannten Magen.

Ein erleichtertes Lächeln schummelt sich in die versteinerten Mienen.

„Prost, Willibald!", ruft leicht lallend die Neubauer, „danke für den süßen Gruß und schön, dass du da bist. Also ich bin immer noch in der Schule. Und wie du siehst, hat mir der Geschichtsunterricht nicht geschadet. Ich schau nämlich bei weitem nicht so historisch aus, wie ich bin!"

Ein befreites Lachen gleitet durch den samtigen Raum. Dann ruft Pater Meixner:

„Prost, Willibald, ich bin froh, dass du mit Mozartkugeln schießt, obwohl wir dir hier alle ein Maschinengewehr auch nicht verübeln könnten. Kannst dir vorstellen, dass manche von uns wegen dir mit einem genauso schweren Gemüt hierher gekommen sind wie du! Jetzt bin ich froh, dass du da bist und wir die Chance haben, alte Gräben zuzuschütten!"

„Genau!", tönt eine kollektive Entschuldigung aus diversen Mündern, und der Metzger denkt sich: Danke, Pater Meixner, typisch Kirche! So kleinlich wie die bei ihren Schäfchen mit dem Vergeben und Verzeihen sind, so großzügig sind sie damit in den eigenen Reihen! Na, dann schüttets mal ordentlich rein, in die alten Gräben, vielleicht schaufelts dabei auf der anderen Seite etwas frei, das mir und dem Dobermann weiterhilft.

Dann setzt er sich neben den Pospischill, der ihn sofort zu sich herzieht und ihm, während er mit dem Zeigefinger auf die am Tisch liegende Klassentreffen-Einladung deutet, ins Ohr flüstert: „Wie bitteschön hast du ein Foto vom Zwirnhofer-Zeigestab auf die Einladung draufgebracht?"

„Ich hab eins gemacht!", sagt der Metzger.

„Was heißt, du hast eins gemacht? Wo bitte hast du den her?", lässt der Pospischill nicht locker.

„Na, aus dem Aug vom Dobermann!"

„So ein Blödsinn, du warst an dem Abend schwerstens besoffen, Zeigestab hast auch keinen in der Hand gehabt, wie du deine unerträgliche Fahne im Kommissariat verbreitet hast, und auf der Wiese war weder eine Leiche noch eine Spur von Blut, noch der Zeigestab!"

„War ein Scherz, Pospischill! Ich bin Restaurator, so was fliegt mir einfach zu, die Quellen bleiben geheim, das ist wie ein Beichtgeheimnis", antwortet der Metzger überlegen, „jetzt entspann dich und genieß den Abend."

„Und warum hast du mir eine Einladung ohne Zeigestab in die Hand gedrückt?", fragt der Kommissar.

„Weil ich dir nicht erzählen wollte und auch jetzt nicht erzählen werde, wo ich ihn herhabe! Und jetzt gib mir die Karte, ich hab Hunger."

Während er die Karte studiert und dabei den immer noch auf ihn starrenden Pospischill ignoriert, wird ihm bewusst, wie hilfreich so ein Ermittler mitsamt seinem Ermittlerhirn wäre! Weil was der Pospischill so mir nichts dir nichts nebenbei erwähnt hat, ist dem Metzger noch gar nicht in den Sinn gekommen:

Warum ist die Leiche vom Dobermann außer in der Hundstrümmerlwiese nicht auch noch in einem Blutbad gelegen? Der Pospischill hat Recht, da waren keine Spuren, kein Tropfen des purpurnen Körpersaftes! Da muss doch so reichlich Blut fließen wie Schmiergeld in der Ölbranche, wenn so ein Zeigestab ins Aug hämmert wie ein Bohrturm ins Marchfeld. Und so kalt war es an diesem Abend auch wieder nicht, dass selbst einer Leiche in kürzester Zeit das Blut in den Adern gefriert.

Folglich war entweder gar kein Blut mehr im Dobermann oder der Felix ist direkt aus der Tiefkühltruhe auf die Wiese katapultiert worden!

„Eine Blunzen! Ich nehm eine Blunzen!"

Der Metzger knallt die Karte zu und kommt zum

Zweiten Gang:

Der erste Gesprächspartner ist der ihm gegenübersitzende heilige Karl, Chemieordner Karl Meixner. Den grauen Anzug ziert ein feines silbernes Kreuz am Revers. Aus dem schwarzen Rollkragenpulli wuchert ein bärtiger Hals, von dem ausgehend ein äußerst üppiger Bartwuchs sich beinahe über das komplette Gesicht ausbreitet und ansatzlos in die Kopfbehaarung übergeht! Wache Augen spähen unter den Augenbrauenbüscheln hervor, und dort, wo sonst Lippen sind, sieht man nur eine feine dunkle Linie den Gesichtspelz durchschneiden. Umso weißer strahlen die Zähne des Paters, und sie haben viel zu strahlen, denn der Meixner hat viel zu reden. Oder besser gesagt zu predigen!

Der Metzger kann sich gar nicht vorstellen, wie bei einem derartigen Rededrang Beichtgeheimnisse auch Geheimnisse bleiben können. Nichts ist gefährlicher für den braven, sündenbekennenden Katholiken als ein Priester, der viel und gerne spricht. Lang und breit erzählt der Meixner von seiner Berufung, ohne dabei auch nur irgendwie den Anschein zu erwecken, es würde ihn ein klein wenig interessieren, was denn sein Gegenüber, der Metzger, so treibt. Den göttlichen Ruf hat er bereits zu Schulzeiten vernommen, erörtert der Pater, sehr zur Belustigung des Willibald, und nun leitet er seit einigen Jahren eine Pfarre. Endlich kann er seinem Ruf als Hirte dienlich sein und Schäfchen betreuen. Ganz in der Nähe der Schule! Und wie der Metzger so weiter nachfragt, stellt sich heraus, dass der Meixner immer noch irgendwie Chemieordner geblieben ist, weil die Pfarre seit einigen Jahren die Schulpfarre ist und er somit der Schulpfarrer, und der Eder sein Direktor, also wieder der Chef!

Der Meixner erzählt, dass er damals die Verhandlung aufmerksam verfolgt hat, dass er dann aus beruflichem Ethos den Dobermann gelegentlich im Gefängnis besucht hat und dass er bei jedem Versuch, dem Mörder eine Beichte abzunehmen, kläglich gescheitert ist.

„Weil der Felix konsequent behauptet hat, da wäre nichts zu beichten, und der liebe Gott sei ohnedies nur ein launischer, gelangweilter Sadist, dem es die größte Freude bereite, anderen dabei zusehen zu können, wie sie bereits zu Lebzeiten in der Hölle schmoren!"

Jeder Versuch, von Gottes Güte zu sprechen, ist beim Dobermann auf taube Ohren gestoßen, erzählt er weiter. Wie dem Dobermann dann aus heiterem Himmel – muss für den da oben eine Riesengaudi gewesen sein – auch noch ein Schlaganfall zuteilgeworden ist, hat er sich selbst als Pfarrer nicht mehr getraut, dieses Thema anzuschneiden.

„Tja", meint der Pater, „der Herr richtet die Sünder oft schon zu Lebzeiten. Ein guter Katholik zu sein, bedeutet mehr, als nur zur eigenen Taufe in der Kirche zu erscheinen und sich dabei in den meisten Fällen auch noch tragen zu lassen!"

Als wäre Kirche das Stichwort, wahrscheinlich hat es den Meixner an Weihrauch erinnert, nimmt er ein Lederetui aus seiner Innentasche, und während sich seine befeuchtete Zunge langsam aus seinem unter dem Bartwuchs verborgenen Mund herausstreckt, zieht er eine Zigarre aus dem Täschchen, löst die Cohiba-Binde und schleckt langsam den Rumpf der gerollten Tabakblätter entlang. Keiner hat bisher geraucht, das muss man sich einmal zu Gemüte führen, eine Gesellschaft und keiner verpestet die Luft, beinah unvorstellbar! Wenn es aber, was die Luftverpestung betrifft, nur bei der Zigarre geblieben wäre!

Denn der Metzger traut nun seinen Ohren nicht! Kaum qualmt es zwischen den Fingern des Paters, folgt eine Spontanpredigt, da wird dem Metzger auch ohne Rauchallergie schlecht:

über den Verfall der Sitten,

über die Geißel der Sexualität, wie am Beispiel des Felix Dobermann inklusive den möglichen irdischen Konsequenzen bestens zu beobachten war, so Pater Karl,

über den Frevel der gleichgeschlechtlichen Liebe und so weiter

und alles hauptsächlich sexuell orientiert!

Er zieht alle Register, der Meixner, und demonstriert eindrucksvoll, warum Ministrant nicht unbedingt ein ungefährlicher Nebenjob ist.

Da darf sich keiner wundern, wenn in vielen Kirchen die Bänke geheizt werden. Anders als über das Popscherl kann nämlich heutzutage die katholische Kirche das Innere eines aufgeschlossenen Christen kaum noch erwärmen! Nur wenn dann die Kirchen aufgeschlossen haben, natürlich nur schlüsseltechnisch, weil alles andere wäre Sciencefiction, nimmt auf den Kirchenbankerln selten wer Platz! Dann sitzen halt die hohen Würdenträger selber auf den warmen Bänken. Nur solange die dort sitzen, wird ihnen nicht kalt! Und solange denen nicht richtig kalt wird, wird keiner das heilige Arscherl heben und sich bewegen.

Deshalb ist der Metzger fest davon überzeugt, die Bezeichnung „Würdenträger" hat nicht zu Unrecht mehrschichtige Bedeutung: Denn müssten die Würdenträger wahrhaftig ein Kreuz tragen, sie würden Träger anheuern, weil selber schleppen – niemals! Ja, was gewichtige Entscheidungen betrifft, Dickhäuter würden träger nicht sein. Wenn Gott genauso unflexibel wäre, gäbe es weder den Ameisenbären noch die Stabheuschrecke noch den Kaktus und schon gar nicht den homo sapiens.

Dann zeigt Pater Karl eine menschliche Seite und beteuert mitleidig, wie schrecklich Gottes Zorn den Dobermann erwischt hat. Er ist nur mehr im Bett gelegen, der Speichel ist ihm aus den Mundwinkeln geronnen und Windeln haben sie ihm wieder anlegen müssen. Die Wege des Herrn sind unergründlich!

Es war ihm eine moralische Pflicht, dem Felix nach der Entlassung so lange eine Bleibe anzubieten und ihm zu helfen, bis er ein Zuhause fand. „Wenn Worte nichts bewirken, dann müssen Taten her!", so predigt Pater Karl, und zum ersten Mal gibt ihm der Metzger innerlich Recht. „Ist sowieso das Vorleben besser als das Predigen!"

Dann, erzählt der Meixner weiter, war der Felix eines Tages verschwunden. Wie das halt so seine Art ist, denkt sich der Metzger. Nur mehr ein Brief ist in der Sakristei gelegen, neben dem Tabernakel.

„Wenn Gott da drinnen ist, sollte man in allen Kirchen diese Goldkästchen öffnen, damit er gelegentlich an die frische Luft kommt, der liebe Gott, und dabei vielleicht zufällig in die Verlegenheit, es selbst mit einer guten Tat zu probieren. Auf jeden Fall kann er sich an dir ein Beispiel nehmen, lieber Karl. Ich danke dir aus ganzem Herzen für deine guten Dienste und deine Versuche, mich zu trösten!

Dein Felix (PS: Hab ein Zuhause gefunden)"

Dann hat er nie wieder was von ihm gehört, der Meixner.

„Vielleicht kommt er ja noch vorbei!"

Sicher nicht, denkt sich der nach Frischluft ringende Metzger, steht auf und setzt sich zum Sedlatschek, Dörflinger und Hofmüller, nicht ohne sich vorher ein neues Viertel Rot zu bestellen.

Dritter Gang:

„Was sollen wir sagen!", meint verlegen der Sedlatschek.

„Hast da einen starken Auftritt hingelegt, Willibald Adrian Metzger", so der Dörflinger, „ist ja schon 25 Jahre her und wir sind gescheiter geworden. Du willst wissen, was wir machen, also ich bin Therapeut geworden!"

„Was!" Der Metzger schaut den Dörflinger aus den Augenwinkeln an. „Psychologe? Na was bleibt dir anderes über, als aktive Selbsthilfe zu betreiben!"

„Es ist immer das Beste, irgendwann seinem inneren Zorn freie Bahnen zu geben Natürlich kontrolliert! Ich muss sagen, du hast dich wirklich gemausert, Willibald! Ich war mir sicher, dass du nicht kommen wirst, aber wie du dann dermaßen gelassen und spielerisch hereinschneist, so wie die Flocken da draußen, das hat zum Glück am Ende deines Monologs allen den Wind der Anspannung aus den Segeln genommen, freut mich für dich und für uns!"

„Und, hast du auch fixe Sitzungen oder lebst du von Spontantherapien?", lächelt ihm der Metzger entgegen!

„Paartherapie! Bin folglich natürlich mit einer Therapeutin verheiratet, hab zwei schwer auffällige Kinder und einen Hund – weil irgendwer in unserer Familie muss ja normal sein!"

„Und ich bin Restaurator und hol mir bei all jenen, denen du nicht helfen konntest, nach ihrer Wohnungsauflösung die Möbel!"

„Oder denen ich helfen konnte! Wie man's nimmt! Eine kaputte Beziehung oder Ehe aufrechtzuerhalten, ist ja nicht unbedingt immer der richtige Weg! Bin schon oft bei dir vorbeigegangen, hab mich aber nie reingetraut! Was hätte ich sagen sollen? Hallo, ich bin der, der dich gehalten hat, damit dich die anderen verprügeln konnten, sind wir wieder gut? Kannst dir vorstellen, dass mir das im Nachhinein schon alles leidgetan hat."

Kannst dir auch vorstellen, dass mich das schon gefreut hätte, so ein Besuch inklusive Entschuldigung, denkt sich der Metzger. Aber mit den Therapeuten ist das so wie mit den Priestern, den Polizisten und den Putzfrauen: Die kehren alle am liebsten vor fremden Türen!

„Und du, Hofmüller?", fragt der Metzger.

Der Kurt Hofmüller war immer ein Ruhiger gewesen, ein Mitläufer, aalglatt und extrem wandlungsfähig, wenn's drauf ankam unsichtbar, das Plastilin der Gesellschaft, passt in jede Ritze, ein Wesen ohne Rückgrat, hat sich meistens dort blicken lassen, wo es für ihn am vorteilhaftesten war.

„Bin Anwalt, hab die Kanzlei meines Vaters übernommen!" „Welche Angelegenheiten?"

„Scheidung!"

„Arbeitest also mit dem Dörflinger zusammen?"

„Nein, wir haben uns seit der Matura nicht gesehen, aber keine schlechte Idee. Ist ein heikles Thema, so eine Scheidung! Wie ein kleiner Tod!"

„Bist sozusagen ein besser verdienender Bestatter!", kommentiert der Metzger.

„Dass du so einen Humor hast, hätt ich mir nicht gedacht!", meint aus dem Abseits der Sedlatschek, steht auf und stellt fest: „Zeit zur ersten Blasenentleerung!"

Während er davongeht, kommt der Lackner bei der Tür herein.

„Burschen!", schreit er. „Draußen geht die Welt zu Grunde und ihr saufts euch an! Typisch 8B!"

Typischer Auftritt eines Leithammels, denkt sich der Metzger.

„Sagts, wer von euch hat denn die Einladung verschickt, und wer von euch hat dem Zwirnhofer den Zeigestab abgeluchst?", dröhnt Johann Lackners mächtige Stimme, während er mit der Einladung herumfuchtelt.

Schweigen.

„Vielleicht hat der Zwirnhofer die Einladungen verschickt?", meint die Neubauer.

„Zeig mal her!" Hinter dem Lackner versteckt, hat sich nämlich der Zwirnhofer bei der Tür hereingeschummelt, tritt nun aus der breiten Deckung seines Vordermannes heraus, reißt diesem die Einladung aus der Hand und meint selbstbewusst: „Ja, das ist meine Einladung, ich wollt euch einfach alle wiedersehen und bei einer offiziellen Werbeschrift meinerseits wären sicher nicht so viele gekommen. Ich begrüße euch, schön, dass ihr da seid!"

Der Pospischill schaut erstaunt zum Metzger, der Metzger schaut verlegen zum Zwirnhofer, der Zwirnhofer lächelt dem Metzger zu und winkt ihm mit dem Zeigestab, den er natürlich mitgebracht hat.

Ein bisserl peinlich ist dem Willibald Adrian jetzt die ganze Situation schon! Der Zwirnhofer ist nämlich der Einzige neben dem Pospischill, der vom Metzger eine Einladung ohne Zeigestab bekommen hat. Und weil der

Klassenvorstand jetzt den Zeigestab auf der Einladung vom Lackner sieht, ist er somit neben dem Pospischill der Zweite in diesem Raum, der nun weiß, dass der richtige Gastgeber Willibald Adrian Metzger heißt.

So wie immer hält der Zwirnhofer zu seinem Lieblingsschüler.

„Danke!", sagt der Metzger und schickt nach einer für den Zwirnhofer aussagekräftigen Pause hinterher: „Danke, dass Sie uns zusammengeführt haben, und jetzt kommen Sie an unseren Tisch!"

Von dem vertraulichen Du in Zwirnhofers Häuschen muss ja hier niemand etwas wissen!

Der Lackner hat den Rausch der Neubauer bemerkt und sich sofort zu ihr gesetzt. Der Zwirnhofer ist, nachdem er jedem die Hand geschüttelt hat, zum Metzger an den Tisch gekommen.

„Eine Überraschung, nicht?", sagt er und schaut dem Willibald tief in die Augen.

Wie nun der Sedlatschek mit entleerter Blase zurückkommt und sich an seinen Platz setzt, bemerkt der Metzger, dass er dem Zwirnhofer mit beiden Augen zuzwinkert und einen durchaus vertrauten Blick zuwirft.

Der Klassenvorstand richtet seine Aufmerksamkeit aber sofort wieder auf seine Tischrunde und beginnt einen regen Austausch über die bedeutungsschwere Zeit im Humanistischen Gymnasium, Geschichten werden erzählt, Witze gerissen, der Lackner hat die blöde Idee, der Zwirnhofer möge ein paar Fragen zum Physikstoff stellen, mal sehen, wer noch etwas weiß. Logisch, dass der Metzger, obwohl er fast jede Frage hätte beantworten können, diesmal nicht aufgezeigt hat, er muss sich ja nichts mehr beweisen. Lustig geht es zu in der 8B und schließlich hat der angeheiterte Lackner die – vor allem für den Metzger amüsante – Idee, Wetten abzuschließen! Unter anderem, dass der fette Schinder Karl keine 20 Liegestütz mehr zusammenbringt, worauf die Masse begeistert grölt und Professor Schranner fluchtartig und ziemlich verärgert das Lokal verlässt. In diese Bombenstimmung hinein startet Anna Maria Neubauer ihren großen Auftritt.

Vierter Gang:

Es beginnt mit einem heftigen Lachanfall. Einfach so, aus dem Nichts! Zuerst bemerken es die Männer gar nicht, aber plötzlich steht sie auf der Bank und bewegt sich geschmeidig zur Musik.

„Wenn du mich berührst, ist es wie im Himmel!", ertönt es aus den Boxen.

Wie in Trance beginnt sie leicht stöhnend sich selbst zu streicheln, fährt sich mit den Händen sanft die Hüften entlang, über ihre Brüste, durch ihre Haare, wirft ihre Locken in den Nacken und wieder vor! Summt laut irgendeine unpassende Melodie mit, zieht den neben ihr sitzenden Lackner hoch, der etwas verunsichert vorerst ihrer Aufforderung Folge leistet. Dann steigt sie auf den Tisch, lässt ihre Weste gekonnt über die Schultern gleiten und beginnt langsam, in Zeitlupentempo, ihre Bluse aufzuknöpfen!

Die Blicke der anwesenden Männer frieren ein und verfolgen jede einzelne ihrer Bewegungen. Ein Prickeln liegt in der Luft!

Als Erster reagiert der Lackner. Er sträubt sich nämlich merklich gegen die tatkräftige Aufforderung der Neubauer, auch auf den Tisch zu steigen. Leithammel ja, aber das geht zu weit.

Energischer wird das Ziehen der Historikerin und der Lackner entreißt der völlig betrunkenen Tänzerin mit einem kräftigen Ruck seine Hand.

Sie stoppt, die Haare hängen ihr zerzaust ins Gesicht, aus der halb offenen Bluse ragt bereits eine halb entblößte, dem BH entsprungene Brust. Eine wohlgeformte, wie der Metzger schamlos feststellt.

Als Nächster reagiert Pater Karl.

„Kommen Sie herunter, Frau Professor, Sie haben wirklich toll getanzt!"

Er nimmt sie bei der Hand, und die Neubauer beginnt loszuweinen. Sintflutartig schießen ihr die Tränen aus den Augen, die Peinlichkeit der Situation trägt das Ihre dazu bei und aus der gerade noch krampfhaft erotisch wirken wollenden Anna Maria wird zuerst ein armseliges Häufchen Elend und dann eine hysterische heulende Sirene der Verzweiflung.

„Immer nur die Kitzler! Immer nur sie! Wenn die jetzt tanzen würde, ihr hättet sie lassen, alle!"

Es fällt ihr schwer zu reden, ihrer vom Alkohol gelähmten Zunge fällt es schwer, den konfusen Anweisungen des Gehirns zu gehorchen, und dem erstaunten Publikum fällt es schwer, das Gelallte zu verstehen:

„Sie ist aufgetaucht und wir anderen waren nichts mehr wert! Ganz egal, wie wir uns bemüht haben um die Kollegen. Die paar Männer im Lehrkörper, wir haben sie auf Händen getragen! Und dann kommt die Kitzler, die Hure, und alle Schwänze stehen stramm!"

Dem Zwirnhofer ist die Farbe aus dem Gesicht gewichen! „Fallen lassen habt ihr uns wie verfaultes Obst, ihr Schweine! Alles hätte ich gemacht für den Johann Nepomuk, und so einiges hab ich ja auch für ihn gemacht, obwohl er da noch mit seiner ersten Frau verheiratet war! Dazu war ich gut genug! Sogar gelogen hab ich für ihn, und dann, dann lässt er sich scheiden und heiratet nicht mich, nein, nicht mich! Sondern diese elende

Nutte! Bedient hab ich ihn und gelogen hab ich für ihn, gelogen, und dann nimmt er sie, sie, sie, sie! Verflucht sollen sie sein, verflucht, verflucht!"

Wimmernd sinkt sie in sich zusammen, der Meixner und der Zwirnhofer setzen sie auf die Bank zurück, knöpfen ihr die Bluse zu, dann sagt der Priester:

„Kommen Sie, ich fahr Sie nachhause!" Die beiden Männer stützen sie und bringen sie zur Tür.

Der Metzger löst den Zwirnhofer ab, zieht der Neubauer den Mantel an und bringt sie mit dem Meixner hinaus vor das Wirtshaus.

„Ich hol g'schwind den Wagen, bitte bleib bei ihr und halt sie fest!", sagt der Meixner, dann läuft er davon.

Da steht er jetzt, der Willibald, im Arm die Neubauer, und kämpft mit seiner Neugier und seiner Moral: Ich kann doch nicht den Zustand der armen Anna Maria Neubauer ausnutzen? Kann ich doch.

„Ich hab Sie immer bewundert, Sie sind eine tolle Frau! Die Kitzler hat nicht alle geblendet", bereitet er krampfhaft charmant die nächste Frage vor und fühlt sich dabei ziemlich schäbig.

„Was heißt, Sie haben gelogen? Das kann doch nicht so schlimm sein? Aus Liebe tut man so viel!"

Die Neubauer schaut den Metzger an. Ganz rot sind ihre Augen und ruhig ist sie geworden, so als hätte die Kälte ihre Hitze abgekühlt.

„Bist ein guter Junge, Willibald! Bin schon zu alt für dich, ich weiß das doch, zu alt für jeden, werd allein bleiben und das ist die Strafe für meine Blödheit! Liebe war das nicht, Blödheit war das! Und die Lüge werd ich mir nie verzeihen!"

Ganz langsam, so als wolle sie es aus sich herausatmen und ein für allemal loswerden, sagt sie:

„Der Dobermann war an dem Tag gar nicht in der Schule!" Dann beginnt es wieder zu schneien, dicke Flocken schieben sich vor den Blick und verschleiern die Konturen. Wie lange die beiden schweigend nebeneinander gestanden sind, weiß der Metzger nicht.

Die Neubauer hat dann nicht einmal mehr aus dem Autofenster herausgeschaut, wie der Meixner mit ihr davongefahren ist.

Fünfter Gang:

Am Weg zurück bemerkt der Metzger seinen inzwischen schmerzhaften Harndrang und begibt sich Richtung Pissoir. Diese eigentümliche Räumlichkeit, in der sich Männer näher kommen, als ihnen lieb ist, unterliegt strengen unausgesprochenen Regeln.

Zum Beispiel:

1. Solange das Platzangebot ausreichend ist, niemals das direkt an einen Pinkelnden angrenzende Pissoir benutzen!
2. Wenn niemand im Raum ist, wähle strategisch ein Pissoir so aus, dass der nächste Hereinkommende nicht zwangsweise direkt neben dir steht. Also bei drei angebotenen benachbarten Möglichkeiten zum Wasserlassen wähle als Erstankömmling niemals die Mitte – da bekommst du sicher einen Nachbarn!
3. Solltest du auf so einen Dolm treffen, der vor dir das Pissoir betritt und in der Mitte steht, weiche auf das Scheißhaus aus.
4. Schau niemals zum Nachbarn oder sprich mit ihm!
5. Schüttle nie länger als maximal fünf Sekunden aus!
6. Schüttle nie länger als maximal fünf Sekunden und schau dabei zu deinem Nachbarn!

7. Wenn du schon mit dem Nachbarn sprechen musst, wende dich ihm während des Urinierens nicht zu.
8. Wasche dir vor Verlassen der Toilette die Hände.

Beim Novak gibt es drei Pissoire. Alle leer! So stapft also der Metzger zum links äußersten und knöpft sich die Hose auf! Plötzlich öffnet sich die Türe.

„Der Metzger!" Abgesehen davon, dass somit gegen Gesetz Nummer 4 verstoßen wurde, ist ja „Der Metzger" nicht unbedingt eine Begrüßung.

Zielstrebig wankt der Lackner zum mittleren Pissoir, direkt neben dem Willibald. Und während er anfängt, in seiner Hose zu kramen, so als wüsste er nicht, wie er das mächtige Zielobjekt anpacken soll, mustert er den Willibald Adrian von oben bis halb unten.

Für den Lackner war der Metzger immer wie Luft, so unbedeutend, dass er nicht einmal zuschauen wollte, so wie all die anderen, wenn der Metzger in diversen Pausen verdroschen wurde. Er hat einfach sein Jausenbrot gegessen und die Füße auf den Tisch gelegt. Der Lackner war der Al Capone der 8B, ihm war es egal, wie sehr sich die unteren Ebenen gegenseitig bekriegten, solange ihm Gehorsam entgegengebracht wurde. Konnte schon passieren, dass gelegentlich selbst der Dobermann vom Lackner eine gefangen hat, absolut niemand hat dazu einen Kommentar abgegeben, weder anfeuernd noch anflehend.

„Aufregendes Klassentreffen, oder?"

Ein satter Strahl trifft spritzend in den Keramikbehälter, während der Lackner diese Geräuschkulisse mit einem genüsslichen „Ah!" kommentiert!

„Sehr aufregend! Hast du zum Dobermann noch Kontakt, warst ja bei ihm im Spital?", fragt der Metzger ansatzlos, zielsicher aus der Hüfte geschossen.

Nach einer kurzen Wegschaupause fixiert der immer noch brunzende Lackner den immer noch nicht brunzenden Metzger abermals und sagt: „Na, bei dir geht ja gar nichts! Pinkel erst mal fertig und komm dann wieder zu uns, dann erzähl ich dir was vom Dobermann!" Und weg ist er, natürlich ohne Händewaschen, dafür mit einem kumpelhaften Klopfer auf Willibalds rechte Schulter.

Die Tür fällt zu und endlich kann auch der Metzger.

Während des Händewaschens grübelt er über die Lüge der Anna Maria Neubauer. Sie hat also gelogen, aus Liebe! Die Liebe hat dem Dobermann fast ein Vierteljahrhundert gekostet!

Warum diese sinnlose Lüge, wenn doch eindeutige Fußabdrücke und eine Einladung, handschriftlich verfasst vom Dobermann, in Deutners Hand gefunden wurden? Ist doch alles niet- und nagelfest! Außer an diesen Beweisen ist genauso viel faul wie an der Aussage von der Neubauer.

Im Hirn vom Metzger findet jetzt zum ersten Mal eine kleine Umpolung statt. Nämlich die Möglichkeit, dass der Dobermann den Deutner vielleicht gar nicht auf dem Gewissen haben könnte, was so viel heißt, wie der Dobermann ist wirklich unschuldig und der liebe Gott wirklich ein Sadist! Das wäre dann wahrhaftig die Hölle auf Erden, vor allem durch die Kombination „Unschuldig im Gefängnis" mit Schlaganfall! Da bräuchte ich dann auch das Gesülze von irgendeiner himmlischen Güte nicht, graut es dem Metzger.

Wenn also der Dobermann in Wirklichkeit unschuldig war, warum bitte wird er ermordet – wo er ohnedies nichts mehr sagen kann? Es gibt dann außerdem zwei Mörder, die frei herumlaufen, außer es handelt sich um ein und dieselbe Person. Der Metzger lässt das Wasser ganz kalt laufen und wäscht sich mehrmals sein Gesicht. Ab jetzt muss er die Augen wirklich offen halten!

Sechster Gang:

Drinnen ist die Stimmung jetzt um vieles schlechter. Im Grunde ist Aufbruchsstimmung, und sosehr der Metzger bemüht ist, die Augen weit offenzuhalten, vom Lackner fehlt trotzdem weit und breit jede Spur! Der hat also direkt vom Pissoir das Weite gesucht! Gerade gekommen und schon wieder weg.

Na, da wird er mir aber nicht mehr viel vom Dobermann erzählen können, denkt sich der Metzger. Wahrscheinlich will er das ja auch gar nicht.

Im Extrazimmer sind nur mehr der Zwirnhofer, der Pospischill, der Sedlatschek, der Dörflinger, der Hofmüller, der Reiseneder und der Friedberg anwesend. Gar nicht gekommen ist der Maximilian Seidlinger.

Die Dobermann-Exbande, also Mario Sedlatschek, Gerhard Dörflinger und Kurt Hofmüller, ist dabei, Visitenkarten auszutauschen, sozusagen der letzte Höflichkeitsakt vor dem Auseinandergehen, der Reiseneder steht bereits fix fertig in grünem Lodenmantel vor der Garderobe, nur der Pospischill, der Zwirnhofer und der Friedberg sind noch in ein Gespräch vertieft!

Nachdem der Reiseneder auch noch den grünen aristokratischen Hut in die Stirn gezogen hat, ist er endlich nicht mehr zu halten, gibt noch jedem so unpersönlich wie möglich die Hand und entschwindet dem roten Plüsch-Etablissement.

Jetzt schnell reagieren, denkt sich der Metzger, und setzt sich zum Dobermannclan.

„Sagt, wo ist eigentlich euer ehemaliger Anführer? Du hast ihn doch im Spital besucht, Mario, wäre doch nett gewesen, wenn ihn irgendwer hergebracht hätte. Der Lackner hat ihn ja auch besucht!"

Jetzt muss eingefügt werden, dass der Metzger die Situation ein wenig falsch eingeschätzt hat, weil die drei nach der Matura so viel miteinander zu tun hatten wie ein Hängebauchschwein mit einem Fitnesscenter!

Und jetzt hat er reden müssen, der Sedlatschek, und es ist ganz ruhig geworden im Raum ohne Widerhall. Gegen Ende der Schilderung sagt er:

„Jetzt tu nicht so, als hättest du dich so auf den Dobermann gefreut, Metzger! Außerdem wäre das nicht so lustig hier für den Felix. Oder was meinen Sie, Professor Zwirnhofer? Oder Mister Kommissar Pospischill? So eifrig warst du damals mit dem Abführen, ein richtiger Polizeimusterschüler, hast brav durchgeführt und den Mörder überführt! Mit dem Herumführen vom Felix seinem Rollstuhl hast du dann aber nicht mehr viel am Hut gehabt!"

„Jetzt krieg dich wieder ein, Mario!", meint der Pospischill.

„Der Dobermann war verdächtig und dann auch schuldig, also was soll das. Ich bin nicht verantwortlich für sein Schicksal!"

„Da hast du Recht!", antwortet der Sedlatschek. „Verantwortlich nicht, aber die Antworten, die ihr geliefert habt, um seine Schuld zu beweisen, waren schon ziemlich dürftig bis verantwortungslos! Mit den heutigen Methoden würden die euch auslachen!"

„Ausreichend, Mario, sie waren ausreichend!"

„Und wenn ich dir sag, dass er's gar nicht war, dass den Deutner ein anderer auf dem Gewissen hat! Und dass der Felix sein ganzes Leben verloren hat wegen dieser ausreichenden Beweise und der Tatsache, dass ihm sowieso keiner glauben wollte!"

„Glauben reicht nicht aus in meinem Beruf! Er hatte keinen Gegenbeweis in der Hand, kein überzeugendes Alibi, weil: ,Ich war allein zuhause' ist ein bisschen dürftig, vor allem, wenn ihn zwei Lehrer an dem Tag zur besagten Zeit in der Schule gesehen haben!"

„Wollten! Gesehen haben wollten! Ist egal, müßig darüber zu reden! Sein Leben ist gelaufen, der Felix hat sowieso nur mehr darauf gewartet, dass ihm irgendwo der Tod entgegenkommt! Auf jeden Fall weiß ich nicht, wo er sich aufhält, seit er vom Meixner weg ist, ist er nämlich wirklich weg. Nicht einmal mehr bei mir hat er sich gemeldet.

Natürlich hab ich ihn im Spital besucht. Sogar Sie, Professor Zwirnhofer, waren bei ihm! Ist eine Frage des Anstandes! Fazit, der Dobermann kann gar nicht kommen, weil der hat sicher keine Einladung bekommen, die liegt dort, wo er zuletzt gemeldet war, beim Meixner in der Pfarre!"

Und der Dobermann liegt jetzt dort, wo man sich zuletzt melden muss. Nur dass es dort keine Nummer zum Ziehen gibt, wie bei uns am Meldeamt!

Mario Sedlatschek starrt still auf die Visitenkarten der Ex-Mitschüler! Aus den Boxen ertönt „Rote Lippen soll man küssen" und breitet sich in der Stille des Raumes aus wie eine musikalische Stinkbombe.

Zum Glück haben an diesem Abend erstaunlicherweise nur drei geraucht, nämlich der Lackner, der Meixner und die Neubauer, weil intensive Rauchentwicklung auch noch in Kombination mit Schlagern wäre für den nicht gesellschaftsgeeichten Metzger Grund genug, Amok zu laufen!

Das Gedudel von der heilen Welt, die ja in diesem Fall thematisch nur aus Liebe besteht, formt sich spätestens dann zu Speerspitzen des guten Geschmacks, wenn im

Volksschuldeutsch solariumgebräunte Machos von ihrer Treue singen und ihnen dabei jeder schon von Weitem ansieht, dass sie es mit der Treue genauso halten wie läufige Schimpansen. Und wenn dann ganze Kolonnen von Biertischen bedrohlich zu schwanken beginnen, weil die eingehakten gut gelaunten Menschen auf den dazugehörigen Klappbänken dankbar hin und her schaukeln oder die nicht Eingehängten ebenso schunkelnd auch noch mitklatschen, ist es aus mit Metzgers Glauben an den Menschen als Individuum. „Wenn das Hirn bei der Garderobe abgegeben wird, zeigt die Menschheit erst ihr wahres Gesicht", hat sein Vater immer gesagt! „Weil, mein Junge, da kommst früher oder später selber drauf, die Menschheit als Gesamtheit hat nur ein Gesicht. Und das schaut meistens erschreckend drein, richtig zum Fürchten!" Wie Recht sein Vater hatte, und wie gut auch er selbst in dieses Bild passte.

Und wieder durchschneidet eine hartnäckige Schallwelle die Luft: „Rote Lippen soll man küssen!"

Plötzlich meldet sich der eher ruhige Gerhard Dörflinger zu Wort:

„Apropos, wo ist eigentlich die Kitzler!"

„Na, wahrscheinlich im Ehebett neben dem Eder!", sagt der Pospischill.

„Der Eder, was hat der Eder bitte an sich, dass so eine Frau bei ihm landet. Einen Privatflughafen vielleicht? Geld in Unmengen? Weil schön war er nie und sympathisch wie ein Pitbull!", meint der Sedlatschek.

„Ihr würdet nicht glauben, was ich in meiner Kanzlei so alles zu sehen bekomme, da sitzen die 50-jährigen Schwimmreifenträger mit ihren Haserln und daneben heult die Frau, und ich muss für sie die Scheidung durchboxen, gegen die reichsten Anwälte der Stadt!", meint der Hofmüller.

Worauf der Dörflinger sagt: „Und zu mir kommen dann die gebrochenen Herzen, meistens Frauen! Weil für einen Mann ist es ja schon eine Leistung, wenn er zugibt, dass er überhaupt ein Herz hat. Ein gebrochenes Herz gibt es in der Männerbrust grundsätzlich nicht, und wenn, dann diagnostiziert zuerst die Schulmedizin die Alkoleber oder die Raucherlunge! Und wenn dann noch ein Herzinfarkt dazukommt, dann gesteht sich eventuell auch der Mann ein, dass so ein gebrochenes Herzerl im Bereich des Möglichen liegt. Nur ist dann meistens auch schon das Haserl weg und die Ex-Frau glücklich allein!

Ist zwar ein Berufsgeheimnis, aber schon so lange her, da kann ich es ja erzählen! Die ehemalige Frau Eder hat nach der Scheidung, ohne zu wissen, dass ich ihren Mann im Unterricht hatte, meine Praxis frequentiert!"

„Und, hat es ihr geholfen?", fragt der Metzger.

„Nachdem sie eines Tages einfach nicht mehr gekommen ist, nehme ich das an! Ist grundsätzlich so üblich in unserer Branche. Das Fernbleiben ist gleichzusetzen mit dem subjektiven Gefühl der Heilung. Subjektiv im Sinne von die betreffende Person hat eine Möglichkeit gefunden, das Problem wieder erfolgreich zu verdrängen. Dauert dann auch nicht lange, dann sitzen sie wieder in der Praxis, die Verdränger. Die ehemalige Eder ist aber seither nicht wieder aufgetaucht. Daraus schließe ich, sie ist entweder tot oder sie hat eine neue Beziehung. Kommt gelegentlich aufs selbe raus!" Der Dörflinger muss lachen über seinen eigenen Witz.

„Gemischtgeschlechtliche Beziehungen", mischt sich der Pospischill ein, „sind ja ohnedies nur die brutale Konsequenz der Natur zwecks Arterhaltung. Die Lust ist die Geißel des Mannes! Wir müssen damit leben, dass der Körper immer nach Gelegenheiten Ausschau hält, seine Gene zu verstreuen. Ohne Hirn, Herz und Verstand wären wir treu wie die Karnickel. Wenn also der Trieb zur Arterhaltung ein Produkt der Natur ist, was sind dann Hirn, Herz und Verstand?

Ein Produkt des Himmels? Dann muss der Herrgott weiblich sein, und als Schutz der Frauen stattet er den Mann mit diesem Dreigestirn aus! Und bei Störungen dieser Grundausstattung folgt als Strafe das weitaus unangenehmere Ersatzprogramm: die Dreifaltigkeit aus Alimenten, einem schlechten Ruf und irdischer Verdammnis. Und damit wir auch brav bleiben, geben wir den Chef an der Eingangstür zur eigenen Wohnung ab. Weil ein Mann mit einer zu gutmütigen Frau sucht sich früher oder später selbst ein Ersatztrio: Lack, Leder und die Peitsche! Prost!"

„Wer hat denn bei euch die Hosen an? Du oder die Trixi Matuschek?", fragt der Metzger zynisch.

Die Folge dieser Frage war ein Aufheulen im Raum, ein Gelächter sondergleichen.

„Was, Pospischill, du hast dir die Trixi Matuschek aus der 1A aufgerissen, war sie da schon in der Zweiten und du beim Bundesheer, du strammer Soldat? Was haben ihre Eltern gesagt, hast du ihr dann das Taschengeld geben müssen, ist der Ehering mitgewachsen, hast dich selbst angezeigt wegen Kinderschändung?", und so weiter.

Und mitten hinein in den Spaß öffnet sich die Tür und herein kommt die Trixi Matuschek-Pospischill, ehemalige Kellnerin beim Novak:

„Burschen, komm ich ja grad recht! War neugierig und hab mir gedacht, ich hol meinen Mann ab! Na, ihr seids noch genau solche Kinderln wie während der Schulzeit. Kommt nicht oft vor, dass sich das Bildungsniveau einer Schule hebt. Aber nach der ersten Matura einer mit Mädchen durchmischten Klasse an eurem Buberlgymnasium hat unser Lateinlehrer gemeint, so viel Wissen hätte er bisher noch nie vermitteln können! Eduard, kommst du, ich möchte heimfahren, hab draußen recht lange mit dem Chef geplaudert über die alten Zeiten. Ich bin müd!"

Der Kommissar erhebt sich ohne mit der Wimper zu zucken vom Stuhl, verabschiedet sich freundlich, klopft dem Metzger auf die Schuler und flüstert: „So viel zu deiner Frage vorhin!"

Siebenter Gang:

Dann gehen auch der Sedlatschek, der Dörflinger, der Hofmüller und der Friedberg. Nur der Konrad Zwirnhofer bleibt mit dem Metzger sitzen und lange Zeit sprechen sie nichts. Plötzlich hebt der Zwirnhofer den Kopf und schaut in seiner ganzen Strenge seinem ehemaligen Musterschüler tief in die Augen:

„Willibald, du hast also das Klassentreffen veranstaltet?" Zum ersten Mal hat der Willibald das Bedürfnis sich auszuweinen, einfach alles zu erzählen! Das Alleinsein mit dem Wissen, dass hier etwas faul sein muss, bereitet ihm zusehends Schwierigkeiten. Er ist kein Kriminalbeamter und er ist vor allem kein Lügner, das liegt ihm ganz besonders schlecht.

Mit fünf Jahren hat er zum ersten Mal den Drang verspürt, die Unwahrheit sagen zu müssen. Als seine Mutter nach zwei Wochen Spitalsaufenthalt nach Hause gekommen ist und ihn gefragt hat, ob er mit Papa allein gut zurechtgekommen ist! „Ja", hat er gesagt, der Willibald. Im Grunde war das gar nicht gelogen, trotzdem konnte er dieses „Ja" nie wieder vergessen! Mit dem Papa ist er nämlich schon zurechtgekommen, aber mit der Frau, die er noch nie zuvor gesehen hatte, und die jede Nacht im Bett von der Mama gelegen ist, während die Mama im Spital war, mit der ist er gar nicht zurechtgekommen!

Das zweite Mal musste er dann lügen, wie ihn die Mama nach der Scheidung gefragt hat, ob er irgendetwas geahnt hat, ob er bemerkt hat, dass der Papa eine andere Frau lieber mag! Da hat er „Nein" gesagt, der Willibald.

Lügen ist am schlimmsten, wenn es Leute betrifft, die dir nahe sind, die du im Grunde liebst. Und da tut es dir dann meistens selber viel mehr weh als der belogenen Person, natürlich nur solange sie von der Lüge nichts weiß. Und wenn sie es doch herausbekommt, dann tut es beiden weh, und es wird nie wieder gut! Diese Wunden heilen nicht, da hilft kein Therapeut, kein Beichtstuhl und kein Doppler Rotwein!

Während der Schulzeit waren dann Lügen für den Willibald in gewisser Weise Routine, weil die blauen Flecken und die Schmerzen, das rote Gesicht und das zerrissene Gewand, all das waren aus seinem Mund in Gegenwart seiner Mutter immer nur banale Stürze, wilde Bagatellen, lustige Fangenspiele und verdammt lustige Schneeballschlachten. Niemals hat bei ihm daheim irgendwer erfahren, was in der Schule los war, niemals hätte er auch nur ein Wort darüber verloren, weil er unter keinen Umständen wollte, dass seine einsame Mama sich Sorgen um ihn machte!

Wie dann sein Vater gestorben ist, hat er das letzte Mal einen nahen Menschen belogen. Er hat nämlich am Sarg zu seinem Papa gesagt, dass er ihn immer geliebt und ihm verziehen hat. Der Tod ist nur vordergründig ein Grund, Lossprechungen zu erteilen, die Trauer vergibt, weil der Schmerz der Traurigkeit ohnedies groß genug ist. In diesem Moment brauchen wir dann den

Vergangenheits-Psycho-Krimskrams nicht auch noch. Hintergründig bleibt die Nadel aber stecken, tief im groß gewordenen Kinderherz!

„Warum hast du mich belogen, Willibald, was ist der Grund?" Der abgemagerte Zwirnhofer schaut den Metzger an wie der vertrocknete Leichnam seines Vaters, und dem Willibald wird ziemlich schaurig zu Mute.

„Weil, weil ... weil ich gezwungen dazu war. Weil niemand gekommen wäre, hätte ICH eine Einladung ausgesprochen.

Aus schlechtem Gewissen, aus Gleichgültigkeit oder aus Angst! Und ich wollte, dass möglichst viele kommen, nicht aus Sehnsucht, Konrad, sondern weil ich mich dazu gedrängt gefühlt hab! Es ist viel Unheimliches passiert in letzter Zeit, ich bin über so manche Dinge gestolpert, unter anderem deinen Zeigestab, die ich eigentlich viel lieber übersehen hätte. Aber so wie sie dahergekommen sind, waren sie einfach nicht zu übersehen!"

„Willibald, du sprichst in Rätseln!" Erstaunt und ein wenig mitleidig schaut der Zwirnhofer drein und seine Hand greift hoch zur fleischigen Schulter des Metzger. „Kannst dich bei mir ausweinen, was ist los?"

„Sei mir nicht böse, Konrad, ich würd mich wirklich gern ausweinen, aber ich weiß nicht, wie sicher wir zwei dann wären. Ich dank dir auf jeden Fall, dass du mich gedeckt hast!"

„Es geht um den Deutnermord, oder?"

„Kommt mir so vor, dass ich immer mehr in diese Richtung gelockt werde. So vieles spricht dafür, dass der Dobermann unschuldig gesessen ist!" Der Metzger muss darüber reden, er kann nicht mehr anders, die Ereignisse dieses Abends schwirren in seinem Kopf herum und lassen sich nicht halten.

„Warum hast du den Dobermann im Spital besucht, Konrad! Und woher hast du gewusst, dass er dort liegt?"

Jetzt geht es dem Zwirnhofer ähnlich wie dem Metzger. Auch er trägt so einiges mit sich herum, das ihn nicht schlafen lässt! „Also erfahren hab ich es von der Birgit Kitzler!"

„Wie bitte?"

„Ja, eine Karte ohne Briefmarke hat an meiner Tür gesteckt! Eindeutig von der Kitzler! Nie hat sie sich gerührt bei mir, und dann muss sie da gewesen sein, aber ohne entdeckt zu werden. Am Zettel hat gestanden: Felix im Spital, braucht viel guten Zuspruch, braucht dich! Ich umarme dich dankbar, für so viel, deine Birgit!

Stell dir das vor. Da ist eine für dich wie eine Tochter, dann hörst du ewig nichts, und dann so was!"

„Hast du sie dann getroffen?"

„Nein, Willibald, da ist zu viel passiert, was vorbei ist, ist vorbei!"

„Und der Dobermann, was hat er dir gesagt?"

„Das fällt in dieselbe Kategorie wie die Dinge, über die du gestolpert bist! Vertrau mir, ich will dir nichts Schlechtes, du wirst sehen, eines Tages werden wir offen reden können!" Und ein Moment der Innigkeit schleicht durch das rote Plüschzimmer, so als wären die Wände zu einem riesigen roten samtigen Herzen verschmolzen! Und mittendrin die beiden im Leid verbrüderten letzten Besucher des Klassentreffens!

Dann gehen auch die zwei an die frische Luft, der Metzger wartet noch, bis der Zwirnhofer ein Taxi erwischt, und spaziert sehr zufrieden durch die winterliche Stadt heim. Und während seine Sohlen knirschend durch den Schnee wandern, diktiert ihm sein Hirn den nächsten Schritt: Jetzt ist es aber wirklich Zeit für ein Rendezvous mit Birgit Kitzler.

Zuerst war er schockiert und geängstigt! Hat sich der Metzger so verändert und nun vor, sich an allen zu rächen? Dann ist ihm klar geworden, dass er keine andere Chance gehabt hätte, um aufzufallen und Zugang zu jedem zu bekommen, als sich anfangs in Szene zu setzen. Und das ist ihm verdammt gut gelungen. Alle waren sie vor den Kopf gestoßen und alle waren sie erleichtert, als klar wurde, der Metzger erlaubt sich einen Scherz.

Und Erleichterung öffnet die Seele und öffnet den Mund. Auch wenn nun der Willibald nicht Amok gelaufen ist, verändert hat er sich doch. Er wehrt sich nämlich, und das ist gut so!

Er wehrt sich vor allem gegen seine Unwissenheit, er hat sich wirklich auf die Suche gemacht, und der Willibald wird etwas entdecken, davon ist er überzeugt. Sehr bemüht war er versucht, die Gespräche, die der Metzger geführt hat, zu beobachten, um irgendeine Regung, um irgendeinen kleinen Verrat zu entdecken. Aber nichts!

Metzgers Aufgabe ist nicht leicht, und er wird Hilfe und Zeit benötigen. Er muss genauso das Gefühl haben, dass ihm nicht alle Zeit der Welt zur Verfügung steht. Er muss ihn im Auge behalten, muss ein wenig näher an ihn herankommen. Jetzt, so kurz nach dem Klassentreffen, ist es ja ohnedies ein Leichtes, dem Metzger einen Besuch abzustatten, ohne verdächtig zu erscheinen, was spräche dagegen?

Das Klassentreffen ist vorbei. Und ein neuer Mensch ist geboren! Das bedrückende Gefühl, das mit den Gedanken an die Schulzeit einhergegangen ist, hat ein wenig an Gewicht verloren. Willibald Adrian Metzger hat sich gestern verabschiedet von seinem „Fleischhauerdasein", vom „Wappler" und von seiner farblosen Unbedeutsamkeit. In den Köpfen jener, die ihm jahrelang das Gefühl vermittelt haben, belanglos zu sein, nebensächlich zu sein, nur geduldet zu sein, hat er als eine Persönlichkeit Gestalt angenommen, die auch wirklich etwas zu tun hat mit seiner Selbstsicht.

„Wir definieren uns nur durch die anderen", hat seine Mutter immer gesagt, zumindest so lange, bis sich ihr Mann zum Definieren eine andere gesucht hat. Und irgendwie hatte sie damit Recht! Du kannst dich selbst noch so sehr als Held betrachten, deine eigenen Eltern können dich noch so weit in den Himmel heben, doch wenn du draußen trotzdem immer nur der Niemand bist, wird von deinem Heldentum nicht viel überbleiben.

Und so sind wir alle Nutten der Gesellschaft, die danach trachten, dass möglichst viele Freier bewundernd und begierig Halt machen. Beinhart ist der Kampf und brutal sind die Regeln. Wehe du bist anders, wehe du bist nicht das anerkannte Alphahuhn und trotzdem anders angezogen, anders im Verhalten, hast eine eigene Meinung, hast Profil, dann wirst du schonungslos angezählt und suchst dir deine Ecke. Stehend k. o., die Anzahl der Runden, die du durchhältst, ist gleichgültig, am Ende liegst du doch am Boden, und wenn du Glück hast, erbarmt sich jemand, der dich aus dem Ring trägt.

Und doch brauchen wir einander, benötigen wir den Zuspruch und die Ablehnung, den Hass und die Liebe unseres Umfelds. Allein sind wir ein Puzzlestein, der sein Bild verloren hat.

Allein sind wir unbedeutend. Den letzten Weg muss jeder für sich gehen, das stimmt, aber wenn es gleichgültig ist, dass du fort bist, und wenn die Scheune, in die du die Ernte deines Lebens eingefahren hast, am Ende für immer verschlossen bleibt, anstatt dass irgendwer auf einer der Kisten sitzt und herumstöbert, dann warst du auch schon allein vor der letzten Reise. Und das macht eben den Unterschied! Zu wissen, dass du gehen musst, und gleichzeitig zu wissen, dass deine Fußabdrücke Spuren sind, die andere weiterführen.

Der Metzger ist aus seinem inneren Verlies gekrochen und hat mit einem Mal das Gefühl, so richtig am Leben zu sein. Die Tage haben mehr Sinn erhalten, weil seine Antiquitäten Zuwachs bekommen haben – nämlich Menschen!

Und er hat eine große Portion Selbstbewusstsein getankt, weil so einen professionellen, durchgestylten Auftritt hinlegen, dann mit jedem Schmäh führen, die Neubauer ausquetschen und erfahren, dass sie gelogen hat, den Lackner anstacheln, den Zwirnhofer irgendwie als Vertrauten gewinnen, den Pospischill wegen dem Zeigestab im Dunkeln tappen lassen und durch ihn draufkommen, dass der Dobermann tiefgekühlt auf der Wiese gelegen haben muss – da ist schon einiges passiert! Und es ist deshalb passiert, weil es ihm jemand zugetraut hat. Ein wenig wundert sich der Metzger über den Widerspruch in seinem Kopf: Wie es sein kann, dass ihn jemand losschickt, um ein Unrecht aufzudecken, das dem Dobermann widerfahren ist und der gleichzeitig den Felix ermordet hat. Das passt doch nicht zusammen! Was gäbe der Auftrag für einen Sinn: Suche den wahren

Mörder des Ferdinand Deutner, jene Person, die dafür verantwortlich ist, dass Felix 25 Jahre inklusive Gehirnschlag zu Unrecht abbekommen hat, und dann suche mich, Dobermanns Mörder! Was hat er davon, wenn der, den er umgebracht hat, vorher noch ein bisschen die Weste rein gewaschen bekommt? Dass es sich bei der ganzen Angelegenheit um die Tat eines Psychopathen handelt, um einen Triebtäter oder um die Auswüchse eines kranken Gehirns, kann sich der Metzger immer weniger vorstellen.

Vorstellen kann er sich aber, dass der Mörder vom Deutner mit dem Mörder vom Dobermann nur gemeinsam hat, dass sie eben beide Mörder sind, das ist aber dann schon alles. Schön langsam beginnt dem Metzger dieses Spiel auch ein wenig Spaß zu machen! So negativ die Angelegenheit um die verschwundene gefrorene Leiche auch ist, so positiv sind bis zum jetzigen Zeitpunkt die Folgeerscheinungen. Es ist schon Jahre nicht mehr vorgekommen, dass der Willibald morgens aufsteht und gar nicht weiß, woran er zuerst denken soll. An die Danjela und wann er sie wiedersieht, an die Spurensuche, an die Ex-Mitschüler und Lehrer, die ihn besuchen und treffen wollen, oder schließlich ans Geschäft. Sollte er auskosten, der Willibald, den Frühling im Geist und im Gemüt, weil seinem erwärmten Restauratoren-Herzerl wird bald ziemlich kalt werden.

Wie er so zu Hause vorm Spiegel steht, an diesem Samstagmorgen, sich durch eine gepflegte Nassrasur das Gesicht glättet, mit Tränen in den Augen einige neugierige Nasenhaare zupft und schließlich in seine frische Garderobe schlüpft, die zwar genauso aussieht wie die vom Vortag, sich aber dadurch unterscheidet, dass sie eben frisch ist, bleibt sein Blick haften am alten Biedermeiersessel, der das Badezimmer schmückt und gleichzeitig als Ablage- und Sitzgelegenheit dient.

Die Sessel, die Chippendale-Stühle vom Eder, er hat sie doch reserviert! Gleichzeitig hat er sich auf Grund eines Wochenendseminars vom Klassentreffen entschuldigt. Wann wird er sie wohl holen kommen, der Johann Nepomuk, getrieben durch die Neugier, was wohl am Klassentreffen so geplaudert wurde?

Na, da werd ich dem Johann Nepomuk eine kleine Freude machen und mir selbst endlich die Gelegenheit verschaffen, die Kitzler zu besuchen, beschließt Willibald Adrian der Zweite, neuer Spitzname: „der Neugeborene"! Ich werd ihm die Sessel einfach bringen.

Eine bessere Gelegenheit wird er auch nicht mehr finden, weil wenn der Eder doch zuhause ist, dann ist die Spontanlieferung eine nett gemeinte Überraschung, und wenn der Eder nicht da ist, wohl aber die Frau Eder, ehemalige Kitzler, dann dienen die Sessel hervorragend als Ausrede für diesen überfallsartigen Besuch, und wenn gar niemand da ist, dann hat er eben Pech! Vorher anrufen werd ich nicht, beschließt er weiters.

Hat der Tag schon wieder Sinn bekommen, und aufregend wird es auch! Durch das doppelte Badezimmerfenster scheint seit Tagen erstmals wieder eine tief stehende Sonne und wirft kompromisslos den voluminösen Schatten von Willibalds Körperprofil an die Fliesenwand. Geschmack hat er ja, der Metzger! Nicht unbedingt was die Gestaltung seines Äußeren betrifft, aber innenarchitektonisch und vor allem im dekorativen Bereich ist er ein Ausnahmetalent. Liebevoll stehen Schmuckutensilien in symbiotischer Harmonie neben alten Möbeln. Zimmerpflanzen, immer gegossen, stehen in auffälligen Ton- oder Terrakottatöpfen in fast jedem Zimmer, sogar im Bad lächelt eine Palme hinter dem Biedermeiersessel zum sonnendurchfluteten Fenster hin. Wertvolle Teppiche bedecken den Parkettboden und verbreiten eine Gemütlichkeit, kein Wunder, dass der Willibald Rotweintrinker ist! Rotweintrinker sind grundsätzlich gemütlich, solange sie diesen nicht aus einer Dopplerflasche in einen Plastikbecher füllen oder aus einer Tetrapackung saugen. Logisch, dass der Metzger schon rein auf Grund seiner beruflichen Prägung selbst in Sachen Wein genau auf die Herkunft achtet. Erstens muss es schon ein edler Tropfen sein und zweitens wird nicht gesoffen, sondern genossen, denn so ein guter Wein hat eine ganze Menge zu erzählen. Für den Metzger ist das aber notgedrungen ein Akt der Stille, wie soll man auch den Vortrag eines Rotweins auf einem Gaumen ausdeutschen, abgesehen davon – kein Gaumen ist gleich! Nichts ist schlimmer als der selbsternannte gestylte Weinkenner, der stammelnd beginnt, im Fundus der mühsam erlernten Fachausdrücke den passenden hervorzuwürgen, während dem Wein die Lust aufs Erzählen vergeht. Der wahre Genießer schweigt und hört zu. Der Braunstein Oxhoft (Cuvée 2002), Willibalds absoluter Favorit, das größte Juwel auf seinem Gaumen, muss dem Metzger auf jeden Fall eine Menge zu erzählen haben, denn das gediegene Weinregal am Ende seines Vorzimmers protzt nur so, bis oben hin angefüllt mit diesem elitären Tropfen – die Reihen werden sich die nächsten Tage noch ziemlich lichten.

Keineswegs aber sticht nur das Weinregal heraus, mit dieser protzigen Art. Denn im Grunde protzt die ganze Wohnung. Kein Zimmer ist weiß ausgemalt, die Wände farbenfroh, die Fenster umrahmt von schweren Vorhängen, überall dimmbare Luster oder Stehlampen mit ausgewählten Schirmen! Eine Einladung zum Abendessen beim Metzger und jede Frau wäre zu allem bereit! Der Willibald wird das schon noch herausfinden.

Nach der Nassrasur etwas Rasierwasser ins Gesicht, sein Standardsakko über die Schulter und raus ins Stiegenhaus. Im zweiten, dem indisch-polnischen Stockwerk gibt es, wahrscheinlich auf der Majoranseite, Speck mit Spiegelei zum Frühstück, wenigstens kulinarisch sind die verschiedensten Kulturen in diesem Lande schon gut assimiliert, und der Willibald bemerkt, dass er nach den morgendlichen Schattenspielen im Bad seinem hungernden Magen etwas zu wenig Beachtung geschenkt hat. Wahrscheinlich aus gekränktem Stolz. In freudiger Erwartung läutet er, dem Speckgeruch folgend, auf der Majoranseite!

Hausmeister Wollnar öffnet die Tür! An dieser Stelle muss erwähnt werden, dass Petar Wollnar erstens nicht gut Deutsch spricht und zweitens nicht gern spricht, auch nicht in der eigenen Sprache. Sollte er doch einmal gezwungen sein, ein Wort wechseln zu müssen, dann erfolgt dies in einer Langsamkeit, da muss man schon ordentlich Zeit haben.

Der Wollnar lebt allein. Eines der Männerschicksale unserer Gesellschaft, das sich im Wildwuchs der unzähligen erschütternden Frauenschicksale nicht behaupten kann, weil er mit seiner Geschichte zu einer Minderheit gehört. Sein Pech, dass die krankhaft männerdominierte Gesellschaft gerade eine Phase durchläuft, in der sich die jahrhundertelang minderwertig behandelte Frau, die ja bekanntlich nicht in der Minderheit ist, endlich etwas Gehör verschafft hat. Da wären manche Machos gern taub auf die Welt gekommen! Der Wollnar aber gehört zur ebenso vorhandenen Spezies der verlassenen Männer, und für die ist momentan ganz eine schlechte

Saison. Das hat sich der Petar Wollnar sicher auch gedacht, wie er vor der Scheidungsrichterin gesessen ist, gegenüber seine Frau und seine zwei Kinder, und allein dieses Bild schon ausreichend war, um der Frau Rat klar zu machen, dass das Opfer wieder einmal weiblich ist, wieder einmal die Mutterpflichten erfüllt hat und wieder einmal durch die Finger schauen könnte. Da war es dann auch egal, dass die Ex-Frau vom Wollnar die letzten drei Jahre gar nicht putzen war, sondern, während er sich um Haus und Kinder gesorgt hat, sich aufgeputzt hat, damit ihr der russische Zahnarzt nicht unbedingt in den Zähnen bohrt!

Fesch war sie schon, und eine Figur hat sie gehabt, Modellmaße, finanziert von Petar Wollnar, er im Fitnesscenter „Stiegenhaus", sie im Fitnesscenter drei Gassen weiter! Und dass Frauen nach dem ersten Kind oft mehr Lustempfinden haben, hat vor allem der Zahnarzt zu spüren bekommen! Der Wollnar zahlt jetzt brav Alimente an Frau und Kind und putzt immer noch das Haus. Die Ex-Wollnar ist inzwischen Ordinationshilfe und die Kinder gehen in eine Privatschule. Und nachdem er im materiellen Sinn seinen Kindern nicht einmal annähernd das bieten kann wie der Zahnarzt, kann sich jeder vorstellen, was für eine bedeutende Rolle er im Leben seiner pubertierenden Sprösslinge im Augenblick spielt!

Folglich hat der Wollnar nichts Besseres zu tun, als sich am Samstagmorgen Speck anzubraten und über den überraschenden Besuch zu freuen. Und er freut sich wirklich, der Willibald erkennt das inzwischen an dem leicht zur Seite geneigten Kopf und den lachenden Augen, die sonst eher traurig durch das multikulturelle Vorhaus wandern. Mehr als die Augen lacht beim Wollnar nichts mehr, das ist ihm vergangen!

Nicht, dass der Wollnar nun etwas sagen würde, das ist nicht seine Art, er macht nur die Tür ganz auf, lässt sie offen, geht in die Küche, stellt einen zweiten Teller mit einer zweiten Tasse auf den Tisch und heizt den Gasherd wieder an. Metzgers Magen schnurrt zufrieden wie ein Kater vorm Kamin. Dann sitzen die beiden zusammen, immer noch wortlos, bis schließlich der Wollnar träge das Wort erhebt: „Pritschenwagen ist voll getankt!"

So ist das mit dem Petar. Der weiß sofort, dass der Willibald nicht nur zum Plaudern kommt! „Du bist ein Kumpel, aber das weißt du! Ich würde gern spontan etwas ausliefern, als Überraschung!"

Der Wollnar nickt und seine Augen lächeln wieder, weil er den Samstag nicht allein verbringen muss, und weil er wieder ein kleines Taschengeld verdient.

So langsam wie der Petar Wollnar spricht, so langsam fährt er auch! Wie gesagt, auf Schneefahrbahn zwar immer noch schneller als ein Mercedes, aber heute sind die Straßen gut geräumt, gut gestreut und gut besucht. Da fährt so mancher sein Gefährt Gassi und hat gar keine Freud damit, dass fahrschulmäßig ein Pritschenwagen durch die Gegend kurvt, bei Gelb bereits anhält, bei Stopp auch wirklich stehen bleibt, der auch jeden über den Zebrastreifen lässt, der nur mit der geringstmöglichen Körperbewegung den Anschein erweckt, die Straßenseite wechseln zu wollen, und Radfahrer, die gibt es auch im Winter, nur dann überholt, wenn auch wirklich ausreichend Abstand vorhanden ist. So, wie es sich gehört, nur bitte, wer fährt schon so, wie es sich gehört? Da ist man im Stadtverkehr Letzter, außer man hat einen Pritschenwagen, da ist man immer Letzter und deshalb ist es egal. Das wissen aber die anderen nicht, solange sie nicht selbst hinter diesem Steuer sitzen. Der Metzger beobachtet recht amüsiert von seinem Beifahrerfenster aus, was das Umspringen der Ampel von Rot auf Grün da unten so bewirkt. Selbst Fahrzeuge mit 55 PS versuchen, in nur fünf Sekunden von null auf hundert zu beschleunigen, um sich schließlich vor dem Pritschenwagen einreihen zu können, bis sie dann bei der nächsten mehrspurigen Kreuzung auf gleicher Höhe mit dem Überholten vor der Ampel zum Stehen kommen. Die Augen der kleinen Rennfahrer leuchten ein wenig, stolz über das geglückte Überholmanöver, und dem Willibald wird wieder einmal bewusst, dass es beim Siegen nicht darauf ankommt, ob der Gegner gleich stark ist. Es geht ausschließlich ums Siegen! Da würde manch erwachsener Mann auch gegen Kleinkinder Armdrücken, gegen Übergewichtige einen Wettlauf veranstalten und gegen Nichtschwimmer auf Zeit schwimmen.

Der Metzger hebt den Daumen und nickt dem Wagen neben ihm bewundernd zu. Der da unten freut sich und der Willibald hat intellektuell seinen Spaß.

Die Fahrt durch die Stadt ist wie eine Zeitlupenreise, der Dieselmotor beruhigend, der Wollnar auf Grund seiner Schweigsamkeit als Reiseleiter zwar völlig ungeeignet, aber dafür als Chauffeur umso wertvoller.

Nach einiger Zeit kommen sie vor der Werkstatt an, der Wagen hält in einer Einfahrt, und als der Willibald die Autotür öffnen will, öffnet sie sich von selbst.

„Hallo, Willibald, da will ich dich mal besuchen und keiner ist da!"

Der Gerhard Dörflinger hält dem Metzger galant die Türe auf.

„Ist lieb von dir, aber ein schlechter Zeitpunkt, weil ich was ausliefern muss! Wie geht es dir, hast du dich gut erholt, hast du's gut verkraftet, das Klassentreffen?"

„Das wollte ich eigentlich dich fragen! Ich wollt schaun, ob es dir heute auch noch genauso gut geht wie gestern. Weil ich muss eingestehen, du bist für mich, nach dem, was du erlebt hast mit uns, ein psychologisches Wunder. Musst mir erzählen, wie du das alles so unbeschadet hast verdauen können!"

„Komm mich mal während der Woche besuchen, da zeig ich dir meinen Selbsthilferaum, die Werkstatt, und wir können über die Kosten sprechen, falls du sie mal für diverse Sitzungen oder Selbsterfahrungsseminare mieten willst!"

Der Dörflinger muss lachen, dann klopft er dem Metzger auf die Schulter, grüßt den Wollnar, der natürlich nicht zurückgrüßt, und sagt:

„Sagen wir nächsten Freitag! Also bis dann, ich wünsch dir was!"

Das mag der Metzger genauso wie: „Schaun wir mal!"

„Ich wünsch dir was!" kann alles bedeuten. Auch: Ich wünsch dir das Schlechteste, dass dich an der nächsten Kreuzung ein Autobus mitnimmt, frontal!

„Ich dir auch!", sagt der Willibald und wundert sich über den neuerdings regen Zustrom in seine Werkstatt.

Dann hebt er die bereits verpackten Sessel vorsichtig auf die Ladefläche, der Wollnar zurrt sie fest, und es beginnt die Reise zur Birgit Kitzler.

Zuerst hat sich der Willibald nichts dabei gedacht, wie er den mit verspiegelten Scheiben ausgestatteten Leichenwagen gegenüber der Werkstatt hat parken sehen. Ist zwar kein schöner Anblick so ein Gefährt, Bote des ewigen irdischen Gefährten, des unerwünschten Begleiters, der uns alle irgendwann an der Hand nimmt. Aber solange er nicht wegen uns oder einem unserer Angehörigen am Straßenrand parkt, fällt er nicht so ins Gewicht.

Wie dann aber der Wollnar kontrolliert seinen Pritschenwagen in den Verkehr einreiht, und das scheinbar verwaiste Fahrzeug ebenso friedlich und beschaulich die Fahrt aufnimmt, hat sich der Metzger schon etwas gedacht. Ist ein seltsames Gefühl, wenn dir ein Leichenwagen auf den Fersen ist, vielleicht ist es nur Zufall, hofft der Willibald.

Ist jetzt auch kein Renner so ein Riesenkombi, aber dennoch mit Sicherheit schneller als ein alter verrosteter Lieferwagen, doch weder die mühsame Fahrweise vom Wollnar noch die Mehrspurigkeit an manchen Straßenabschnitten noch der gelegentlich wirklich flüssige Verkehr können das finale Abholservice zum Überholen anregen. Gemächlich und zugleich bedrohlich bleibt der Wagen unbeirrbar hinter den beiden schweigsamen Lieferanten.

Der Metzger blickt ein wenig häufiger als sonst in den Rückspiegel und schaut viel häufiger als sonst den Wollnar an, bis dieser schließlich zwar wie üblich nichts sagt, aber bei der nächsten Gelegenheit selbstständig seine Rostschüssel am rechten Straßenrand zum Stillstand bringt.

Der Leichenwagen fährt vorbei, aber nur 200 Meter, und bleibt dann in einer Einfahrt stehen! Jetzt schaut der Wollnar auch den Metzger an.

„Ich werd zu dem Wagen vorgehen und den Lenker einfach fragen, ob er uns verfolgt oder das Kennzeichen auswendig lernen will!" Petar Wollnar nickt und der Metzger macht sich auf den Weg.

Der Motor des Leichenwagens läuft, und kurz bevor der Willibald das Fahrzeug erreicht, rollt der Wagen langsam los. Der Wollnar, nicht blöd, setzt sofort den Pritschenwagen in Bewegung, gabelt den verdutzten

Metzger auf und wird neuer Verfolger. So schnell ändern sich die Rollen!

Das ist dem Leichenwagen aber offensichtlich ziemlich egal. Ohne aus der Ruhe gebracht zu werden, setzt er den Weg fort, den der Metzger vor ihm eingeschlagen hat.

Für die erste Verfolgungsjagd, obwohl von Jagd in diesem Fall nicht die Rede sein kann, bemerkt der Metzger eine ziemliche Gelassenheit in sich. Sollen sich alle Verfolger und Verfolgten zu Herzen nehmen, mit geringerem Tempo wird die ganze Angelegenheit viel entspannter, es kommen weniger Personen und Sachgegenstände zu Schaden, es ist besser fürs Gemüt und besser für die Umwelt.

Eine nette Reise beginnt, durch die Innenstadt hinaus in die Vorbezirke, vorbei an Villen und Parks, bis der Wagen schließlich zum Stehen kommt. Der Wollnar fährt rechts ran und dann tut sich eine Weile nichts.

Bis sich der Metzger schließlich eher gelangweilt die Gegend anschaut. Der Gassenname, die Hausnummer, ein seltsamer Zufall! Er rempelt den Wollnar an, zeigt auf die Villa auf der anderen Straßenseite und Petars Augen lächeln ein wenig. Nicht vergnügt und erfreut, sondern unsicher verdattert. Und das ist kein Wunder, weil der Petar, der Willibald und der Pritschenwagen jetzt genau vor der Zieladresse stehen, direkt vorm Haus des Herrn Direktor Eder und seiner geliebten Frau Birgit Kitzler.

Dann heult ein beleidigt getretener Motor auf, und der Leichenwagen rast in einem Tempo davon, da hätte der Pritschenwagen selbst bei voller Fahrt nur mehr nachwinken können!

Vier Augen schauen dem Kombi entgeistert hinterher, dann dauert es ziemlich lange, bis die Geister vom

Wollnar und vom Metzger wieder in den dazugehörigen Körpern landen und über die erstarrten übergewichtigen Fleischmassen die Kontrolle zurückgewinnen.

„Eskortservice?", fragt der Wollnar etwas zynisch und schaut den Willibald fragend an.

„Nein!", sagt der Metzger, „eher Botendienst! Wir sind das Gepäckstück."

Jetzt weiß der Hausmeister natürlich überhaupt nicht, was der Metzger meint, und das ist eine der herausragenden Eigenschaften des schweigsamen Polen. Wenn er sich nicht auskennt und etwas gar nicht verstehen soll, dann ist das so, Punkt. Er fragt nicht nach, er kämpft nicht um sein Recht auf Information, er nervt nicht mit dem Austeilen zweideutiger Bemerkungen und anklagender Schuldgefühle. Wäre ja nicht das erste Mal, dass er mit dem Metzger Angelegenheiten erlebt, die er nicht nachvollziehen oder einordnen kann. Aber das ist ihm egal. Er ist einfach nur da. Wenn ihm etwas erzählt werden soll, dann wird das schon passieren, ganz von alleine. Einmal hat ihm der Willibald nur aus dem Erklärungszwang heraus, den so eine Stille zwischen zwei Menschen auszulösen vermag, sein Herz ausschütten wollen, da wurde er vom Wollnar unterbrochen. Petars Hand hat sich auf die Hand vom Metzger gelegt, und ganz ruhig hat er auf einmal so viel gesagt wie sonst ein ganzes Jahr nicht: „Mit Herz ist wie mit Stiegenhaus, muss man sich Zeit lassen mit putzen, langsam und gründlich, jede Ecke, dann wird sauber! So lange, bis kommt nächster Schmutz. Putzen muss man oft allein! Kein Problem."

Nie wieder hat den Willibald die Stille neben Petar Wollnar gestört, und nie wieder hat er ihm etwas nur aus Zwang erzählt, sondern zum richtigen Zeitpunkt, also freiwillig! Mehr braucht man nicht von einem Freund als ein Wohlgefühl im Schweigen.

Wie sie jetzt so dasitzen, wird dem Metzger einmal mehr bewusst, dass da gerade der einzige Freund, den er bisher in seinem Leben hatte, neben ihm hockt, auf einer löchrigen Bank in einem verrosteten Auto.

„Ausladen?", hat der Wollnar gefragt, was so viel bedeutet wie, die Sache mit dem Leichenwagen ist erledigt, das Leben geht weiter.

„Ja, ich nehm jetzt die Sessel, und wenn niemand da ist, fahrn wir wieder gemeinsam heim, wenn jedoch wer da ist, dann kannst du auf jeden Fall alleine heimfahren, Petar, weil ich dann ein wenig plaudern muss und deine Zeit nicht weiter strapazieren will!"

„Plaudern?" Der Wollnar schaut ein wenig fragend und sein Blick mustert den Willibald, als käme er von einem anderen Stern. Normalerweise will der Metzger nach einer Lieferung und eventuell einem letzten Foto der Antiquität inklusive Käufer nichts als weg, weil er durch dieses meist leere, nichts sagende Gequatsche mit den Neubesitzern leicht in Versuchung kommen könnte, die Möbel wieder einzupacken, um sie niveauvolleren Eigentümern zukommen lassen zu können, er fühlt sich ja doch irgendwie verantwortlich für die edlen Stücke. Der Wollnar erinnert sich ungern an die endlosen Heimfahrten, in denen der Willibald nichts als geschimpft hat, über die primitiven Aristokraten, die belesenen Idioten, die ungebildeten Akademiker und die modegerechten Sammler.

Nichts bereitet dem Metzger größeren Schmerz als Schlagzeilenwissen, gepaart mit Dummheit! Menschen, deren Intelligenz auf dick gedruckten Überschriften aufbaut, und die dann lautstark, aufgeblasen wie ein balzender Hahn fachsimpeln, unreflektiert den Schund ihrer Toilettenlektüren in die Welt hinausprusten und dabei den lebensnotwendigen Sauerstoff ihrer Mitmenschen vergeuden. Da hilft nur mehr die Flucht, da ist jedes Gespräch sinnlos verschwendete Zeit, der Wollnar könnte Bücher füllen mit den Gesellschaftsanalysen seines Beifahrers. Plaudern will er also, der Metzger, da ist der Petar dann wirklich dankbar, wenn er nicht dabei sein braucht, wenn er dem unausweichlichen Konflikt nicht beiwohnen muss.

Aus dem Fenster beobachtet er, wie der Willibald, in jeder Hand einen Chippendale-Sessel, auf die schwere Eingangstür der Villa zusteuert. Eine Frau macht auf, sehr erstaunt und ein wenig verängstigt, der Metzger dreht sich um und winkt dem im Auto wartenden Wollnar zu. Der kann den Lippen des Willibald ein „Danke" entnehmen, dreht den Zündschlüssel und fährt nach Hause.

23

Zweite Station der unangemeldeten Hausbesuche:

„Was wollen Sie? Mein Mann hat zwei Sessel bei Ihnen bestellt und die wollen Sie liefern? Am Samstagvormittag? Unangemeldet? Da muss ich meinen Mann anrufen, das geht so nicht!"

„Sie kennen mich nicht mehr, Frau Kitzler, Professor Birgit Kitzler?"

„Woher wissen Sie meinen Mädchennamen, wer sind Sie bitte?"

„Willibald Adrian Metzger, 8B, Klassenvorstand Konrad Zwirnhofer, Maturajahrgang 1980!"

Der Kitzler bleibt der Mund offen, ein immer noch sinnlicher Mund, dann nimmt ein gezwungenes Lächeln ihr immer noch attraktives Gesicht in Beschlag und etwas verlegen sagt sie:

„Willibald Metzger, hätte ich jetzt ohne Hilfe nie herausgefunden!"

Kein Wunder, denkt sich der Metzger, hast mich auch beachtet wie ein Krokodil im Tiergarten den 10.000sten Besucher vor der Panzerglasscheibe!

Dann erzählt er kurz von seinem Beruf, vom Zusammentreffen mit dem Eder in der Schule, von dessen Besuch in der Werkstatt, von den Sesseln, und die Kitzler macht den Anschein, als hätte sie von all dem keine Ahnung.

Schon ein bisschen komisch, denkt sich der Metzger, da besucht er ihren Gatten in der Schule, bringt eine Klassentreffen-Einladung, fällt in Ohnmacht, auch nicht gerade eine Alltäglichkeit, dann besucht ihn der Gatte in der Werkstatt, reserviert zwei sauteure Sessel – und die Frau weiß von all dem nichts? Muss ja wirklich ein inniges Verhältnis sein, das diese Ehe auszeichnet!

Dem Metzger ist schon bekannt, Paare haben sich im Lauf der Jahre immer weniger zu sagen, dass das aber so wenig ist, hätte er sich nicht gedacht! Vielleicht gibt es ja gerade eine kleine Krise im Hause Eder, sozusagen eine Ederkrise, vielleicht hat das Direktorenseminar, das der Johann Nepomuk dieses Wochenende so diensteifrig besucht, einen weiblichen Vornamen oder vielleicht weiß die Birgit ohnedies alles und stellt sich nur blöd!

Übrigens eine Fähigkeit der Frau, die sie im Lauf der Evolution zu einer ungemein versierten Kunst entwickelt hat. Sich vor dem Mann immer ein wenig kleiner machen und dümmer stellen ist erstens schon die halbe Miete zur gesicherten Arterhaltung und zweitens eine der besten Möglichkeiten, den eroberten Primaten auch langfristig zu binden. Anfangs kommt es ganz schlecht, wenn eine Frau den Anschein erweckt, sie wäre dem Mann überlegen, da würde es lange dauern, bis für Nachwuchs gesorgt ist. Später, also nach erfolgreicher Fortpflanzung, hat es sich jedoch als höchst vorteilhaft erwiesen, dem Gemahl gelegentlich doch eine Ahnung von weiblicher Dominanz zuteilwerden zu lassen, denn Ungewissheit und etwas vorsichtige Strenge sind ein hervorragendes Bindemittel! Männer, die sich unangefochten als die Herren im Hause fühlen, als Paschas und Alleinregenten, trampeln über ihre Heimchen, über ihre duckmäuserischen Weibchen wie über ihren Bettvorleger oder ihre willkürlich im Schlafzimmer liegen gelassenen Socken. Die liebste, zuvorkommendste und uneigennützigste Frau hört auf, für ihr Bärli, ihr Hasi oder ihren Schnucki zu existieren. Da hilft dann das ganze Schatzi-Putzi-Getue nichts mehr! Plötzlich sind diese Frauen für ihre Männer einfach nicht mehr da, obwohl sie doch da sind – sie werden zum Niemand. Und weil die Männer dann das Gefühl haben, irgendwie allein zu sein, weil ja eben nur „Niemand" da ist, machen sie sich trotz Ehering, der immer öfter am Nachtkästchen liegen bleibt, wieder auf die Suche.

Vielleicht stellt sich die Birgit Kitzler also blöd, weiß alles und glaubt, der Metzger ist so wie die meisten Männer, lässt sich subtil genauso leicht und berechenbar dirigieren, sozusagen ein ferngesteuertes Auto auf zwei Beinen.

Trauen darf ich ihr auf jeden Fall nicht, denkt sich der Willibald. Weil so ohne war das wirklich nicht, den Ex eiskalt abservieren wegen einem anderen, mit dem sie übrigens schon während der Beziehung zum Ex ihre waagrechte Freude hatte, und dann dabei zuschauen, wie der Ex ungerechtfertigt von der Schule fliegt! Da muss dein Gewissen schon ziemlich hörgeschädigt sein und dein Herz überaus schlecht durchblutet.

„Ich wollte Ihrem Gatten im Grunde nur eine Freude machen und ihn überraschen! Aber ich kann wieder fahren, wenn Sie sich gestört fühlen", sagt der Metzger jetzt sehr sachlich und ein wenig gespielt verstimmt, übrigens eine der üblichen männlichen Reaktionen auf dominante Frauen!

Es wirkt: „Nein, tut mir leid, ich wollte Sie nicht vor den Kopf stoßen, aber heutzutage muss man aufpassen! Kommen Sie nur herein", sagt die Kitzler nachdenklich.

Na, da hab ich Glück gehabt, denkt sich der Willibald, tritt in den Eingangsbereich der Villa und registriert, dass das Entree wahrscheinlich so groß ist wie sein Wohnzimmer. Die Einrichtung des Hauses entspricht der des Direktorenbüros – alt und teuer! Ein Hauch von Noblesse und ein wenig Dekadenz strahlen vom edlen Gemäuer und der Willibald fühlt sich auf Anhieb unwohl.

„Lassen Sie die Sessel einfach hier stehen!"

Der Metzger stellt die Chippendales auf den Läufer, chinesische Seidenstickerei, schmerzhafte Verschwendung für ein Vorzimmer, und sagt nichts. Und gescheit ist dieses Schweigen, weil es immer noch eine gewisse Kränkung zum Ausdruck bringt, worauf die Kitzler meint:

„Wollen Sie mit mir einen Tee trinken, oder einen Kaffee, wo Sie sich doch so viel Mühe gemacht haben?"

Der Metzger legt eine taktische Gedankenpause ein, schaut auf die Uhr und meint:

„Naja vielleicht! Ein Schluckerl Tee nehm ich gern, bitte!"

Dann sitzt er allein im beigen Ledersofa des überdimensionalen Wohnzimmers, wartet auf die kleine Stärkung und sieht sich etwas um. Familienidylle pur! Fotos und ein riesiges Gemälde: Papa Eder, Mama Kitzler, großer Junge, kleine Tochter, eindeutig verstärkt mit Edergenen ausgestattet, denkt sich der Willibald. Irgendwie hässlich das Bild, bieder und kitschig!

Ein silbernes Tablett wird aufgetragen, mit einigen Keksen, Lebkuchen, einer Porzellankanne und passenden Tassen.

„Dann wissen Sie auch gar nichts von dem gestrigen Klassentreffen der 8B!", sagt der Metzger.

„Nein, ein Klassentreffen? Waren viele dabei?"

„Ja, überraschenderweise! Von den Lehrern der Zwirnhofer, der Schranner und die Neubauer, von den Schülern alle bis auf den Seidlinger, und dann klarerweise den Dobermann und den Deutner!"

Die Kitzler senkt den Blick.

„War interessant, mit allen zu plaudern, was jeder so geworden ist. Wir haben eigentlich hauptsächlich über die Gegenwart geplaudert, über die alten Zeiten zu reden hätte mir persönlich ohnedies nicht unbedingt viel Spaß gemacht!"

„Kann ich verstehn!", sagt die Kitzler und blickt noch immer zu Boden.

Dann hebt sie den Kopf und zum ersten Mal schaut sie dem Willibald wirklich in die Augen, ehrlich und nicht so arrogant.

„Das kann ich verstehn!", wiederholt sie, immer noch seinem Blick standhaltend, und setzt fort:

„Ganz ehrlich, Willibald, was wurde geredet? Ich kann mir doch vorstellen, dass der Mord am Ferdinand Deutner, die Geschichte zwischen ihm und mir, und dann meine Hochzeit mit dem Johann ein Thema waren! Wahrscheinlich hat mir der Johann nichts erzählt vom Klassentreffen, um mich zu schonen, weil wir schon genug mitgemacht haben. Im Grunde wollte ich mit der Geschichte nichts mehr zu tun haben!" Der Metzger ist unglaublich erleichtert über ihre überraschende Offenheit, zumindest was die Themeneröffnung betrifft. Deshalb ist er ja gekommen.

„Ein wenig wurde schon gesprochen, das stimmt, aber hauptsächlich ging es um den Felix Dobermann! Um den Mord am Ferdinand! Ein wenig diskutiert haben das der Sedlatschek und der Pospischill, weil der Sedlatschek unverrückbar die Auffassung vertreten hat, der Dobermann ist unschuldig gesessen. Was natürlich sein Schicksal mit dem Schlaganfall noch tragischer machen würde. Das ganze Leben hätte er verloren!"

Im Gesicht der Birgit Kitzler regt sich nichts, kein Zucken und keine Unsicherheit. Und wie aus dem Nichts, als wäre sie von außen aufgetragen worden, rinnt eine Träne über ihre Wange. Ein salziger Tropfen, der ungewollt den Weg vom Herzen ins Freie gefunden hat.

Nur eine! Als stünde sie für etwas, als wären alle anderen Tränen eine Geringschätzung dieser einen.

Die Kitzler bleibt regungslos sitzen, lässt die Träne ihren Weg nehmen, bis sie schließlich an der Wange ihre Form verliert und nur mehr als kleiner nasser Fleck auf der glatten Haut verdunstet.

Dann steht sie auf, verlässt den Raum und bringt dem Metzger kurze Zeit später ein Foto. Darauf abgebildet ist der Dobermann, im Rollstuhl sitzend, ein Schlauch steckt in seinem Mund, sein Gesicht wirkt abwesend und entstellt. Dahinter steht Sebastian Friedberg, hat die Hand auf der Schulter vom Felix und schaut am Fotografen vorbei.

„Das Foto hat mir der Zwirnhofer geschickt. Ich weiß, wie es um den Felix steht!", sagt die Kitzler.

Nicht unbedingt, denkt sich der Metzger und dann beschließt er, um seiner selbst willen, einen Schritt nach vor zu wagen. „Warum schickt Ihnen der Zwirnhofer ein Foto vom Dobermann? Der hat ihn ja selber aus der Schule geschmissen. Immerhin wollte Sie der Dobermann vergewaltigen, ganz abgesehn davon, dass er dann als kleine Draufgabe auch noch Ihren Geliebten, den Deutner, ermordet hat! Sollte dieses Bild als Genugtuung gedacht sein, als Beweis, dass Himmel und Hölle auf Erden zu finden sind?"

„Nein, nicht deshalb!", sagt die Kitzler und jetzt wird der Willibald gleich einen Schluck Rotwein brauchen:

„Was wollen Sie wirklich hier, Willibald? Sie wollen nicht die Stühle bringen, weil Sie haben sicher mit meinem Mann über die Einladung zum Klassentreffen gesprochen, und wie ich den Johann kenne, hat er Ihnen ganz bestimmt gesagt, dass er nicht kommen kann, weil er auf Seminar ist. Also haben Sie gewusst, heute ist kein Direktor Eder zuhause, sondern eventuell nur seine

Frau und die Kinder. Die Kinder sind mit Freunden in der Stadt, die Frau sitzt zuhause! Und wegen mir sind Sie da, hab ich Recht?"

Ein bisschen viel für einen Hobbydetektiv, dieser Sturm der Logik!

„Ja!", sagt der Metzger so gefasst wie möglich.

„Warum, was wollen Sie von mir?"

Langsam beginnt der Metzger zu reden, darauf war er nun wirklich nicht eingestellt, dass er selbst der Verhörte sein wird!

„Sie wissen sicher, welche Rolle ich in der 8B gespielt habe, nicht? Vielleicht ist Ihnen das ja gar nicht so aufgefallen, oder vielleicht bin ich Ihnen gar nicht so aufgefallen! Ich, Frau Eder, ich war der Watschenmann. Wer grad Lust gehabt hat, der ist bei mir vorbeigekommen, um sich abzureagieren. Besonders der Dobermann und der Deutner! Kein Bedürfnis hätte ich gehabt, jemals wieder mit irgendwem aus der Schulzeit in Kontakt zu treten, das können Sie mir glauben!"

Bis auf eine Ausnahme, denkt sich der Metzger, gepaart mit der Vorstellung einer weichen Danjela Djurkovic.

„Gewisse Umstände, von denen ich Ihnen nicht erzählen kann, zwingen mich nun dazu, und zwar wirklich zwingen, die Vergangenheit auszugraben und einigen Dingen auf die Spur zu gehen. Und ich werde keine Ruhe geben, bis ich wieder meinen Frieden hab!"

Die Kitzler schaut nun schon nicht mehr gar so selbstsicher drein wie eben noch zuvor. Körpersprachlich hat sie ein wenig von ihrer Überlegenheit eingebüßt und sinkt schutzbedürftig tiefer in ihren Sessel. Grundsätzlich sind ja Auszüge der Wahrheit immer eine gute Lösung, denkt sich der Metzger, auch wenn ich vielleicht hier im Raubtiergehege sitze, aber was hab ich zu verlieren? Monoton fährt er fort mit seiner Improvisation:

„War also kein Vergnügen, mich selbst herabzulassen, sozusagen eine seelische Spülung in den Kanal meiner Geschichte, um gewissen Dingen auf den Grund gehen zu können. Womit wir auch schon beim Grund meines Besuches sind, Frau Eder. Und ich denke mir, es ist recht gut, dass wir zwei hier alleine sitzen!"

Jetzt ist die Kitzler schon beinahe verschwunden in ihrem Lederfauteuil!

„Wissen Sie, in letzter Zeit stolpere ich gelegentlich über den Dobermann. Und dabei bin ich auch auf Sie gestoßen, nur halt in einer etwas anderen als der bekannten Rolle! Und weil auch mein seelisches und körperliches Wohl damit in Zusammenhang stehen, verzeihen Sie mir bitte, wenn Sie schon so direkt sind, folgende Feststellung:

Warum, Frau Eder, haben Sie als Birgit Kitzler die ganze Welt in dem Glauben belassen, der Dobermann hätte Sie vergewaltigen wollen, obwohl Sie mit ihm ein Verhältnis hatten, lange bevor und vor allem auch noch während Sie mit dem Deutner zusammengekommen sind? Warum haben Sie es zugelassen, dass der Felix als Vergewaltiger von der Schule geflogen ist?" Inzwischen hat die Kitzler auch den hellen Beigefarbton des Ledersofas angenommen.

Die Pause zwischen der eben gestellten Frage und den ersten Wortfetzen der Kitzler scheint endlos. Aber der Willibald steht das beinhart durch, schweigend und souverän. Ohne auch nur den Anschein einer sympathischen verständnisvollen Mimik zuzulassen. Die Kitzler kann froh sein, dass sie dem Metzger nicht die Wut ansieht, die durch ihre Falschheit und Unanständigkeit in seinem Inneren entflammt worden ist.

„Woher wissen Sie das?" Die Augen der Birgit Kitzler drücken ein Erstaunen aus, so als kämen sie zum ersten Mal aus tiefen Kellern ans Tageslicht.

„Keiner weiß es, nur der Felix! Nicht einmal mein Mann!"

„Ich war unbedeutend, und so Menschen wie ich fallen nicht auf. Andererseits fällt den Menschen, die nicht auffallen, umso mehr auf!", antwortet der Metzger.

Dann schauen sich die beiden sehr, sehr lange in die Augen. Zögernd beginnt die Kitzler:

„Ja, es stimmt! Ich hatte ein Verhältnis mit dem Felix. Es war zu spät, um die Weichen umzustellen, der Zug war abgefahren, ich konnte ihn nicht mehr zurückholen!"

Lange Pause.

Stammelnd fährt sie fort, den Blick starr aus dem Fenster gerichtet, in Gedanken ganz zurück in der Vergangenheit:

„Der Felix und ich, wir waren eng verwoben und doch waren es nur Luftmaschen. Meine damalige Minderwertigkeit war seiner so kindlichen, grenzenlosen Liebe erlegen. Ich war seine erste Frau, sein allererstes Mal, und er war der Erste, der in mir mehr gesehen hat als ein fleischliches Abenteuer. Mir wurde es dann einfach viel zu eng, er ist mir zu nahe gekommen und ich bekam Angst. Angst vor den Konsequenzen, Angst vor seiner Unerfahrenheit und seinen überlaufenden Empfindungen, Angst vor meiner Verantwortung seinem sensiblen Wesen gegenüber!

Dann hat mich der Deutner mit geballter Männlichkeit und einer gewissen Rohheit kraftvoll dem Dobermann entrissen, und sosehr es auch nach außen wirken muss wie Kitzler, die berechnende Hure, das schäbige Flittchen, ich war doch nur ein Spielball, genauso sprunghaft, aufgeblasen und mit dünner Haut.

Logisch, dass mich der Felix zurückwollte, ich war seine erste große Liebe, und logisch, dass ich immer tiefer sank, im eigenen Sumpf. Er hätte alles getan, mit Gewalt, um mich wieder bei sich zu haben. Einerseits sträubte sich viel in mir, auch wegen dem Ferdinand Deutner, und gleichzeitig war da noch so eine große Anziehung. Das kann man nicht verstehen, wenn es einem selbst noch nie so ergangen ist. Aus unserer Verzweiflung heraus war eine gewisse Brutalität legitim. Aber eben nur für die beiden Beteiligten. Und so sind wir damals im Biokammerl gelandet, der Felix hat mich angefleht, ich war vorerst abgeneigt, es hat sich ein Streit entwickelt und schließlich sind wir im Grenzbereich zwischen Gewalt und Begierde gelandet. Sie müssen sich die unsagbar peinliche Situation vorstellen! Was hätte ich dem Zwirnhofer denn sagen sollen in diesem explosiven Moment? Und alles ist so schnell gegangen. Mein jetziger Mann, der damals hinter dem Zwirnhofer hereingekommen ist, hat sich auf den entsetzten Felix gestürzt, hat ihn weggezerrt, der Zwirnhofer hat gemeint, er holt sofort die Polizei! Er war der Auffassung, der Felix wollte mich vergewaltigen, das hat auch sicher so ausgesehen. Und ich hab geheult, ihn gebeten, es zu unterlassen.

Dann hat mich der Zwirnhofer in den Arm genommen und ist mit mir in den Nebenraum gegangen. Der Konrad hat mich immer mögen und mich im Konferenzzimmer unterstützt und verteidigt. Vor allem gegen die unterschwelligen Angriffe der weiblichen Kollegen. Frauen sind so brutal untereinander, das können Sie sich gar nicht vorstellen!

Dem Konrad die Wahrheit zu erzählen? Dass ich mit zwei seiner Schüler ein Verhältnis hatte? Dass ich im

Grunde ein selbstsüchtiges kleines Miststück war, über-
wältigt von der Aufmerksamkeit, die mir da durch die
Burschen entgegengebracht wurde? Und zu schwach,
um den Angeboten zu widerstehen? Da war ich viel zu
feig und zu rückgratlos. Ist doch menschlich. Wer will
schon den Mentor, den Menschen, der Gutes von einem
hält, enttäuschen?"

Ist immer die Frage, um welchen Preis, denkt sich
der Willibald.

Dann erklärt sie, dass sie den Zwirnhofer gebeten hat,
nichts zu erzählen. Mit dem Argument, es wäre so er-
niedrigend im Lehrkörper und in der Öffentlichkeit, und
dass sie gegen den Vorschlag des Klassenvorstands keine
Einwände mehr aussprechen konnte. In wenigen Minuten war die Zukunft des Felix Dobermann entschieden.

Sie wird nie vergessen, wie der Felix bei der Ur-
teilsverkündung den Zeigestab gepackt und kurz den
Anschein erweckt hat, er würde den Zwirnhofer gleich
aufspießen, und dann in den Socken und mit der Hose
in der einen und dem Zeigestab in der anderen Hand
davongelaufen ist. Ohne ein Wort.

„Hat der Dobermann Sie danach jemals kontaktiert?",
will der Metzger wissen.

„Ja, einmal! Bei mir zuhause, Monate später! Da war
aber der Ferdinand Deutner schon bei mir eingezogen,
und ich konnte nicht wirklich reden. Dann ist der Felix
zum Militär, weg aus der Stadt und danach ins Ausland.
Und wie er zurückgekommen ist, hat er mich noch einmal angerufen und um ein Treffen gebeten. Dazu ist es
dann aber nicht mehr gekommen!" Inzwischen wirkt
die Kitzler richtig dankbar über die Möglichkeit, endlich
offen sprechen zu können, und es scheint so, als wäre da
ein unsichtbarer Draht zwischen den beiden!

„Und vor Gericht haben Sie dann wieder falsch ausgesagt!" „Ich bin mir sicher, dass der Felix der Mörder war! Was spielt das dann schon für eine Rolle, wenn er auch noch Vergewaltiger ist? Natürlich hab ich mir Vorwürfe gemacht, heute noch. Aber nicht wegen dem Dobermann, sondern wegen dem Ferdinand! Wenn ich damals im Biologiekammerl ehrlich gewesen wäre, vielleicht würde der Ferdinand noch leben? Vielleicht hätte unser Kind nicht ohne Vater aufwachsen müssen? Aber das nützt alles nichts, Ferdinand ist tot, und absolut nichts rechtfertigt einen geplanten Mord!"

Ein ziemlich erstauntes „Welches Kind?" kommt dem Metzger über die Lippen.

„Na, unsere Tochter! Ferdinand und ich hatten ein Kind! Laura!"

24

Er muss aufpassen, dass er nicht zu weit geht, nicht zu weit vom Plan und den Vorgaben abweicht. Im Grunde ist er nur der Ausführende, nicht der Kopf.

Es hätte fast schiefgehen können, beinahe wäre der Metzger zu nahe beim Auto gewesen. Zu nahe für ihn! Er hofft nur, dass sich die beiden nicht das Nummernschild des Leichenwagens eingeprägt haben! Da würden sie auf einen bekannten Namen stoßen, das wäre nicht gut!

Anfangs wollte er den Metzger nur beobachten, dann war er überrascht, als dieser Pritschenwagen daherkam und Willibald die Sessel, die zuvor noch der Eder bei Tageslicht inspiziert hatte, auf die Ladefläche hob. Schließlich ist ihm die Idee gekommen, vielleicht würde er sie gar zum Herrn Direktor nach Hause liefern! Er konnte ja einfach hinterherfahren und seine Annahme bestätigen lassen. Dass aber ein Pritschenwagen noch langsamer durch die Stadt fährt als ein Leichenwagen, das kann wohl wirklich niemand im Vorhinein annehmen! Einen Deut zu lange ist er hinter dem Transporter hergefahren, die beiden waren sehr aufmerksam. Auf jeden Fall hat sich die ganze Situation dann immer noch sehr vorteilhaft für ihn entwickelt. Er ist einfach zu dem von ihm angenommenen Bestimmungsort weitergefahren und hat Recht behalten! Der Metzger wollte zum Direktor Eder oder sogar zur Birgit Kitzler!

Ganz schön verwundert haben die beiden dreingeschaut, wie ihnen klar geworden ist, dass sie gerade der „Tod" direkt zur Zieladresse gelotst hat! Jetzt amüsiert ihn dieses kleine Abenteuer inzwischen. Ist schon gut so, dieser unbeabsichtigte Wink des Schicksals.

Der Tod macht keine Umwege, er ist sehr effektiv und: Er geht prinzipiell mit den Lebenden spazieren, führt sie sozusagen äußerln, ein paar Mal dürfens kurz das Haxerl heben und dann ab nach Hause in die Kiste.

Der Felix aber, der muss noch ein wenig warten, bis die Welt für ihn im waagrechten Lot ist, bis er sich endlich in Ruhe zur letzten Ruhe niederlegen kann. Auf jeden Fall gibt der Metzger sein Bestes, das hätte er sich nicht erwartet. Obwohl, der Dobermann hat immer schon versichert, auf den Willibald ist Verlass! Der lässt sich nicht so leicht abschütteln. Der ist hartnäckig. Im Grunde war der Metzger, das hat zumindest der Dobermann immer behauptet, am Ende der Schulzeit der Sieger, der absolute Held. Es gibt nämlich garantiert keinen anderen Masochisten auf dieser gottverdammten Welt, der sich jahrelang demütigen lässt, der unentwegt Hiebe an Leib und Seele einsteckt und nicht das Heil in der Flucht sucht. Der trotzdem beinhart seinen Platz besetzt hält, nicht aufgibt, sondern konsequent und dann auch noch regelmäßig als Klassenbester bis zur Matura in seiner Spur bleibt, Hut ab! Wenn der Willibald Adrian wüsste, dass der Felix im Grunde sein größter Bewunderer war, er würde sich genauso auf den Arm genommen fühlen wie ein Mastschwein, das vor der Schlachtbank steht – im Blick die Kühlkammer mit ehemaligen Kollegensäuen – und vor dem der Schlächter behauptet, er wäre Vegetarier!

Aber so ist es, der größte Feind ist oft nur deshalb der größte Feind, weil wir ihn bewundern und unser Kleingeist für Bewunderung nichts übrig hat. Der Neid ist die Ursache allen Übels! Zuerst ist der Papa neidig, weil er die Brust der Mutter mit dem Baby teilen muss, dann ist das zum Kleinkind herangewachsene Baby neidig, weil es die Liebe der Mutter auch mit dem Vater oder etwaigen anderen geschwisterlichen Nebenbuhlern teilen muss, dann ist die Mutter neidig, weil sich alle entwickeln können, und nur sie zuhause bei den Kindern wieder und wieder die Schulzeit durchkauen muss, bis sie schließlich am Ende die Einzige in der ganzen Familie ist, die den Schulstoff wirklich beherrscht, und auf das sind dann alle anderen neidig! Weil die Mama ist schließlich ständig zuhause gewesen, und trotzdem weiß sie am meisten! Der Neid regiert die Welt, er beginnt in Kinderzimmern, findet große Anhängerscharen in Schrebergärten und Gemeindebauten und feiert einschlagende Erfolge in zwischenstaatlichen Beziehungen! Er folgt getreu seinem Leitspruch: Wo zwei oder mehr Menschen – in wessen Namen auch immer – versammelt sind, da bin ich mitten unter ihnen!

Langsam öffnet er das Kühlfach und zieht seinen geliebten Felix heraus: „Wir zwei waren uns zu Lebzeiten nie etwas neidig. Nicht einmal meine Freiheit hast du mir vorgeworfen. Ich werf dir aber jetzt deine Freiheit vor, ich beneide dich um deine Ruhe und deinen Frieden! Nicht mehr lange, Felix, nicht mehr lange!"

25

Laura!

Ein Kind hatten die zwei!

„Was würde ich als Kind tun, wenn der Mörder meines Vaters entlassen wird?", denkt sich der Metzger.

Könnte es für eine Halbwaise interessant sein, wie der Killer ihres Vaters aussieht? Vielleicht war ja die unbekannte Besucherin im Spital, die immer nur in der Tür gestanden hat und nie ans Bett zum Dobermann gegangen ist, die Tochter vom Deutner? Die dabei zusehen wollte, wie der Vatermörder elendiglich verreckt!

Vielleicht hat sie drauf gewartet, dass er endlich entlassen wird, um ihm den Gnadenstoß zu geben?

Und dann war der Dobermann vielleicht sogar überhaupt nicht der Übeltäter?

Kein schöner Gedanke, denkt sich der Metzger.

Laura! Der Name ist ihm doch erst kürzlich untergekommen! Grübelnd spaziert er durch die Nachmittagssonne, taucht ein in die Stadt, umgeben von dem Wahnwitz der Adventzeit. Erster Einkaufssamstag, die Weihnachtsmärkte verpesten das Stadtbild. Die Zuckerwatte schleckenden Menschen, die Bratapfel lutschenden, weil beißen nicht mehr geht, Pensionisten, die „Kaufst du mir das" und „Ich will dies, ich will jenes" jaulenden Kinder, die bis an die Geldbörse gerührten Vatis und Muttis. Wenn es in dieser Zeit so viel echte Herzlichkeit gäbe wie falsche Weihnachtsmänner und Christkinder, die Welt wäre das reinste Paradies! In Wirklichkeit, so sieht das der Willibald, bekommt die Menschheit wenigstens die letzten Wochen im Jahr ein bisserl ein Gespür für die Hölle, weil schonungslos werden die Einsamen noch einsamer, die Unglücklichen noch unglücklicher und die Unanständigen noch unanständiger! Das Aufflackern der guten Herzen dauert genau eine Sprühkerze lang, dann ist der Heißhunger auf Mitmenschlichkeit gestillt und die Fallengelassenen spüren spätestens beim Aufprall, wie sich die Realität anfühlt. Gott ist auf Urlaub am Heiligen Abend!

Der Metzger liebt zwar den Schnee, aber er hasst den Dezember. Wahrscheinlich weil auch er ein Einsamer ist zur weihnachtlichen Dämmerstunde, und er, während in diversen Wohnzimmern die Glöckchen klingeln, allein auf seinem Chesterfieldsofa hockt, mit mindestens einer Flasche Rotwein, gekauften Keksen, und an seiner Krippe bastelt! Die ersten Figuren wurden noch von seinem Vater geschnitzt, der Joseph, die Maria und der Esel. Dann sind dem Vater ein paar grobe Schnitzer zu viel passiert, und bis zum Jesuskind hat schließlich die Ehe nicht mehr gehalten! Jetzt arbeitet der Willibald, aber eben immer nur an diesem gottverlassenen Abend, weiter an seiner historischen Familieninfluenza. Irgendetwas muss er ja tun, und Tradition, egal in welcher Form, ist immer ein kleiner Rettungsanker!

Seine Mutter besucht er an jedem 24. immer bereits am Vormittag: den Grabstein vom Schnee befreien, Reisig in die leere Vase stecken, sich vor das Grab hocken und ein wenig mit ihr plaudern. Seine Eltern liegen getrennt, logisch, eine Scheidung gilt auch bis in den Tod. Wenn der Tod uns nicht scheidet, sondern das Leben, dann liegen wir am Ende allein irgendwo. Das mit dem Alleine-Liegen ist zwar auf die Eichentruhe bezogen grundsätzlich so, egal ob liiert oder nicht, es macht aber psychologisch für das irdische Dasein und den fix zugesicherten Weg ins Jenseits schon einen gewaltigen Unterschied, ob du nun im Diesseits auch schon allein bist oder nicht. Weil wenn du nämlich nicht alleine bist und vorangehst, dann wenigstens mit der Gewissheit, dass da beizeiten garantiert wer nachkommt, ist doch irgendwie beruhigend. Und wenn du der Zweite bist, ist es ja prinzipiell ein wenig leichter, außerdem wartet da schon jemand auf dich. Der Metzger ist allein, nicht unbedingt eine gute Ausgangsposition. Und da verbindet ihn zwar sein Weihnachtshass mit all den anderen einsamen Erdenbürgern, womit er wieder irgendwie nicht ganz so allein wäre, aber das ist wahrlich ein schwacher Trost.

Wie er da so an diversen Standeln mit Plastikspielzeug und anderem ausgewählten Ramsch vorbeispaziert, krächzt ihm ein aufziehbarer Papagei entgegen! „Laura, Laura!"

Ein Hund heißt Bello, ein Butler Johann, eine Bauchtänzerin Jasmine, eine Prostituierte Dolores und ein Papagei Laura. So einfach ist die Welt!

Dem Willibald geht ein Licht auf, wie der Stern über Bethlehem!

Nur hat halt der Papagei vom Zwirnhofer ein wenig mehr zusammengebracht als seinen eigenen Namen: Laura, bist mein Sonnenschein, Laura, du bist hier daheim, oder so ähnlich, denkt sich der Metzger!

Ein wenig merkwürdig erscheint dem Willibald diese Ansage aber schon. Schwer vorstellbar, dass der Zwirnhofer da regelmäßig vorm Käfig steht und zu dem Viecherl sagt: „Laura, bist mein Sonnenschein, Laura, du bist hier daheim!" Klingt eher wie ein Kinderreim. Könnte ja sein, dass der Papagei, wie es ja bei dieser Spezies für gewöhnlich üblich wäre, in diesem Fall ausnahmsweise nicht von sich selber spricht.

Da hat die Birgit Kitzler eine Tochter mit dem Ferdinand Deutner, dann heiratet sie den Eder und in der Villa stehen Familienfotos in jeder Ecke und im Wohnzimmer ein Monstergemälde mit Mutter, Vater und zwei Kindern, ein älterer Sohn und eine jüngere Tochter, und aus! Da müsste aber nach aktuellem Wissensstand noch ein drittes Kind drauf sein, denkt sich der Metzger. Das kann doch wirklich eine Mutter ihrer Erstgeborenen nicht antun, ein Gemälde der Familie im Wohnzimmer aufhängen lassen, und die älteste Tochter ist nicht drauf. Es sei denn, Laura, nicht Fleisch und Blut des Herrn Direktor, durfte in einem anderen Haus ihr Dasein fristen, sozusagen abgeschoben innerhalb der eigenen Familie. In einem kleineren Anwesen, gegenüber den Bonzenvillen, in den Familiengärten Hofmannsthal! Vielleicht heißt der Papagei vom Zwirnhofer gar nicht Laura, sondern Hansi, Burli oder Pipsi, und der Sonnenschein, der in dem kleinen Gartenhäusel daheim ist, bei der Oma Bernadette und dem Opa Konrad, ist die Laura Deutner!

Dem Metzger dämmert es ein wenig. Der Eder tröstet die arme Kitzler, und die Mutter vom Ferdinand Deuter bekommt anstelle des ermordeten Sohnes ihr eigenes Enkerl verabreicht, damit ist sie erstens nicht so allein, die Omi, und der Eder kann mit der Kitzler so tun, als wäre der Stall noch leer, als wäre das Nesterl noch nicht beschmutzt. Muss ja eine innige Mutter-Tochter-Beziehung sein!

Alles nur Theorie, denkt sich der Willibald, aber je länger er darüber nachdenkt, je deftiger ihm der entsetzliche Weihnachtskitsch aufstößt, desto griffiger wird sein Gedankengerüst. Da werd ich mal ein wenig drauf herumklettern, beschließt der Willibald und nimmt sich vor, demnächst mit Laura Deutner in Kontakt zu treten. Hoffe, sie ist noch nicht verheiratet, weil dann wird's schwer, sie zu finden – rein namenstechnisch!

Was der Willibald auf dem Heimweg aber findet, das sind diverse Punschstände, und weil spazieren gehen durstig macht, ist das volle Häferl eine ideale Wegzehrung. So hangelt er sich von Stand zu Stand Richtung Heimat. Beim ersten Stand volles Häferl und dann sofort wegspazieren, weil mit der Menschentraube vor der Holzhütte zu plaudern einem nüchternen Metzger nie in den Sinn käme. Beim nächsten Stand Häferleinsatz erspart, das süße Gift einfüllen lassen und weiter Richtung Heimadresse. Diese Vorgehensweise an den diversen Labstationen geht einige Zeit gut, bis der Willibald dann schließlich beim letzten Stand nur noch mit äußerster Konzentration die Schank erreicht. Irgendwie muss er da auch ordentlich mit einigen Menschen ins Gespräch gekommen sein, weil plötzlich hat er ein volles Viertel Punsch in der Hand, ohne dafür bezahlt zu haben. Und die Menschen lachen über die Witzchen des Willibald, der irgendwann nur mehr sein eigenes Kichern wahrnimmt. Die Traube ist in der Zwischenzeit zu einem Kreis mutiert, deren Mittelpunkt durch einen höchst unterhaltsamen Restaurator ausgefüllt wird.

Und gut ist das, diese neue spontane Aufstellungsordnung, vor allem für die Zuschauer! Weil wären sie jetzt noch traubenartig versammelt, hätten sie die Punschmischung abbekommen, die sich da jetzt brüllend aus der Gefangenschaft in dem überfüllten Magen des Willibald befreit!

Ein nicht enden wollender Schwall an Beeren, Orangen und Nelken, durchsetzt mit breiartiger, bunter Flüssigkeit, breitet sich um den Metzger aus wie der See von Genezareth, auf dem ein sich windender Willibald torkelt, ohne unterzugehen. Nein, er geht nicht unter, obwohl ihm danach ist, nur langsam weiter beziehungsweise weg, weit weg von der Hütte am See! Auf den Häferleinsatz verzichtet er schließlich, nicht aber auf den Schluck Rotwein, den sein gedemütigter Magen vor dem Schlafengehen noch streng einfordert.

Alles, was der Metzger von dem darauf folgenden Sonntagvormittag mitbekommt, sind die Wehklagen der grauen Gehirnzellen, die am Vortag so viele ihrer Kollegen sinnlos verloren haben, und das schmerzhafte Dröhnen in den neu entstandenen Hohlräumen seines Kopfes, ausgelöst durch das unentwegte Läuten des Telefons. Aber nicht einmal die Vorstellung, es könnte die Danjela sein, die vielleicht ständig versucht ihn zu erreichen, könnte den Willibald an diesem Tag aus dem Bett bringen!

Mit der untergehenden Sonne steht der Metzger dann erstmals auf, wahrscheinlich auf Grund des appetitanregenden Geruchs, der sich durch den Türspalt aus dem Stiegenhaus in seine Wohnung geschlichen hat. Da hat sich eindeutig eine polnische Duftwolke aus dem zweiten Stock in den dritten verirrt. Petar Wollnar kocht Bigos, unwiderstehlich für Willibalds deftigen Geschmackssinn. Willibald Adrian Metzger schnappt sich eine Flasche seines besten Rotweins und wechselt mit dem Oxhoft das Stockwerk, um uneingeladen dem Eintopf aus gedämpftem Weißkohl, Sauerkraut, Fleisch, Wurst, Pilzen, verfeinert mit Zwetschken, Wacholderbeeren, Salz, Kümmel, Tomatenmark, Pfeffer, Majoran und einem Schuss Rotwein Aug in Aug, oder besser Löffel in Mund, gegenübertreten zu können.

Dem Wollnar seine Augen lachen in Anbetracht der guten Bouteille, die ihm der Metzger inklusive des Taschengeldes als Dank für die vortägige Ausfahrt überreicht. Logisch, dass dieser Sonntagabend am polnischen Küchentisch seinen stillen Ausklang findet. Gesättigt an Leib und Seele beschließt der Willibald, heuer am 24. Dezember dem Petar den Schnitzauftrag für einen der Heiligen Drei Könige zu erteilen. Ist besser, zusammen

allein zu sein, denkt er sich und findet bald glücklich
den für den nächsten Tag dringend notwendigen Schlaf.

26

An seiner Werkstatttür klebt ein Zettel. Ein kleines gelbes Post-it! Runde, weiche, fein säuberliche Buchstaben in leichter Rechtslage, weiblicher kann ein Schriftzug wohl nicht mehr sein!

„Muss etwas Wichtiges erzählen, Treffpunkt 21 Uhr, beim Steg am Badeteich! Liebe Grüße, Birgit Kitzler"

Na da schau her, denkt sich der Metzger, und freut sich ein wenig über die freiwillige Mithilfe. War ja im Grunde auch ein recht harmonischer Termin am Samstag, nach ihrem offenen Schlagabtausch haben die zwei noch recht nett geplaudert, und der Metzger hatte das Gefühl, die Kitzler vertraut ihm. Und Vertrauen ist keine schlechte, wenn auch nicht ganz ungefährliche Grundlage zwischen zwei Menschen.

Badeteich gibt es zum Glück nur einen in der Stadt. Ausgebaggert zur sommerlichen Erfrischung, für frühlingshafte, herbstliche Spaziergänge und winterliche Rutschpartien. Für eine stabile Eisdecke war es aber diesen Winter wahrscheinlich noch nicht lange genug ausreichend kalt, denkt sich der Metzger, und er sollte damit Recht behalten.

Ein kurzes, aber umso intensiveres Telefonat erfüllt ihm den Wunsch, die gestrigen vormittäglichen Anrufe mögen mit einer Herzensangelegenheit in Verbindung stehen. Er wählt erwartungsvoll jene Nummer, die er, obwohl er sie noch nie zuvor gewählt hat, längst auswendig kann.

Schon nach dem ersten Läuten meldet sich Danjela Djurkovic, freut sich über den Anruf und erkundigt sich besorgt, ob denn der Willibald krank sei. Sie habe gestern mehrfach versucht ihn zu erreichen, zwecks eines

Spazierganges mit Hündchen. Da lacht das Restauratorenherz, und die beiden vereinbaren für den nächsten Tag ein Treffen!

Beschwingt nimmt der Metzger seine Arbeit auf, und wie im Flug vergeht der Tag.

Dann wird es Zeit aufzubrechen! Willibald Adrian Metzger spaziert noch schnell nachhause, zieht unter sein Jackett eine dicke Weste, darunter einen Rollkragenpulli, warme Unterwäsche, und ausgestattet mit Haube, Handschuhen und Schal stapft er in seinen Winterstiefeln zur Straßenbahn. Heiß wird ihm in dem überheizten Waggon, das zweimalige Umsteigen kühlt seinen Körper nicht unbedingt ab, und so landet er leicht verschwitzt um 20.45 Uhr beim Badeteich.

Wo sonst das eigene Wort im Trubel der schlittschuhlaufenden vergnügten Menschen untergeht wie ein Stein in dem unter der Eisdecke liegenden See, herrscht Stille. Schon lange hat die rechte Gesichtshälfte des Willibald nichts mehr von sich hören lassen, aber jetzt beginnt sie so energisch zu zucken, dass sogar die Ohren leicht mitvibrieren. Vielleicht ist es das Aufeinandertreffen des leicht verschwitzten Körpers mit der plötzlichen Kälte, das den Nerven Anlass zur Verselbstständigung gibt, vielleicht ist es aber auch das unheimliche Gefühl, das den Metzger nun in Beschlag nimmt.

Plötzlich erscheint es ihm eher ungewöhnlich, dass sich eine relativ attraktive Dame für eine späte Verabredung solch einen verlassenen schaurigen Ort aussucht. Was die Kitzler zu erzählen hat, muss ja wirklich sehr vertraulich sein, denkt sich der Willibald, und während er, leicht fröstelnd, Richtung Steg spaziert, blenden ihn durch die Bäume des gegenüberliegenden Seeufers die grellen Scheinwerfer eines am Parkplatz zum Stillstand kommenden Fahrzeuges. Dann gehen die Lichter aus, und es wird wieder dunkel, so dunkel, dass es dem Willibald schwerfällt, durch die große Liegewiese den kleinen Pfad, der zum Steg hinunterführt, zu finden.

21 Uhr, Willibald Adrian Metzger steht auf den Holzbrettern, von denen sonst im Sommer die absurdeste Vielfalt männlicher Wesen bizarre Sprünge vollführt und damit den sich laszive am Steg räkelnden Weibchen zu imponieren versucht, und wartet.

Er wartet und friert! Es beginnt leicht zu schneien, aus dem dunklen Nichts fallen weiche Flocken und legen sich behutsam auf den zugefrorenen See. Um 21.30 Uhr schreckt er kurz auf, als eine Ente eine der letzten offenen Wasserstellen als Landebahn benutzt, dann wird es wieder still. Zu still!

Der Metzger wird unruhig, sein Zucken hört nicht auf, und ihm ist kalt. Er haucht in die Handschuhe, zieht sich die Haube so weit wie möglich über die Ohren, wickelt den Schal mehrfach um seinen Hals, schlüpft aus den Jackettärmeln, zerrt das Sakko wie eine Decke um den Oberkörper und ärgert sich. Er hasst es, stehen gelassen zu werden! Dann fliegt er.

Heftig war der Ruck, aus dem Nichts! Ein kräftiger Stoß von hinten in seinen Rücken. Er schwebt über die Vorderkante des Stegs und hätte mit diesem Sprung im Sommer wohl keiner der Damen imponieren können. Und während sein Jackett sanft, wie die dichter werdenden Schneeflocken, auf die Bretter flattert, prallt sein Körper auf dem Eis auf, nur für den Bruchteil einer Sekunde. Weil so lange hat die Eisdecke die von der Schwerkraft beschleunigte Fleischmasse ertragen. Dann bricht sie ein! Der Metzger durchstößt problemlos die hauchdünne Schicht und erkennt, dass ihm vor wenigen Augenblicken, im Vergleich zu jetzt, im Grunde relativ warm war. Das Zucken im Gesicht hört schlagartig auf, denn sein ganzer Körper ist wie erstarrt, die Finsternis von vorhin weicht einer Dunkelheit, die der Metzger nie für möglich gehalten hätte. Längst weiß er nicht mehr, ob seine Augen offen oder geschlossen sind, die tausend Nadelstiche, die seine Haut durchbohren, ignorieren respektlos die Kleidung, die nun immer schwerer wird. Jede Bewegung schmerzt und eine bleierne Müdigkeit beginnt ihren Liebesakt. Einschlafen, einfach nur einschlafen, geht es dem Metzger durch den Kopf, während seine Lungen mit einem brennenden Schmerz nach Sauerstoff schreien.

Dann erreicht die Finsternis auch sein Gehirn. Jetzt ist es aus, denkt sich Willibald Adrian Metzger, während sein fürsorgliches Herz noch einmal ein Bild von Danjela Djurkovic an den sich verdunkelnden Geist schickt.

Das Letzte, was er spürt, ist ein starkes Ziehen im Nacken, dann ist es vorbei.

27

Er hat das Post-it an der Werkstatttür gesehen und sich gewundert, dass die Kitzler den Metzger so spät zum See bestellt. Sofort war ihm klar, dass er selbst auch dort sein musste, vielleicht um das Schlimmste zu verhindern. Egal, was sein Auftraggeber gewollt hatte, dass der Metzger in Gefahr geraten könnte, wäre gewiss nicht in seinem Sinn.

Kurz vor 21 Uhr parkt er den Leichenwagen am Seeufer ein. Dank der grellen Scheinwerfer seines Fahrzeugs kann er jemanden am Steg stehen sehen, wahrscheinlich den Metzger. Behutsam bewegt er sich entlang der Baumreihe, in einem sicheren Abstand zur Uferpromenade. Er darf keinen Schatten werfen, wenn der Mond kurz hinter den Wolken hervorkommen sollte. Nahe genug am Steg angekommen, bleibt er regungslos zwischen den Bäumen stehen. Die vermummte, sichtbar fröstelnde Person dort nahe am Wasser ist Willibald Adrian Metzger. Längst ist es 21 Uhr vorbei.

Dann geht alles sehr schnell! Nur wenige Meter links von ihm löst sich eine Person aus der Dunkelheit und geht durch das Schneetreiben langsam auf den zum See blickenden Metzger zu. Es ist eindeutig keine Frau.

Dann beschleunigt die Person lautlos ihren Schritt. Für einen Moment denkt er, es wird anders ablaufen als in seiner Vorstellung, nicht immer nur das Schlechteste glauben. Dann ist es zu spät. Zu spät, um einzugreifen! Ein heftiger Stoß befördert Willibald Adrian Metzger in das eiskalte Wasser. Als er sich endlich aus der Erstarrung seines Schreckens befreien kann, sieht er nur mehr den Täter zum Parkplatz hetzen.

Dann läuft er selbst zum Ufer, auf dem Steg liegt ein Jackett, auf der Wasseroberfläche schwimmt eine Haube und unter der durchbrochenen Eisdecke sieht er die Dunkelheit des eiskalten Sees.

Ohne zu zögern, steigt er die Leiter an der Vorderkante des Stegs ins Wasser hinunter, die Kälte kann ihm nichts anhaben, sie reicht nicht aus, um sein längst erfrorenes Herz zu erschüttern. Die Tritte der Leiter gehen weit in die Tiefe. Die Finsternis des Wassers hat ihn bereits zur Gänze umgeben, mit einer Hand klammert er sich an den Sprossen fest, die andere bewegt er, weit von sich gestreckt, suchend durchs Wasser. Dann spürt er etwas Schmales, Längliches und zieht es zu sich! Am Ende des Schals hängt unbewegt Willibald Adrian Metzger.

Mit der ersten Beatmung am Ufer strömt Wasser aus seinem Mund, dann atmet der Metzger wieder! Er wickelt das trockene Jackett um den Kopf des Bewusstlosen, gekonnt zieht er ihn in den Sitz und hebt ihn auf die Schultern! Im Hantieren mit bewegungslosen Körpern hat er Übung. Trotz des enormen Gewichtes läuft er zum Parkplatz, öffnet mit der Fernbedienung die Tür des langen Kofferraums und legt den Metzger behutsam in den offenen Blechsarg.

Dann startet er den Leichenwagen.

28

Warme Luft strömt von beiden Seiten auf seinen Kopf. Ein leichtes Vibrieren, unterlegt von einem beruhigenden Brummen, massiert seinen Rücken. Langsam öffnet er die Augen und sieht über sich kleine leuchtende Lichtpunkte auf schwarzem Samt. Den Himmel hat er sich etwas anders vorgestellt, der Metzger! Durch die verspiegelten Scheiben wirkt die Straßenbeleuchtung wie die Einschlaflampe, die ihn als kleiner Junge an seinem Kinderbettchen durch die Nacht begleiten musste. Gleichmäßig zieht draußen die Welt vorbei, während herinnen Zeit wohl keine Rolle mehr spielt.

Ich fahr zu meinem eigenen Begräbnis, denkt sich der Willibald und hätte wohl zu Lebzeiten nicht angenommen, dass er so bald einen Leichenwagen von innen sehen würde. Der Tod ist kein Radiowecker mit Schlummerfunktion. Wie lange die Musik zu laufen hat, lässt sich im Vorhinein nicht bestimmen, und er kommt nicht zum gewünschten Termin, außer du hilfst selbst ein wenig nach.

Anfangs ist sich der Metzger nicht ganz darüber im Klaren, ob er, wie das von Zurückgekehrten oft erzählt wird, nun selbst dabei zuschauen kann, wie seine Leiche abtransportiert wird. Aber abgesehen davon, dass die Heimkehrer aus dem Jenseits berichten, sie hätten alles, inklusive sich selbst, von oben gesehen, was ja gerade auf den Willibald nicht zutrifft, schwärmen die meisten von einem Zustand der glückseligen Schwerelosigkeit und Erlösung von der Last des Körpers. Tote haben keine leiblichen Empfindungen mehr, grübelt der Metzger! Was in völligem Widerspruch zu seinen stechenden Schmerzen steht. Die Kälte steckt noch tief in seinen Gliedern. Triefend nass sind seine Kleider, bis auf

Teile des zusammengefalteten Jacketts, das in der sehr harten Blechwanne als Kopfpolster dient.

Langsam und sehr glücklich über seine Lebendigkeit setzt er sich auf, dann dreht er sich um. Die Sicht durch die Fensterverbindung zur Fahrerkabine wird durch einen auf der Lenkerseite zugezogenen Vorhang verdeckt, gibt ja auch nicht viele Gründe für den Chauffeur, mit den sonst üblichen Fahrgästen auf der Rückbank Kontakt aufzunehmen.

Das sanfte Klopfen an die Scheibe und die ersten Rufe des Willibald Adrian bleiben unerwidert. Der Wagen rollt gemächlich weiter. Erst als der Metzger heftig schreiend an die Außenfenster zu trommeln beginnt, bleibt der Wagen stehen. Kommt nicht gut, wenn ein Leichenwagen durch die Gegend fährt, und aus dem Transportraum dringen dumpfe, erschütternde Hilferufe.

Wie von Geisterhand springt der Kofferraum auf.

Vorsichtig klettert der Metzger aus dem Blechsarg und steigt auf die Straße. Kaum dass er festen Boden unter seinen Füßen spürt, nimmt der Wagen wieder Fahrt auf, und lässt ihn durchnässt in der Kälte stehen. Er hat es ja auch nicht anders gewollt. Langsam wird dem Willibald bewusst, dass er eben das Transportservice zurück ins Leben verlassen hat. Am Steuer des Leichenwagens sitzt nämlich nicht sein Bestatter, sondern sein Geburtshelfer! Hätte ja keinen Sinn gehabt, mich nur deshalb loswerden zu wollen, um mich im Nachhinein wieder retten zu können, denkt sich der Metzger, also war mein Bademeister jemand anderer. Den Leichenwagen, der gerade in der Nacht verschwindet und mich vorgestern vor der Werkstatt erwartet hat, lenkt also mein Schutzengel. Bei dem Gedanken an einen Engel kommt dem durchfrorenen Willibald natürlich die Danjela Djurkovic in den Sinn. Jetzt ist der Willibald keineswegs ein wehleidiger Kerl, aber wie er da so steht, pflegebedürftig und in hundsmiserablem Zustand, kann er sich gar nicht vorstellen, den Heimweg zu schaffen. Und ein Taxler, der einem durchnässten Fahrgast gestattet, sich auf der Rückbank abtropfen zu lassen, wird nicht so schnell zu finden sein. Da grenzt es für den Metzger dann schon irgendwie an ein Wunder, dass der Leichenwagen, um seine lärmende Fuhre loszuwerden, genau hinter dem Humanistischen Gymnasium stehen geblieben ist. Göttliche Fügung kann man da nur sagen, hat also der himmlische Vater gerade einen irdischen Spaziergang unternommen und dabei das arme Würstel Willibald Adrian Metzger an der Hand geführt. Na, ab und zu wirft er ja doch einen Blick auf seine Schäfchen.

Das Licht aus der Schulwartwohnung verkündet Wärme und Geborgenheit. Und wie die Danjela dann mit ihrem Hündchen Edgar sorgenvoll dem begossenen Pudel gegenübersteht, beschleicht den Willibald seit langem wieder einmal ein Gefühl von „Zuhausesein".

Spät war es schon, im Grunde viel zu spät für einen unangekündigten Besuch, nicht eine Sekunde hat der Metzger aber an diesem Abend das Gefühl gehabt, ein ungebetener Gast zu sein.

„Hast Recht, ist besser heute schon sehen, als bis morgen warten!", hat die Danjela in ihrem blau karierten Baumwollpyjama beim Öffnen der Eingangstür zum Metzger gesagt.

Dann hat sie ihn fürsorglich an der Hand genommen, im Badezimmer geholfen, die nassen Sachen auszuziehen, ihm einen Bademantel übergestreift und ein heißes Bad eingelassen. Und obwohl ihm schon ziemlich warm ums Herz war, vermittelt dem Metzger die heiße Milch mit Honig wieder ein wenig Ahnung von innerer

Wärme. Das Bad hat ihm dann den Rest gegeben. Wieder auf Betriebstemperatur und mit einer Bettschwere, die gereicht hätte, um augenblicklich einen ausgiebigen Winterschlaf anzutreten, kann er sich zur mitternächtlichen Stunde nur noch aufs Sofa neben die in eine dicke Wolldecke eingewickelte, wartende Danjela Djurkovic schleppen. Kann sein, dass sie noch mit ihm plaudern wollte, davon hat der Willibald nichts mehr mitbekommen. Wie ein kleines Kind ist er in ihren weichen Schoß gekippt und erst einige Stunden später wieder aufgewacht. Da sitzt die Danjela noch immer genauso da, mit leicht geneigtem Kopf, einem sanften Lächeln im Gesicht, ihre Finger tief in seine Haare vergraben, und schläft.

Lange bleibt der Metzger ganz einfach regungslos liegen, nur um sie anzuschauen. Das kann er. Etwas lange anschauen. Mit seinem Blick haften bleiben und noch mehr sehen als die Oberfläche.

„Das Wesen der Dinge erkennst du erst bei näherer Betrachtung", hat seine Mutter immer gesagt. Sie hat halt ihren eigenen Mann viel zu selten genauer gemustert.

Je länger aber der Willibald die Danjela so anschaut, umso mehr kann er sein eigenes Wesen erkennen. Sein fester Kern, seine verhärtete innerste Kammer hat gerade begonnen, sich an einer winzigen Stelle vorsichtig zu öffnen, damit etwas von diesem überwältigenden Gefühl bleibend eindringen kann. Irgendwo in unserer Mitte gibt es Zellen hinter den Burgmauern und Schutzdämmen, bis dahin dringt nicht einmal der heftigste Lebenssturm vor. Diese Gefrierkammern speichern die Liebe! Man kann jahrelang kämpfen und wird oft sogar bei den eigenen Partnern nie auch nur in die Nähe einer solchen Zone kommen, und dann reicht oft ein Augenblick, eine kurze Begegnung, und ein Mensch hat sich eingenistet, für den Rest seines Lebens.

So wie gerade die Danjela Djurkovic direkte Nachbarin geworden ist von Mama und Papa Metzger!

Nun wacht sie auf. Ihre Finger beginnen sofort wieder Willibalds Kopf zu kraulen, und obwohl der erste Kuss noch als Produkt der Phantasie wartend in den Startlöchern sitzt, sind sich die beiden näher als so manches Ehepaar.

Ohne gefragt zu werden, und das schätzt der Metzger besonders, beginnt er zu erzählen. Und es ist ihm egal, ob er nun einen Fehler macht oder nicht. Er erzählt alles, vom Flug über den Dobermann bis zum Flug in den Badesee.

Beim Frühstück kann dann der Metzger endlich laut seine Theorien und Gedanken an den Mann, oder besser an die Frau bringen. Was ihm vor allem zusetzt, ist die Tatsache, dass ihm wirklich wer nach dem Leben trachtet, jemand, der weiß, dass er am Samstag bei der Kitzler war, jemand, der weiß, wo er arbeitet, und jemand, der die Auffassung vertritt, der Metzger wisse bereits zu viel!

Und während der Willibald erzählt, bekommt vieles eine Struktur, wird manches klarer. Mit unglaublich intelligenten und vor allem überblickenden Fragen eröffnet die Danjela dem Metzger so manch neuen Blickwinkel. Mehr aber noch als sie wird zur Sichtweise der Dinge in Kürze die unter dem Küchentisch schlummernde Promenadenmischung ihren Beitrag leisten.

Nach dem Frühstück verabschiedet sich die Danjela aus der Wohnung und wechselt augenblicklich zu ihrer Dienststelle. Die beginnt nämlich direkt vor der Wohnungstür. Es ist kurz vor sieben Uhr und die Schule gehört längst aufgesperrt.

Ganz selbstverständlich lässt sie den Metzger allein in der Wohnung zurück und bittet ihn, bevor er nachhause muss, wobei sie betont, dass er ja von ihrer Seite aus gar nicht müsste, noch kurz mit dem Edgar vor die Türe zu gehen. Zum Glück passen dem Metzger die legeren Kleidungsstücke seiner Unterkunftsgeberin, und so macht er sich in Damenunterleibchen, Jogginganzug, seinem Jackett, einer rosa Haube, dicken Socken und Schlapfen Größe 39 auf den Weg.

Welche Urgewalt in einem Hund steckt, der dringend ein Hauferl machen muss, hätte der Metzger nicht gedacht. Und welch armselige, nervenaufreibende Entscheidungsschwäche. Nicht, dass das Hunderl einfach vor die Türe geht und das notwendige Geschäft erledigt! Nein, da wird das einzig wahre Platzerl gesucht, jener verborgene Ort, der es wert ist, beschissen zu werden. Da sind ja bekanntlich Versicherungsvertreter, Gebrauchtwagenhändler und diverse Minister nicht zimperlich.

Die zu kleinen Schlapfen sind schwerer durch den Schnee zu navigieren als angenommen, vor allem in Anbetracht der nicht minderen Zugkraft des gestressten Viecherls, und erst nach etlichen Fehlversuchen und unzähligen Lackerln, die der Hund auch erst dann gemacht hat, nachdem er mehrmals wie irr um die eigene Achse im Kreis gelaufen ist, findet sich das geeignete

Örtchen, und Edgar befreit sich von seiner scheinbar so schweren Last. Ein Miniwürsterl fällt in den Schnee, viel Lärm um nichts, dann will der Metzger mit inzwischen nassen Socken zurück in die Wohnung, der Hund denkt aber gar nicht daran!

Zielstrebig zieht er zur Straße. Jetzt wird der Metzger natürlich neugierig und lässt die Leine ein wenig lockerer. Der Hund nimmt für seine Größe ein respektables Tempo auf und schließlich landet er kläffend wieder vor der Eingangstür, zu der Edgar erst kürzlich, ausgehend von der Fundstelle des Felix Dobermann, hingestürmt ist!

Die gerade volle Kübel durch die Haustür hievende Müllabfuhr hält dem Metzger freundlich die Tür auf, der zögert nicht lange und folgt weiter der professionellen Spürnase.

Im fünften Stock bleibt Edgar stehen. Vor einer Tür ohne Namensschild! Was aber nicht heißt, dass da gar kein Schild an der Tür ist. Direkt unter dem Guckloch steht bedrohlich: „Achtung vor dem bissigen Hund!" Der Metzger spürt, wie ihm das kürzlich erst aufgetaute Blut wieder in den Adern zu gefrieren beginnt. Nicht wegen der Warnung, sondern wegen der bildlichen Ankündigung des gefährlichen Wächters! Neben dem Rufzeichen des Schriftzuges hockt, stark verkleinert, aber detailgenau abgebildet: ein Dobermann!

Also doch ein Namensschild, befürchtet der Metzger.

Neugierig legt er das Ohr an die Tür. Nichts! Er läutet. Wieder nichts! Dann läutet er etwas länger.

Die Tür öffnet sich, hinter ihm! Der Nachbar gegenüber hat das zweimalige Klingeln vernommen und schaut aufmerksam ins Vorhaus. So aufmerksam, dass dem Metzger der Verdacht kommt, die skurrile Person verbringt den Tag damit, startklar hinter der eigenen

Eingangstür zu sitzen, um im Falle eines Besuches auf der Gegenseite sofort die Tür aufreißen zu können. Die Einsamkeit hat seltsame Auswüchse, die Sehnsucht nach sozialem Anschluss so krankhafte, abartige Verhaltensmuster, dass dem Anschlusssuchenden schon allein durch seine Abartigkeit jede Möglichkeit auf Anschluss verbaut wird. Der Pyjama dürfte gleichzeitig sein Trainingsanzug sein, denkt sich der Metzger bei genauerer Betrachtung seines unerwarteten Beobachters! Dann wird dem Metzger klar, dass seinen Kopf eine rosa Wollhaube ziert und seine nassen Socken in zu kleinen Schlapfen stecken, abgesehen von der eigenwilligen Verschmelzung Damenjogginghose mit Jackett! Fazit: Der Metzger ist nicht minder skurril als sein Gegenüber!

Das ist dann auch wahrscheinlich der Grund, warum sich Herr Ludwig Pollak, wie dem Türschild zu entnehmen ist, dazu durchringt, das Schweigen zu brechen:

„Da war schon lang keiner mehr!"

„Apropos lang: Ich versuch den Eigentümer schon lange zu erreichen, aber er ist unauffindbar, hab mir gedacht, ich läut mal an!", sagt der Metzger und es ist nicht einmal gelogen.

„Den Herrn Sedlatschek suchen Sie, den Mario?", fragt der Herr Pollak, und ohne eine Antwort abzuwarten, wie das halt bei einsamen Menschen so üblich ist, beginnt er zu sprechen: „Den kenn ich schon, seit er ein Bub war und dann gegenüber in die Schule gegangen ist! Der ist hier groß geworden, ist sein Elternhaus. Ohne Eltern also jetzt sein Haus oder besser gesagt seine Wohnung. Der war aber jetzt schon länger nicht mehr da. War früher, wie meine Frau noch gelebt hat, gelegentlich bei uns herüben. Ein lieber Junge, schweigsam, aber sehr nett."

„Und wie lange haben Sie ihn schon nicht mehr gesehen?", fragt der Metzger, inzwischen schon am Türstock des Herrn Pollak abgestützt, während Edgar immer noch schwanzwedelnd vor dem Dobermannschild hockt.

„Na, schon einige Tage, könnten auch Wochen sein!", antwortet Herr Pollak, „vorher war er immer nur kurz da, mit etwas zum Essen und Zeitungen. Aber geschlafen hat er nie hier. Ein bisserl komisch ist mir das schon vorgekommen, aber ich hab mir gedacht, er arbeitet vielleicht in der Wohnung. Ist besser, er kommt kurz vorbei als gar nicht. Die Wohnung ist nach dem Tod der Eltern nämlich sehr lange ganz leer gestanden."

Wie komm ich da rein, grübelt der Metzger, vor allem bevor der Sedlatschek hier auftaucht und der liebe Herr Nachbar erzählt, er hätte Besuch gehabt.

„Soll ich ihm was ausrichten, wenn ich ihn seh?", fragt der redselige Herr Pollak.

„Na, Sorgen mach ich mir schon, normalerweise sagt mir der Mario Bescheid, wenn er länger weg ist. Sagen Sie ihm bitte, der Felix Dobermann war hier", antwortet der Metzger und verabschiedet sich. Was für eine Entdeckung! Der Dobermann und der Sedlatschek, was bitte haben die beiden miteinander zu tun?

Nur schwer lässt sich Edgar von der Tür wegzerren. Schließlich nimmt ihn der Willibald auf den Arm und geht gedankenverloren zurück in Danjelas Wohnung. Ich muss in die Wohnung, in die Hütte des Dobermann mit seinem Herrchen, dem Sedlatschek. Und in seinen Gedanken stöbert der Metzger sein Restauratorenwerkzeug durch. Wird doch was dabei sein für so ein altes Türschloss, denkt er sich.

Sein Gewand ist so gut wie trocken.

Ein liebevolles Zetterl legt er der Danjela auf den Küchentisch inklusive der zusammengelegten Teile der ausgeborgten Kleidung, wobei am Ende des Schreibens steht: „PS: Das Unterleibchen geb ich erst zurück, wenn es nicht mehr nach dir riecht!"

So viel Intimität und noch nicht einmal ein Kuss. Keine Sekunde hat er darüber nachgedacht, ob so ein kleiner schriftlicher Hinweis nicht schon zu viel wäre.

Dann macht er sich auf in seine Werkstatt, nicht ohne davor in einem Baumarkt ein Türschloss zu besorgen.

Kann schon sein, dass da beim Werkzeug die geeigneten Utensilien zur Öffnung einer versperrten Wohnungstür vorhanden wären. Nur wer noch nie ein Zylinderschloss ohne Schlüssel geöffnet hat, mehrmals natürlich, weil ohne regelmäßige Übung geht da gar nichts, oder wer es noch nicht ein einziges Mal versucht hat, dem nützt die raffinierteste Ausrüstung überhaupt nichts. Und obwohl heutzutage bereits für jede noch so unnötige Fertigkeit ein Workshop angeboten wird, Blitzkurse für Zylinderschlossöffnung ohne Schlüssel gibt es legal, wenn überhaupt, nur für Aufsperrdienstlehrlinge oder Abgeordnete, die zur Durchstöberung ausgewählter Büros der Gegenfraktion rekrutiert werden. Und da gibt es auch kein Lehrbuch, weil dieses Wissen wird weitergegeben wie der Gregorianische Choral, vom Meister zum Novizen.

Der Tag vergeht im Nu und am Ende hat der Metzger ein wenig an seinem Werkstück gearbeitet und sehr lange den inzwischen ziemlich lädierten Zylinder gemartert. Ohne Erfolg. Ich könnte den Pospischill anrufen, und die Polizei bricht in die Wohnung ein, denkt der Metzger inzwischen ein wenig verzweifelt. Dann finden sie vielleicht wieder niemanden. Schlechte Idee!

Als Angestellter des Aufsperrdienstes muss er sich ausweisen, das geht auch nicht! Es bleibt nur der Einbruch und die Frage ist, wie? Eines steht fest, er muss in diese Wohnung, weil da drinnen war der Dobermann vor seinem letzten Ausflug auf die Hundstrümmerlwiese, da ist sich der Metzger, dank Edgar, der Promenadenmischung, absolut sicher.

Dann öffnet sich, begleitet von einem Klingeln, seine Werkstatttür. Vor ihm steht, zum ersten Mal hergerichtet und hübsch gemacht – zumindest nach den Grundsätzen, die eine Frau unter „hübsch machen" versteht – Danjela Djurkovic! Keineswegs trifft die gängige Unart gewisser weiblicher Wesen, sich das eigene Gesicht so lange zu bemalen und zu bepudern, bis die natürlichen Züge an die roten Waggons der Bundesbahn erinnern, den Geschmack der Männerwelt. Der Metzger war ein Vertreter der Ursprungstheorie. Er schaut am liebsten den ungeschminkten Tatsachen ins Auge. Schönheit folgt, seiner Auffassung nach, in ihrer Tageschronologie den Zeitpunkten, zu denen auch der Tag sein wunderbarstes Gesicht zeigt. Wie Sonnenauf- und -untergang ist eine Frau am schönsten in der Phase zwischen Schlaf und Erwachen und umgekehrt. Da kann sie sich untertags, wenn das Kriegsbeil des alltäglichen Lebenskampfes ausgegraben wird, anmalen wie eine Siouxbraut auf Kriegspfad, sie wird beim Metzger keinen Pfeil des Amor ins Ziel bringen.

Nun steht sie vor ihm, seine Flamme, mit feuerroten Lippen und einem Lidschatten, da muss die Sonne schon sehr tief stehen. Die Menge des Make-ups im Gesicht der Danjela würde einem Straßenmaler für die bildliche Darstellung der Wüste Gobi ausreichen, und die aufgeföhnten Haare erwecken den Anschein, als wüte in derselben ein Jahrhundertsandsturm im Ausmaß einer biblischen Plage. Die Spange zur Fixierung eines kleinen Seitenscheitels, sozusagen als Kontrast zur dahinterliegenden Sintflut, als Ruhepol in stürmischer See, gibt der modischen Komposition schließlich die finale Note.

Nicht unbedingt von der ganz großen Freude über dieses spontane Wiedersehen ergriffen, umarmt der Metzger die „fremde" Frau freundschaftlich. Die großflächige Duftwolke aus Vanille und einer erotischen Süße, da hätte selbst der Papst seine Wallungen, tröstet den Metzger über die Selbstverstümmelung seiner Geliebten hinweg.

„Muss mal sehen, wie du arbeitest!" Mit einem staunenden „Ah" lässt sie ihren Blick durch die Werkstatt wandern und meint:

„So aufgeräumt, so viel Kunstwerke hier ... und so viele Flaschen Wein!"

Nachdem der Metzger ja weit weniger katholisch ist als der Papst, hat natürlich auch bei ihm das Parfüm seine gewünschte Wirkung nicht verfehlt. Ein Knistern liegt in der Luft, eine Kaminfeueratmosphäre ohne Kamin. Der Willibald macht natürlich sofort eine Flasche Rotwein auf, und während das edle Tröpferl, dekantiert in eine schwere Kristallkaraffe, noch die letzten bis zur Verkostung notwendigen Atemzüge zu sich nimmt, wird der Danjela Djurkovic eine fachmännische Führung durch die Welt der Restauration zuteil.

Inzwischen hat sich auch die Vanillenote bis in das hinterste Winkerl des gotischen Gewölbes ausgebreitet, und wie der Metzger dann lustgeschwängert die beiden leeren Gläser mit dem dunkelroten Wein füllt, sticht der Danjela das gegenwärtige Werkstück des Willibald ins Auge!

„Zylinderschloss aus dem 21. Jahrhundert? Sehr antiquarisch!"

„Das dient eher zu Studienzwecken!", sagt der Metzger.

„Willst du gehen einbrechen?" Der Metzger ist fassungslos über diesen Scharfsinn und antwortet:

„Dass du beim Anblick eines Schlosses gleich ans Einbrechen denkst, ist schon ein bisschen bedenklich? Aber bitte, angenommen, ich möchte dieses Schloss öffnen, ohne Schlüssel, versteht sich, was tun?"

Dem verschmitzten Lächeln im kosmetisch getarnten Gesicht der Danjela Djurkovic folgt eine für eine gestylte Frau im Grunde undenkbare Handlung.

Mit einem Ruck zieht sie sich die Haarspange aus ihrem Haar, sehr zum Missfallen des kleinen Seitenscheitels, und in kürzester Zeit ist das Zylinderschloss geöffnet! Der Metzger trinkt einen für ihn ungewöhnlich großen Schluck Rotwein, dann setzt er sich hin und sagt:

„Ich möchte dir ja jetzt nicht nahetreten, aber willst du mir nicht etwas erzählen, liebe Danjela?"

Das mit dem Nahetreten stimmt natürlich nicht, denn der Willibald wäre der Danjela allzu gern mehr als nahegetreten. „Kindheit und Jugend in Heimat war nicht immer so leicht, und Freunde und Verwandte waren nicht immer die richtigen. Freunde hab ich nix mehr, Verwandte wirst du nicht los. In Zukunft, wenn du kannst nicht in eigene Wohnung, ruf mich an!"

Dann wird getrunken! Impotenz beginnt im Kopf, wenn das Großhirn die Blutbahn zum tiefer gelegten zweiten männlichen Kleinhirn nicht freigibt, dann nützen die akrobatischsten weiblichen Verrenkungen, die freizügigste Transparenz diverser Stoffe gar nichts. Trotz Vanillearoma und trotz der erotischen Spannung in der Werkstatt bleibt das einzig Fremde an den Lippen der beiden das Weinglas.

„Was denkst du Schweres?" Einer erfahrenen Frau kann „Mann" nichts vormachen.

„Ich zeig es dir!", beschließt der Metzger.

Eine halbe Stunde später stehen die beiden vor der Haustür gegenüber dem Schulgebäude.

„Wir sind zu einer Party eingeladen, aber da herunten stehen keine Namen an der Sprechanlage!" Es dauert nicht lange, bis schließlich die Tür geöffnet wird, dann übernimmt die Djurkovic. Auf die Vorwarnung, den sehr aufmerksamen Herrn Pollak betreffend, hat die Danjela nur gemeint: „Männer? Kein Problem!"

Es geht so schnell, und vor allem so leise, richtig beängstigend. „Werd mir sofort ein Sicherheitsschloss machen lassen!", flüstert der Metzger.

Dann stehen sie in der Wohnung. Der Willibald will Licht machen, worauf ihm sofort die professionelle Führung auf die Finger klopft.

„Warten, bis Augen sehen in Dunkelheit! Licht erst in Wohnzimmer, sieht man nicht leuchten durch Türspalt im Vorhaus!"

Die erste Tür führt in die Küche, es riecht nach abgestandenen Lebensmitteln und altem Kaffee.

Die zweite Tür sind die zwei Quadratmeter Freiheit, die der Willibald so schätzt, das WC.

Die dritte Tür bringt Licht. Und zwar in die ganze Angelegenheit!

Die Glühbirne leuchtet auf und der Metzger bleibt wie angewurzelt stehen!

30

Er hat die Wohnung seither nicht mehr betreten. Er scheut den Besuch, irgendetwas hält ihn davor zurück, dem Ort des Geschehens noch einmal ins Gesicht blicken zu müssen. Im Grunde ist es auch nicht mehr notwendig zurückzukehren. Seine Aufgaben dort sind erledigt.

Als der Felix noch gelebt hat, ist er gelegentlich mit dem Wagen einfach vorbeigefahren, um von der Straße aus zu sehen, ob im Wohnzimmer Licht brennt. Dann war ihm klar, alles ist in Ordnung. Die ständige Dunkelheit tut nicht gut, da kommst du auf dunkle Gedanken. Und das hätte der Felix in seiner Situation nicht auch noch gebraucht. Finsternis im Hirn ist wie ein Tunnel, der dich immer weiter in die Tiefe führt. So tief, da willst du im Grunde gar nicht hin, in diese kleine innere Hölle deiner Seele, dieses verborgene Gemach, in dem im hintersten Winkel der Teufel schlummert. Den weckt keiner freiwillig auf, und krampfhaft fördern muss man ja den Beschäftigungsdrang dieses Höllenbewohners auch nicht. Leider hätte dem Dobermann schließlich die strahlendste 100-Watt-Glühbirne auch nicht mehr geholfen. Jetzt geht es ihm auf jeden Fall besser, und die Sache mit dem Teufel ist hundertprozentig zu Gunsten des Felix ausgegangen.

Zufrieden lenkt er den Leichenwagen durch die Stadt, die letzten Tage ist ihm das Fahrzeug ein zweites Zuhause geworden, und nachdem er gestern den durchnässten Metzger vor der Schule abgesetzt hatte, war die Fahrerkabine so stark geheizt, dass er in der Garage einfach sitzen geblieben und eingeschlafen ist. Kann für mich nur von Vorteil sein, dieses Wohlgefühl im Angesicht des

Todes. Mit dieser Zufriedenheit im Bauch lenkt er den Wagen um die Kurve, rechter Hand das Humanistische Gymnasium, linker Hand die Wohnung, dann bremst er. So stark, da hätte sich jede Leiche im Laderaum kurzfristig aufgesetzt.

Da ist Licht, es brennt Licht im Wohnzimmer! Das ist unmöglich! Seine Zufriedenheit im Bauch fühlt sich schlagartig an wie ein Schlag in die Magengrube, und zum ersten Mal, seit er sich mit dieser Angelegenheit befasst, hat er Angst! Zum ersten Mal ist etwas passiert, das diese Mission gefährden könnte. Das war nicht vorgesehen, die Wohnung sollte unentdeckt bleiben. Die Dinge haben eine Eigendynamik bekommen. Wer ist da drinnen, wer hat Zugang? Offiziell niemand! Blitzartig parkt er den Leichenwagen ein, bleibt hinterm Lenker sitzen, handlungsunfähig und panisch. Was ist nun zu tun? Dann sieht er plötzlich den Metzger am Fenster stehen!

31

Sie stehen im Wohnzimmer, obwohl das hier im Grunde aussieht wie eine eigene Wohnung im Wohnzimmer. Es riecht wie in einer dieser ekelhaften Toiletten an diversen Autobahnparkplätzen. Überall Kleider, ein Bett, in der Mitte des Raumes ein großer Tisch, voll geräumt mit Essensbehältern aus Styropor inklusive Speiseresten, ein Schreibtisch mit einer Unmenge an Zetteln, ein entsetzlicher dunkelbrauner Einbaukasten, eine Leibschüssel, nicht entleert, ein einziger Sessel und ein Rollstuhl.

Der steht am Fenster. Willibald geht zum Fenster und sieht vor sich das Gymnasium – bestens einsehbar! Am Fensterbrett steht ein Fernglas, und auf die Armlehne des Rollstuhls montiert eine Schreibunterlage.

Die Kopfstütze des Rollstuhls ist versehen mit einer Öffnung. Einem Loch, umgeben von getrocknetem Blut und nicht definierbaren anderen Teilen! Diese dunkle Färbung zieht sich den ganzen Sessel hinunter und mündet schließlich in eine eingetrocknete Blutlacke.

Im Grunde würde diese Lacke den Metzger keineswegs dazu anregen, seinen von Übelkeit gepeinigten Leib darin zu wälzen, wäre da nicht dieses Foto! Dieser fixierte Stillstand der Zeit, der inmitten des kleinen Blutsees wie ein auf Grund gelaufenes Schiff einen unsagbaren Schatz in sich birgt.

Begierig streckt sich der höchst unsportliche Willibald, abgestützt an der Armlehne des Rollstuhls, akrobatisch Richtung Bild. Während ein gewöhnlicher Sessel diese unübliche Belastung wahrscheinlich knarrend kommentiert hätte, macht der Rollstuhl seinem Namen alle Ehre. Fluchend klatscht der Metzger am rötlichen braunen Bodenbelag auf Weit entfernt von jeglicher Eleganz, dafür nahe genug am Zielobjekt. Vorsichtig löst er das Foto vom klebrigen Untergrund, bleibt dann einfach in der Lacke sitzen und betrachtet das Bild. Links Konrad Zwirnhofer, rechts Bernadette Deutner und in der Mitte ein zuckersüßes Mäderl! Wie kleine Springbrunnen plätschern oberhalb der Ohren zwei freche Zöpfchen aus der blonden Frisur, unterhalb der Stirnfransen grinsen zwei blaue Kulleraugen staunend in die Linse und aus dem lachenden Mund strahlt so unbeschwert eine riesige Zahnlücke, als wäre diese kleine Leerstelle die größte Kostbarkeit!

Der Metzger vergisst auf die Beschaffenheit seines Sitzplatzes und beginnt zu grübeln!

Die Kitzler hat ihm von ihrer Tochter mit dem Ferdinand Deutner erzählt, die auf keinem Gemälde und keinem Foto im Hause Eder aufscheint. Ist das Kind, die Papagei-Laura, also nun wirklich bei der Oma und dem Opa Zwirnhofer aufgewachsen? Dem Metzger sein Verdacht wird immer mehr zur Gewissheit! Laura ist in den Familiengärten Hofmannsthal aufgewachsen, bleibt nur zu klären, wie und aus welchem Grund dieses Foto in die Wohnung vom Sedlatschek und die Hand vom Dobermann gekommen ist und wer die einsame Besucherin im Spital war!

Inzwischen steht die Danjela hinter ihm in der Lacke, die Hände auf seinen Schultern. Langsam hebt der Metzger den Kopf und sagt: „Er hat mich beobachtet, die ganze Zeit beobachtet! Er hat gewusst, wann und wie oft ich vorbeikomme, mein Leben ist verlaufen wie der Lauf der Gezeiten, so regelmäßig und kalkulierbar. Was wollte der Dobermann von mir? Ich kann das nie herausfinden, der Felix ist tot!"

„Vielleicht machst du ja jetzt schon, was er wollte!", stellt die Danjela mit hochgezogenen Augenbrauen fest.

Wie soll das gehen, denkt sich der Metzger und will plötzlich nur mehr raus aus der Wohnung,

„Wir sollten gehen!", sagt er ziemlich kleinlaut.

„Ja, du hast Recht! Und, Willibald, du musst informieren Polizei, jetzt muss der Pospischill glauben! Ist viel zu gefährlich für dich alleine! Ich kann helfen, aber nicht aufpassen auf dich. Und wenn dir was passiert, dann werd ich sehr, sehr wütend, auf dich, und auf Himmel!"

Seit seine Mutter auf die andere Seite gegangen ist, dorthin wo das Sehen keine Rolle mehr spielt und uns trotzdem die Wanderer näher sind als jemals zuvor, hat dem Willibald nie wieder jemand das Gefühl vermittelt, unentbehrlich zu sein. „Was ist das für ein Leben, wenn du dir vorstellst, du bist nicht mehr da, und es spielt keine Rolle! Wenn du für die Augen der anderen nicht existierst, obwohl du existierst, dann bist du tot, obwohl du lebst!", hat seine Mutter gesagt, nach der Scheidung. Und der Willibald hat sie geschimpft über so eine negative Lebenshaltung! „Wenn du was verstehen willst, dann musst du es erleben!", hat seine Mutter daraufhin immer geantwortet. Dann ist sie gestorben. Und der Willibald hat sie nicht mehr geschimpft, er hat sie verstanden. Hätte er sich sehr gerne erspart, diese Lebensschulung, du sitzt in der Schulbank des Daseins und kannst keine Stunde schwänzen. Ist im Grunde ziemlich ernüchternd, weil Schule niemals aufhört. So allein war der Metzger plötzlich nach dem Tod der Mutter, er ist sich vorgekommen wie der Reservereifen unter dem Kofferraum. Unbeachtet und unnötig! Zumindest so lange, bis einem von den anderen vier privilegierten Reifen die Luft ausgeht! Meistens fahren die ohnehin so lange, bis sie schließlich ohne Profil durch die Straßen rollen. Einsame Menschen sind die Variablen der Gesellschaft! Sie sind die dankbar Anwesenden, wenn sie gebraucht werden, weil sie im Grunde, neben dem Tod, auf nichts anderes warten als auf genau dieses Gebrauchtwerden. Schlimm wird es nur, wenn das Auto des Lebens am Schrottplatz landet. Dann spielst du selbst als Reservereifen keine Rolle mehr.

Und wie da die Danjela ihre bei Metzgerverlust drohende Himmelswut ankündigt, fühlt sich der Metzger wie ein Reservereifen, an dem langsam und suchend ein Motorroller vorbeifährt, mit nur einem intakten Rad, erleichtert vor dem Reifen am Straßenrand Halt macht, die Dimension prüft und dankbar feststellt, dass alles passt:

Ganzjahresreifen, 176/98 (Größe/Gewicht), sehr gepflegt, verlässliches griffiges Profil, gute Bodenhaftung bei Schnee und Regen, etwas unsicher auf glatter Fahrbahn, für hohe Geschwindigkeiten nicht geeignet, dafür absolut ideal für das gemütliche Reisen!

Willibald Adrian Metzger ist glücklich, weit weg ist der Mordversuch, weit weg ist das Blutbad, weit weg ist seine Angst. So schnell fällt einem das Glück in die Arme, wenn die Vorhofkammer Tag der offenen Tür hat.

Willibald Adrian Metzger geht es gut. Und er würde es auch sagen, in diesem Moment. Er würde auf die Frage: „Wie geht es dir?" nicht die allgemein gängige Antwort geben: „Es geht!", diese hohle Floskel aller Zufriedenheitsverweigerer, sondern er würde sagen: „Gut, es geht mir wirklich gut!" Leicht heben sich seine Schultern um ein paar Zentimeter seelisches Wohlbehagen. Obwohl, er hätte schon eher Anlass für ein ausführliches Tief, nur wenn die Liebe einen Sonnenstrahl loswird, dann ist es unwesentlich, wann, wo und unter welchen Umständen – du bist glücklich!

„Bist eine stattliche Mann eigentlich!", lispelt ihm die Danjela zu, hängt sich beim Metzger ein, und am liebsten würde dieser die Nacht abermals nicht in seiner Wohnung verbringen. Wenn das nur so leicht wäre. Vor dem Eingang zur Schulwartwohnung stehen sich Danjela Djurkovic und Willibald Adrian Metzger, an der Schwelle zum Glück, gegenüber. Er wartet auf die befreiende Frage: „Willst du noch mit reinkommen?", und sie auf den erlösenden ersten Kuss. Und da, wo nur ein Wimpernschlag den Orkan der Leidenschaft auszulösen imstande wäre, herrscht Windstille. Die Erstarrung der Liebenden! Ein Phänomen fern jeglicher Logik. Darüber kann sich der Willibald diese Nacht, in seinem eigenen Bett, den Kopf zerbrechen. Jedenfalls beschließt er, in seiner Werkstatt zu schlafen, wahrscheinlich in der Hoffnung, dass in den Ecken des gotischen Kellergewölbes immer noch eine Nuance Vanille auf seine sehnsuchtsvollen Atemzüge wartet.

Am nächsten Morgen greift er in der Werkstatt sofort zum Hörer zwecks Verbindungsaufnahme zur Polizei.

Ein gesprächiger Kommissar Pospischill scheint vorerst recht erfreut über diesen Anruf:

„Ja, der Metzger, ich begrüße dich, wie geht's, hast du das Klassentreffen gut überstanden? War ja ein gelungener Auftritt! Stell dir vor, der Lackner war am nächsten Tag bei mir im Kommissariat. Nur zum Plaudern."

„Das können wir zwei jetzt nicht: plaudern! Obwohl mich der Besuch vom Lackner schon wundert, nachdem er so sang- und klanglos vom Novak verschwunden ist.

Eduard, ich hätte da eine Adresse für dich. Ich glaube, ein Besuch zahlt sich aus. Bitte fahr sofort hin und ruf mich an, wenn du dort bist. Du musst aber die Tür ohne Schlüssel öffnen!"

„Was ist los? Einbrechen ist bekanntlich eher ein Hobby der Gegenseite, das kann ich nicht machen!"

„Bitte vertrau mir, ich brauch dich! Ich kann dir jetzt nicht mehr sagen, außer, dass ich nicht betrunken bin!"

Dann gibt er ihm die Adresse der blutverschmierten Wohnung durch, legt auf und macht sich auf den Weg.

32

Die Schulpfarre ist in einem der Außenbezirke, die im Grunde mehr dörflichen als städtischen Charakter ausstrahlen und je nach der dort beheimateten Bevölkerungsschicht entsprechend sozial gefärbt sind. Die Bezirksgrenzen einer Stadt sind abgeriegelt mit unsichtbaren Stacheldrähten. Und es macht einen gewaltigen Unterschied für das innerstädtische Ansehen, in welchem Bezirk man zuhause beziehungsweise aufgewachsen ist.

Die Kirche „Zum heiligen Vitus" liegt am Fuß eines kleinen Hügels. Hinter dem heiligen Gemäuer erstreckt sich eine endlose Wiese bis hinaus zum Waldrand, richtig idyllisch. Willibald Adrian nutzt die Einsamkeit und vertritt sich ein wenig die Füße – er muss kurz dem Geist etwas Klarheit verschaffen! Unter ihm knirscht der Schnee und beim Bergaufgehen spürt der Metzger ein starkes Ziehen im Oberschenkel, abgesehen von der sofort eintretenden Kurzatmigkeit. Einmal mehr wird dem Willibald bewusst, wie wenig Bewegung er eigentlich macht, und etwas wehmütig beobachtet er eine junge Mutter, die ihr dick eingepacktes Kind auf einer alten Holzrodel die Wiese hinaufzieht. Ein älterer Herr versucht seinen Schäferhund an der Leine zu halten, während dieser, seinem unterdrückten Jagdtrieb folgend und beinah am straff gespannten Halsband erstickend, keuchend in Richtung Saatkrähen zieht. Übrigens eine in Mitteleuropa beheimatete Vogelart, die durch die großen Einfälle osteuropäischer Vögel den Eindruck eines großen Bestandes vermittelt.

Kann aber auch durchaus sein, dass der Schäferhund samt Herrchen den unverbesserlich ewiggestrigen Rechten angehört, die sich momentan in Mitteleuropa epidemieartig ausbreiten und dabei übersehen, dass ihre eigene Ausbreitung viel lebensbedrohlicher ist als die von ihnen verurteilte Einwanderung sogenannter Ausländer. Vielleicht jagt der Schäfer nur die osteuropäischen Saatkrähen! Sie schauen halt genauso aus wie die einheimischen – ein schwieriges Unterfangen. Kein Wunder wenn sich da die heimischen Vögel auch nicht mehr so wohl fühlen!

Nur kurz dauert der Spaziergang, dann betritt der Metzger die Kirche „Zum heiligen Vitus". Vitus oder auch Veit, der Lebenskräftige, wie Willibald den unzähligen Bildchen und Büchern im Eingangsbereich der Kirche entnehmen kann. Ein Schutzpatron, der schwer beschäftigt sein muss, bei der endlosen Reihe seiner Aufgaben: St. Veit ist unter anderem der Schutzpatron der Jugendlichen und Epileptiker, der Gastwirte, Apotheker, Winzer, Schauspieler, Bierbrauer, Bergleute und Kupferschmiede, der Stummen und Tauben, der Haustiere, für gute Saat und gute Ernte, gegen Krämpfe, bettnässende Kinder, Augen- und Ohrenleiden und Feuersgefahr.

Er wurde bei Epilepsie, Veitstanz, Hysterie, Besessenheit, Tanz- und Tollwut, Schlangenbiss, Aufregung, Blitz und Unwetter angerufen, und, jetzt ist der Metzger gänzlich amüsiert, bei Unfruchtbarkeit und für Bewahrung der Keuschheit, was für ein Widerspruch.

Wie wär's mit unkeusch sein, denkt sich der Metzger, dann löst sich das mit der Unfruchtbarkeit vielleicht ganz von selbst! Dann betritt er das Kirchenschiff. Und wie immer wird ihm da gleich ein wenig wackelig auf den Beinen, er nennt das katholische Seenot. Würde diese Kirche die in Gold gehaltene Innenausstattung spenden, dann gäbe es vielleicht nicht unbedingt weniger bettnässende Kinder, dafür aber zusätzlich bettnässende Erwachsene, denn die von der Spende Betroffenen würden sich vor lauter Freude in die Hosen machen. Die Taubheit, Besessenheit, Feuersgefahr und Hysterie der Kirche ist so groß, die brauchen die Kräfte der Schutzpatrone ohnedies für sich alleine, obwohl so ein kleiner Blitzschlag könnte vielleicht doch ein wenig Licht spenden.

So wie das rote Lämpchen, das da über dem Beichtstuhl leuchtet. Die Farbe Rot, vielfach vergeben und das auf so zwiespältige Art und Weise! Im Straßenverkehr hält sie uns auf, in anderen verkehrsorientierten Gewerben lädt sie uns ein, auf Gräbern flackert sie als ewiges Licht und als Kopf einer Rose erzählt sie mit Dornen gespickt von der Liebe. Hier, in Gegenwart der roten Plastiklampe, die den begehbaren Holzschrank der Buße schmückt, regen sich im Metzger längst verdrängte Erinnerungen: Acht Jahre alt, mit einem zerknitterten Zettelchen in seinen schweißnassen Händen steht er vorm Beichtstuhl, eingereiht in die scheinbar endlose Reihe der blassen Erstkommunikanten. Damals konnte der Willibald nicht behaupten, dass die kleinen Buberln und Mäderln, die dann nach Verrichtung der ersten Beichte an ihm vorbeigekommen sind, irgendwie glücklicher, erleichtert oder befreiter gewirkt hätten. Was sich nicht unbedingt beruhigend auf einen Wartenden auswirkt! Und dann ist das Lämpchen auf Grün umgesprungen, und er war an der Reihe. Sein Zettelchen hat sich als sinnvolle Stütze erwiesen, denn beinahe hätte er da drinnen, erdrückt von der Enge und der sargähnlichen Atmosphäre, frei von der Seele weg seine richtigen „Sünden" in das dunkle Gitterfenster gegenüber hineingeflüstert. Der Zettel hat ihn davor bewahrt, brav hat er vorgelesen, dass er frech zu seinem Papa und seiner Mama war, dass er seine Mitschüler schon einmal beschimpft hat und dass er am Sonntag nicht immer so gern in die Messe geht. Bis zu seiner letzten Beichte hat er ihn verwendet, da war er immerhin schon 17 Jahre alt, und das Einzige, was den Metzger nach Verrichtung der Beichte glücklicher, erleichterter oder befreiter gemacht hat, war allein die Tatsache, dass das mit dem Zettelchen immer funktionierte.

Während der Metzger so seinen Gedanken nachhängt, springt das Lämpchen tatsächlich auf Grün. Knarrend öffnet sich die Tür, der Metzger tritt ein paar Schritte zurück, und irgendwie regt sich sofort das katholisch anerzogene schlechte Gewissen, doch wieder einmal beichten gehen zu müssen. Aus der dunklen Kammer streckt sich ein schlankes Frauenbein in braunen Wollstrümpfen. Elegant folgt der Rest der wohlgeratenen weiblichen Formen, und dann steht sie vor ihm in all ihrer Pracht, die Birgit Kitzler! Wie das eben noch rote Lamperl leuchtet nun ihr Gesicht. Kein Wort bringt sie über die Lippen! Hätte sie gewusst, dass der Metzger ohnedies nichts von dem gehört hat, was sie da drinnen so reuig zu erzählen hatte, wäre ihr die kleine Atemnot wahrscheinlich erspart geblieben.

Jetzt darf man natürlich nicht vergessen, dass da zwischen dem Metzger und der Kitzler noch eine Rechnung offen ist. Denn immerhin war ihre schriftliche Einladung zu einem freiwilligen Ausflug an den See für den Willibald zugleich verbunden mit einem unfreiwilligen Abflug in den See. Kein Wunder also, dass der Metzger in Anbetracht der erröteten Losgesprochenen große Lust bekommt, der Kitzler die naive Täuschung des eben erhaltenen katholischen Freispruches nur für die Dauer eines kurzen Luftschnappens zu überlassen, um sie danach sofort wieder mit der Realität, nämlich ihrer Schuld, zu konfrontieren und sie danach augenblicklich wieder in den Beichtstuhl zurückzuschicken. Obwohl: Gegen die Schuld hilft auch die tägliche Beichte nicht!

„Na, wer kommt denn da aus dem Rückzugsort all jener, die nicht die Courage haben, für ihre Sünden bei den Betroffenen selbst um Vergebung zu bitten? Glauben Sie, da drinnen wird alles wieder gut?", kommt es dem Metzger unerwartet direkt über die Lippen, aber wer kann ihm seine Wut schon verübeln.

Eine ältere Dame geht an ihm vorbei, entledigt sich eines grimmigen Blickes und besetzt zielstrebig den leer gewordenen Beichtstuhl.

Die Kitzler entleert erbost ihre wieder mit Luft gefüllten Lungen: „Was erlauben Sie sich!"

Darauf der Metzger:

„Das sagen Sie? Ist es für Sie üblich, Menschen durch Briefe ins Jenseits zu schicken?"

Ein Blick voll Ahnungslosigkeit und Verwirrung starrt dem Metzger entgegen. Irgendwie regt sich in ihm der Verdacht, dass an der Kitzler entweder eine begnadete Schauspielerin verloren gegangen ist oder sie keinen Schimmer hat.

„Wissen Sie, wie Ihre Einladung zu dem Treffen draußen am See für mich ausgegangen ist?"

„Welche Einladung zum See?", stammelt die Kitzler.

„Sie haben mir einen Brief an der Werkstatttür hinterlassen, mit der Botschaft, dass Sie mir noch etwas Wichtiges zu erzählen hätten, und das draußen am See!"

„Nein, das hab ich nicht!"

„Sie haben mir keinen Brief geschrieben?"

„Nein!"

„Sie haben mich nicht in den See gestoßen oder befördern lassen?"

„Nein, um Gottes willen! Warum sollte ich Sie umbringen wollen?"

„Sie haben mir auch nichts, wie in diesem Brief verkündet, Wichtiges zu erzählen?"

„Jetzt hören Sie doch auf, Metzger! Ich hab Ihnen doch bei Ihrem Besuch schon mehr erzählt, als mir lieb war! Glauben Sie, das war leicht für mich, mit einem Fremden über Dinge zu reden, die nicht einmal mein Mann weiß? Ich weiß nicht, was ich Ihnen noch Wichtiges zu erzählen hätte!"

„Das wissen Sie nicht?"

Im Inneren der Restauratorenseele brodelt es.

„Sie wissen nicht, wer den Ferdinand Deutner, den Vater Ihres abgeschobenen Kindes, ermordet hat? Wer Ihre Tochter Laura, die am Ederfamiliengemälde in Ihrem Wohnzimmer nicht drauf ist und bei der Oma und beim Zwirnhoferopa aufwachsen musste, zur Halbwaisen gemacht hat? Der Dobermann war es nämlich nicht, da bin ich mir sicher."

Und während er mit den Fragen auf die Kitzler eindrischt, merkt der Willibald gar nicht, wie seine sonst so ruhige, bedächtige Stimme immer lauter wird:

„Sie wissen nicht, wer dafür verantwortlich ist, dass der Dobermann ein Leben lang unschuldig im Gefängnis war? Sie wissen es nicht?" Der Metzger ist kurz davor, die Fassung zu verlieren, er richtet sich auf, holt tief Luft und brüllt:

„Sie wissen nicht, wer den Dobermann ermordet, ihn vor meinen Füßen abgelegt und Spuren ausgelegt hat? Spuren, die auch zu Ihnen führen! Sie wissen es nicht?"

Nach einer kurzen Pause setzt der Metzger mit erhabener Stimme fort:

„Ihr alle habt ihn ermordet!"

Laut verharrt die Stimme im breiten Schiff der Kirche und vor allem lange. Sie füllt die eingetretene Stille mit einem bedrohenden Hall und drückt von oben auf die Schultern und vor allem das Gemüt, erfüllt selbst die verwegenste Seele mit Ehrfurcht.

Langsam neigt die Kitzler den Kopf zur Seite und fragt zögernd: „Der Felix ist – tot?"

In diesem Augenblick öffnet sich die Tür des Beichtstuhls, nicht die der Sünder, sondern die andere, und heraus tritt, in Schwarz gekleidet, Pater Meixner!

Bleich!

Aus dem Inneren der dunklen Kammer dringt dumpf die verzweifelte Stimmer der älteren Dame: „Aber Herr Pfarrer, die Lossprechung, Sie haben mich noch nicht losgesprochen!" Ohne darauf zu reagieren, geht der Karl auf den Willibald zu und bleibt vor ihm stehen.

Lange schweigen sie sich an.

Dann meint der Priester: „Lass uns reden!" Er öffnet die Tür des Beichtstuhls, zieht unsanft die alte Dame heraus, gibt ihr die schnellste Absolution der Kirchengeschichte und deutet dem Metzger, den Beichtstuhl zu betreten.

Dieser steigt etwas zögernd in den stickigen Raum, kniet nieder auf mit Samt überzogenem Schaumstoff, dann öffnet sich ratternd eine kleine Luke und durch ein feinmaschiges Holzgitter, das nicht dazu gedacht ist, irgendjemandem in die Augen schauen zu können – denn der sündige Katholik soll ja gefälligst kniend in gebeugter Haltung über seine Fehler, Schwächen und Vergehen erzählen –, sieht der Meixner den Willibald erwartungsvoll an und fragt gedämpft:

„Was weißt du?"

„Kann sich ein Priester eigentlich selber lossprechen von seinen Sünden? Im Grunde sehr bequem!", fragt der Metzger.

„Nein, das kann er nicht! Keiner kann dich lossprechen von deinen Sünden, nicht einmal wenn dir der Geschädigte verzeiht. Es bleibt immer noch eine Rechnung offen zwischen dir und deinem Inneren! Übrigens, die zwei größten Widersacher im Laufe unseres Lebens: das Ich und das Ich. Und erst wenn wir Gott einbinden, können wir eventuell ein wenig Frieden mit uns selbst schließen. So wie jetzt der Felix. Er ist also tot?"

Kurz erzählt der Metzger von seinem Dobermannfund und meint:

„Ich bin hierher gekommen, weil ich mir nicht sicher bin, ob du eine Rolle in der Angelegenheit spielst, Karl. Weil der Dobermann hat genauso wenig den Deutner ermordet wie die Römer Jesus Christus! Da waren auch die eigenen Leute die Mörder und die Römer nur das ausführende Organ!"

„Und welche Rolle soll ich da gespielt haben?"

„Ein wenig was vom Judas, weil wie der Deutner damals den Zwirnhofer geholt hat, um den Dobermann zu verraten, hast du sofort rückgratlos dem Dobermann den Rücken zugekehrt, hast den Eder zu der Versammlung dazugeholt, ohne eigentlich zu wissen, dass der Deutner nur eifersüchtig war und deshalb die ganze Aktion gestartet hat! Ich hoffe, die Kitzler hat dir inzwischen gebeichtet, dass sie vor dem Deutner mit dem Dobermann zusammen war.

Oder vielleicht ein bisschen was vom Petrus, denn du hast auch verleugnet, was du damals gesehen hast! Der Dobermann ist von dir, vom Zwirnhofer und vom Eder im Biokammerl erwischt worden, oder? Und dann ist der Zwirnhofer mit der Kitzler ins Nebenzimmer verschwunden. Und wie die beiden wieder herausgekommen sind, ist der Dobermann nach der Urteilsverkündigung mit dem Zeigestab und in Socken aus der Schule gelaufen – in SOCKEN! Und seine Schuhe? Die dann Indizien für den Deutnermord wurden – hast du sie ihm nachgeschickt?

Und ganz viel von der grölenden Menge, die ‚Kreuzigt ihn!‘ gerufen hat! Man kann aber auch eine Hinrichtung durch Schweigen bewirken, das ist im Grunde dasselbe: Weil wie sie den Dobermann angeschwärzt haben, warst du ruhig; wie sie ihn verurteilt haben, warst du bei den Verhandlungen, und wieder ruhig; und wie sie ihn entlassen haben, hast du ihn dann abgeholt – weil da war es leicht, Zivilcourage zu zeigen!"

„Du hast Recht!", antwortet der Pater, „mit allem, was du sagst, und ich bin bis heute nicht im Reinen mit mir! Auch deshalb, weil ich die Wahrheit nicht kenne. Ich habe auf jeden Fall, und das kannst du mir hier an diesem gesegneten Ort des heiligen Sakraments der Beichte glauben, nichts zu tun mit dem Verschwinden der Schuhe und mit der Verurteilung des Felix Dobermann.

Ich geb zu, ich war damals einfach verliebt in die Birgit, so wie alle andern auch, das erklärt mein Verhalten! Natürlich hab ich bemerkt, dass die ganze Angelegenheit rund um den Felix, Herr, bitte gestatte mir den Ausdruck, zum Himmel stinkt, hab mich auch immer redlich bemüht, mehr herauszufinden. Ich war bei den meisten Verhandlungen, bei Felix im Gefängnis, im Spital, und obwohl er mir seine Unschuld immer zugesichert hat, er konnte sie nicht beweisen! Die Schuhe wären am Tag nach dem Deutnermord an seiner Tür gehangen, hat zumindest der Felix behauptet.

Wenn ein Mensch über 20 Jahre im Gefängnis sitzt, dann bewegt sich etwas in jedem Mörder, dann kommt irgendwann der Moment, an dem der Herrgott auf dem Gewissen ins Herz hineinreitet, so wie sein Sohn auf einem Esel am Palmsonntag. Die meisten Mörder leiden unter ihrer Tat, werden einsichtig und geständig, der Felix aber, der hat seine Tat bis zu unserer letzten Begegnung abgestritten. Das gibt schon zu denken.

Als ich ihn später, nach der Entlassung, bei mir aufgenommen habe, war er aber schon gebrochen, ohne Feuer und Lebenswillen, er hat nur noch darauf gewartet, dass ihn der Mario Sedlatschek endlich wieder zu sich holt!"

„Was heißt, wieder zu sich holt?"

„Weißt du, Willibald, ich bin zwar sehr konservativ, aber verirrte Schäfchen finden bei mir immer eine offene Tür. Gott gibt uns stets die Gelegenheit zur Umkehr. Der Mario, der Felix und ich, wir waren seit dem Mord am Ferdinand Deutner immer in Kontakt. Meine Beziehung zu den beiden kann man durchaus als freundschaftlich bezeichnen, die Beziehung der beiden muss man jedoch als Verhältnis bezeichnen. Der Felix hat nach seinen schlechten Erfahrungen mit dem weiblichen Geschlecht, und ich, als der Beichtvater von der Birgit, weiß natürlich von der damaligen Verkettung, sein Bedürfnis nach Liebe auch im körperlichen Sinn mit dem Mario Sedlatschek ausgelebt. Gott verzeihe ihnen diese Neigung! Ich muss aber eingestehen, so lange wie die zwei schon ein Paar sind, so lange hält heutzutage kaum eine Ehe. Sie sind im Grunde von der Einstellung zueinander und der bedingungslosen Innigkeit ein Musterbeispiel für das, was wir unter Liebe verstehen – abgesehen von der frevelhaften sexuellen Komponente!"

Jetzt ist der Metzger wirklich verwundert. Der Dobermann und schwul! Für den Willibald, der durch seinen Beruf doch des Öfteren an der Kunst- und Kulturszene anstreift, war der Kontakt zu homosexuellen Menschen immer durch eine ganz besondere Wärme gekennzeichnet! Vielleicht, so seine Theorie, begründet sich das gebräuchliche Schimpfwort „Warmer" wieder einmal nur am blanken Neid, denn Menschen mit dieser Neigung sind einfach um vieles einfühlsamer, rücksichtsvoller gegenüber Andersgesinnten, und vor allem warmherziger! Das hat irgendwie auch der Karl erkannt, trotzdem ärgert sich der Metzger gehörig über Meixners Aussage: „Gott verzeihe ihnen diese Neigung!"

Was Gott verzeihen will, sollte man ihm gefälligst selbst überlassen! Abgesehen davon, dass die Vergebung der Kirche mit einer göttlichen Absolution so viel gemeinsam hat wie ein Kirchenaustritt und Gottlosigkeit. Nichts gehört niemandem, also gehört alles allen. So hoch kann ein Zaun gar nicht sein, dass ein Vogerl dahinter nicht ein Häufchen fallen lassen könnte. Ein Vogerl bleiben, zumindest im Geist, das ist die Devise von Willibald Adrian Metzger.

Der Dobermann war also schwul, ein roher Mensch, ein brutaler Schlächter, rücksichtslos und absolut ohne eine Regung gegenüber Willibalds Verzweiflung, der Metzger war erschüttert. Auf jeden Fall war klar, der Sedlatschek musste den weiblichen Part in diesem seltsamen Rollenspiel übernommen haben! Als könnte er Gedanken lesen, sagt der Meixner:

„Der Felix war ganz anders, als du annimmst. Logisch, dass dein Bild von ihm ein denkbar schlechtes ist oder war, aber irgendetwas hast du für ihn dargestellt. Irgendetwas Bedrohliches, du warst die Verkörperung seiner größten Defizite: Beständigkeit, Intelligenz, Unabhängigkeit und Selbstsicherheit."

„Wie bitte?", der Metzger traut seinen Ohren nicht.

„Hast du dir noch nie überlegt, dass dich der Dobermann nur deshalb so fertiggemacht haben könnte, weil das der einzige Weg war, dir gegenüber eine Form der primitiven Überlegenheit auszuspielen? Er hat dich bewundert!"

„Wenn der Dobermann seine Bewunderung auf diese Art zum Ausdruck bringt, muss ja die Beziehung zum Sedlatschek das reinste Sadomaso-Gemetzel gewesen sein. Die Menschen ertragen unter dem Deckmantel der Liebe erstaunlich viel Schmerz."

„Das stimmt, Willibald, aber der Felix war ein sehr zart besaiteter Mensch, unglaublich sensibel, hat immer guten Zuspruch gebraucht."

„So wie Birgit Kitzler? Welchen guten Zuspruch holt sich denn die bei dir? Offensichtlich ist dein konservativer Beichtstuhl Anlaufstelle für alle besonders schweren Fälle!"

„Du weißt ja, wie vorhin unschwer zu hören war, dass sie eine Tochter hat. Und dank deiner Beobachtungsgabe hast du auch bemerkt, dass das Kind nicht im Hause Eder aufgewachsen ist. Glaubst du, weil es an Mutterliebe mangelt? Mehr will ich dir nicht erzählen, das ist Beichtgeheimnis, aber ich denke, diese Frage reicht deinem Scharfsinn.

Auf jeden Fall kommt die Birgit immer hierher, nicht um mit mir zu sein, sondern um mit Laura zu sein. Ich bin das Verbindungsglied! In einer Welt voll ständiger Kommunikation auf den verschiedensten Ebenen ist die Kirche die freie Frequenz zwischen den Wortlosen! Manchmal treffen sie sich hier, manchmal erzählt mir die eine etwas und ich erzähl es der anderen weiter, manchmal kommen sie aber auch nur, um sich bei mir auszusprechen. Hier in meiner Kirche begegnen sich durch diesen Beichtstuhl Mutter und Tochter, ist das nicht traurig. Und ich kann nichts ändern, weil dieses Schicksal auch eine freie Entscheidung ist, vor allem auf Mutterseite. Ich glaube zwar an die Allmacht Gottes, sich aber immer nur aufs Schicksal auszureden ist zu wenig, Gott hat uns Hände gegeben, damit wir die Dinge auch selbst in die Hand nehmen können, zumindest dort, wo es uns möglich ist. Und die Birgit will das so, kann aus ihrer Haut nicht heraus, sitzt mit ihrem Mann in einer riesigen Villa und kommt heimlich hierher, um ein zweites Leben zu führen. Sie hat sich so entschieden, so schwer das für Außenstehende zu verstehen ist. Laura begnügt sich mit dieser Lösung, sie führt längst ihr eigenes Leben. Irgendwann wird sie auch diesen Treffpunkt nicht mehr brauchen."

Unvorstellbar, wie sehr wir Menschen in noch so pathologischen Mustern verharren, nur weil wir die Konsequenzen einer Veränderung nicht kennen. Feigheit heißt das linke Bein und Bequemlichkeit das rechte, das Resultat ihres Zusammenwirkens ist der Stillstand.

Willibald Adrian Metzger hat genug gehört! Vor dem Beichtstuhl legt ihm der Meixner noch die Hand brüderlich auf die Schulter und sagt:

„Danke, Willibald! Danke, dass du mir die Gelegenheit gegeben hast, mich auszusprechen. Ist auch für einen Priester schwierig, alle Sorgen allein zu tragen. Und danke, dass du dich um diese Angelegenheit bemühst. Gott beschütze dich!"

Das wird er auch noch brauchen, der Metzger! Gut, dass ihm beim Verlassen der Kirche die in der Bank sitzende Kitzler noch einmal dasselbe wünscht! Und wie er aus dem Kirchenvorraum ins Freie tritt, klingen die Worte der an der schweren Holzeingangstür angeschlagenen Bauernregel, die mit dem Vitus-Gedenktag und der Sonnwende verknüpft sein sollte, wie eine bedrohliche Warnung: „Nach St. Veit wend sich die Zeit."

33

Es kommt selten vor, dass der Metzger erwartet wird, aber seine Rückkehr zur Werkstatt gleicht einem Empfang. Amtlich, breitbeinig und hochgradig nervös steht Kommissar Pospischill vor dem heruntergelassenen Gitter:

„Du solltest deine angeschlagenen Öffnungszeiten deinem offensichtlich ausgeprägten Schlafbedürfnis anpassen. Wird auch Zeit, dass du dich als Mensch der Vergangenheit mit der gegenwärtigen Technologie vertraut machst. Ein Mobiltelefon wäre da schon ein großer Fortschritt!"

„Die meisten Fortschritte sind Rückschritte", meint darauf der Metzger.

„Was hast du mir zu erzählen?", kommt es streng aus dem angespannten Mund des Kommissars.

„Hast du das gefunden, was ich annehme?", fragt der Metzger.

„Ja natürlich, den Sauhaufen, den Rollstuhl in der Blutlacke, den Einschuss an der Lehne!"

„In der Wohnung vom Sedlatschek, oder? Und das Blut muss vom Dobermann stammen!"

„Nehmen wir jetzt mal an. Es war eine richtige Hinrichtung. Schaut aus nach einer 9-Millimeter, ziemlich nahe von vorne, nach dem, was da an Hirn an der Lehne pickt!

Die Wohnung hat den Eltern vom Sedlatschek gehört, der ist aber wo anders hauptgemeldet, haben wir schon alles überprüft. Außerdem war da der Herr Pollak, Nachbar gegenüber, sehr hilfreich.

Sag, Willibald, war das also kein Witz mit dem Dobermann? Bist du wirklich über ihn drübergeflogen und er ist dann wirklich verschwunden? Sei jetzt ganz ehrlich!"

Und dann erzählt der Metzger die ganze Geschichte, nicht ohne dabei mit jedem Satz die Erleichterung zu spüren, die nun seiner seit Tagen angespannten Magengrube vergönnt ist. Er erzählt vom Mordversuch am Baggerteich, von der Promenadenmischung Edgar, vom Leichenwagen, vom Einbruch in der Wohnung, vom Sinn und Zweck des Klassentreffens und von den diversen Botschaften des Unsichtbaren. Der Pospischill unterbricht ihn kaum, nur einmal sagt er: „Kannst froh sein, dass du noch lebst! Warum hast du mich nicht eingebunden? Das hätte alles ins Auge gehen können!" Beim Stichwort Auge versteht der Metzger auch plötzlich, warum das Loch im Aug vom Dobermann größer war als der Zeigestabdurchmesser.

Wie er dann vom Rauledernen im Cohiba-Sackerl erzählt, wird der Pospischill stutzig.

„Jetzt lass mich mal kurz nachdenken! Ich glaube, das hat der Dobermann damals auch behauptet! Beim Verhör! Dass die Schuhe am Abend des Mordtages an seiner Tür gehangen wären!", sagt der Pospischill.

„Ich weiß", antwortet der Metzger,

„Weißt du, eh klar! Was weißt du eigentlich nicht, Metzger? Was wir jetzt machen zum Beispiel. Wir fahren nämlich aufs Revier, gemeinsam. Ich hol die Akte, und während du so erzählst, was du noch alles weißt, schauen wir, was mit der Akte übereinstimmt. Die Fahndung nach dem Sedlatschek und der Leiche vom Dobermann ist schon draußen."

Zum Glück ist der Pospischill keine Sekunde auf die Idee gekommen, der Metzger selbst könnte hinter der Angelegenheit stecken. Der Herr Kommissar scheint zwar schon ziemlich überrascht und sogar etwas mitgenommen von der abenteuerlichen Erzählung des Willibald, aber der Metzger und eine kriminelle Tat, das wäre so wie der Vatikan und keine körperliche Liebe unter Brüdern – einfach unmöglich!

So landet der Willibald also am Revier, bekommt einen Pospischill-Kaffee und wird rücksichtsvoll in das einzige Nichtraucherzimmer verfrachtet. Nichtraucherzimmer in einer Gemeinschaft eifriger Raucher erkennt man daran, dass sie dank ihrer kalten, undekorierten Ausstrahlung an die Zellen einer Nervenheilanstalt erinnern. Ist ein Phänomen der Evolution, dass sich Lebewesen mit denselben Verhaltensweisen entweder symbiotisch zusammenschließen oder auf Grund territorialer Ansprüche schonungslos bekriegen. Raucher schließen sich zusammen. Selbst bei Existenz nur eines einzigen kosmischen Aschenbechers würden Milliarden von Rauchern dicht gedrängt friedlich beieinander stehen, gekonnt ihre Asche in die freie Hand fallen lassen, um diese dann irgendwann in den Aschenbecher befördern zu können. Die Entscheidungsträger dieser Welt sollten also in Krisensituationen gemeinsam ein wenig Tabak inhalieren.

Nur wehe, dieselben Raucher stünden dicht zusammen und hätten keine Zigaretten.

Nun liegt es in der Natur der Raucher, schon allein wegen ihrer alles andere als reinlichen Sucht, dass sie leicht schmuddelige Räumlichkeiten einem gepflegten Büro vorziehen. Logisch, dass der Metzger nun mutterseelenallein in diesem sterilen Zimmer hockt.

Der Willibald muss aber gar nicht lange auf dem Plastiksessel vor diesem hässlichen weißen Tisch mit Alufüßen sitzen und warten! Er muss im Grunde überhaupt nicht mehr lange warten. „Alles fügt sich und erfüllt sich!", hat schon Viktor Frankl gesagt, und der muss es ja wissen!

Es kommt nämlich der Pospischill hereingestürmt und knallt dem Metzger das Branchenverzeichnis auf den Tisch, die Alufüße erwecken den Anschein, sie würden zu laufen beginnen. „Ha!", schreit er durch den Raum, der auf Grund seiner kahlen Persönlichkeit mit einem dermaßen fülligen Hall protzt, da würde in der Unzahl jener traurigen synthetischen Hallen, die rücksichtsvoll als Konzertsäle bezeichnet werden, vor Neid der Verputz abbröckeln. Vorm Willibald liegt aufgeschlagen die Seite der Bestattungsunternehmen:

„Der letzte Weg im Kreise der Familie – Bestattung Sedlatschek" steht tief schwarz gedruckt auf den gelben Seiten.

„Da haben wir ihn, deinen Leichenwagen!", freut sich der Pospischill.

„Dann versteh ich aber eines nicht", reagiert der Metzger relativ nüchtern, „der Sedlatschek stellt dem Dobermann die Wohnung zur Verfügung, und der Hund von der Danjela erkennt eindeutig, dass zwischen dem Fundort der Leiche auf der Hundstrümmerlwiese und der Wohnung ein Zusammenhang besteht. Wenn der Sedlatschek der Mörder vom Dobermann wäre, warum legt er mir den Toten vor die Füße, warum schickt er mir Hinweise, warum rettet er mein Leben?"

„Weil er etwas von dir will!", antwortet der Pospischill.

„Er braucht dich, er benutzt dich, und wenn er dich nicht mehr benötigt, na dann gute Nacht."

Der Pospischill schlägt die Akte auf, gar nicht so dick, und legt eine Klarsichthülle auf den Tisch: Die angebliche Todeseinladung des Felix Dobermann an Ferdinand Deutner!

„Treffpunkt Biokammerl, morgen große Pause. Wichtig, müssen uns sehen!"

Der Metzger muss zweimal hinschauen, um sicherzugehen. Es ist im Grunde unmöglich! Er nimmt die Folie zu sich und betrachtet ungläubig den Zettel. Vor ihm, fein säuberlich aufbewahrt, wahrscheinlich der einzige Überlebende einer eiskalten Hinrichtung! Ein geprägtes Stück Papier aus seinem Notizbuch, dem liebevollen Geschenk der Bernadette Deutner, lichterloh verbrannt im Blechkübel zwischen den Beinen des Felix Dobermann, kurze Zeit bevor er aus der Schule verschwunden ist.

Jetzt will der Metzger dem Dobermann im Nachhinein nicht jeglichen Sinn für antiquarische Kunst absprechen, aber dass der sich vor der öffentlichen Verbrennung im Blechkübel ein paar Zetteln aus dem edlen Buch aufgehoben hat, um einige Jahre später dem Deutner ein Briefchen zu schreiben, ist höchst unwahrscheinlich.

Was dieser Brief jedoch nun endgültig aufhebt, ist die Schuld des Felix Dobermann, zumindest in den Augen des Metzger. Es spricht einfach zu viel dagegen:

1. Die Neubauer hat zugegeben, ihre Aussage, sie hätte zum Tatzeitpunkt den Dobermann in der Schule gesehen, hatte so viel Wahrheitsgehalt wie die Wahlversprechen einer Partei.

2. Die Kitzler hat zugegeben, die scheinbare Vergewaltigung hätte ein letzter ungezügelter Hormonaustausch einer verflossenen Liebschaft werden sollen.

3. Die Schuhe, die die Abdrücke lieferten, wurden laut Dobermann erst am Tag nach der Ermordung des Ferdinand Deutner an seine Tür gehängt, und jetzt noch

4. der Brief auf dem geprägten Papier aus Willibalds Notizbuch.

Wenn der Dobermann diese Zeilen geschrieben hat, denkt sich der Metzger, dann vor der Abfackelung des Notizbuches. Vielleicht liegt vor ihm das verhängnisvolle Schreiben, das die Kitzler zu jener letzten lüsternen Abrechnung ins Biokammerl eingeladen hat. Jene finale Werbungsschrift, wahrscheinlich gespickt mit einem Schuss Hoffnung, die schließlich zum Coitus interruptus der schulischen Karriere des Felix Dobermann geführt hat. Und zu seiner ewigen irdischen Verdammnis.

Von wegen, das Leben wäre gerecht! So ein Schwachsinn, denkt sich der Metzger.

„Und hier die Mordwaffe, oder besser, das, was im Herzen des Ferdinand Deutner von der Mordwaffe übrig geblieben ist."

Eine abgebrochene, sich verjüngende Holzsprosse mit feinen Verzierungen, ähnlich dem Zeigestab vom Zwirnhofer. Nussholz, absolut tödlich bei entsprechender Handhabung.

„Ist dem Mörder abgebrochen und dieser Teil ist stecken geblieben. Der Deutner muss sich da kurzfristig ziemlich heftig gewehrt haben, hat aber nichts geholfen. Wenn das Herz durchbohrt wird, dann bleibt dir nicht mehr viel Zeit."

Wenn die irdische Tür zufällt, dann ist wahrscheinlich die menschliche Form des Existierens nur noch Kleinkram. Doch solange wir hier auf Erden unsere Duftmarken hinterlassen, scheiden sich grundsätzlich die Geister, wann es um Zufall geht und wann nicht.

Willibalds Vater war der Auffassung, Zufall ist Zufall, also so zufällig, wie wenn dir ein Vogerl aufs Hirn scheißt. Für Willibalds Mutter war jedoch so ein Klecks aus luftigen Höhen ein Wink des Schicksals. „Musst aufpassen, wenn dir etwas zufällt, nichts passiert einfach so!", hat sie immer gesagt, und wäre die Taube nicht gewesen, sie hätte nie den Kopf gehoben und hinter dem offenen Fenster im zweiten Stock ihren Mann mit einer Frau im Arm entdeckt, die unmöglich sie selbst sein konnte.

Trotzdem war der Metzger zur Überzeugung gelangt, dass die Menschen viel zu oft in jeder noch so belanglosen Begebenheit ein überirdisches Zeichen sehen. Nur weil einer in Jesolo beim Strandspaziergang seinen Nachbarn trifft, heißt das noch lange nicht, dass die beiden, außer einer gewissen Einfallslosigkeit das Urlaubsziel betreffend, noch viel mehr verbindet. Wenn demselben Einfaltspinsel jedoch während einer einsamen Durchquerung der Antarktis sein größter Erzfeind über den Weg läuft, dann wäre es schon überlegenswert, eine gewisse Launenhaftigkeit des Schicksals in Erwägung zu ziehen, und ein ausgiebiges Sich-Wundern-und-Warum-Fragen durchaus angebracht.

Ungefähr so wie der Metzger in diesem Augenblick.

Vielleicht ist das Leben doch gerecht, denkt er sich. Weil so viele Zufälle gibt es im Grunde gar nicht. Nicht nur, dass das geprägte Papier des Briefes direkten Bezug zu seinem Dasein hat, auch dieses Holzstückchen ist ihm schon mal in die Finger gekommen. Eigentlich hat es seine Finger ganz schön beschäftigt! Denn die feine Drechsel- und Handschnitzarbeit, die in vielen Arbeitsstunden dieses Holzstäbchen hat entstehen lassen, wird dem Willibald auf Lebzeiten im geistigen und motorischen Gedächtnis bleiben. Ein Biedermeier-Nussholzsekretär. Schellack Handpolitur. Viele trickreiche Geheimfächer, im Inneren unzählige kleine kunstvolle Laden und dazwischen mehrere Etagen, abgestützt auf diese stabilen Holzsprossen, deren Spitzen sich in das untere Brett bohrten, keine Leimstellen.

Beim Schließen der Vorderklappe war auf der Unterseite der als Schreibfläche vorgesehenen Holzplatte eine Einlegearbeit aus Ebenholz zu sehen: ein dunkles Kreuz!

Unschätzbar wertvoll, dieser Sekretär. Nur kurze Zeit nach Fertigstellung der Restaurierung war er wieder verkauft. Bevor ihn der Metzger aber verkaufen konnte, musste er einige fehlende Teile neu anfertigen, unter anderem so eine Holzsprosse.

Der Metzger sitzt da im Nichtraucherzimmer, und hätte ihm jemand seine Schädeldecke abgetrennt, eine Rauchwolke wäre entstiegen. Sosehr er sich bemüht, ihm fällt nicht ein, wo er den Sekretär erstanden hatte. Gekauft hat ihn der Weihbischof seiner Stadt. Kann man nur hoffen, dass der, bei der bezahlten Summe, nie erfährt, wie sehr der fehlende Teil, der vom Metzger später neu angefertigt wurde, dem Deutner zu Herzen gegangen ist.

„Ich muss mich jetzt ein wenig fokussieren!", beginnt der Metzger vorsichtig.

„Es könnte sein, dass ich doch noch wesentlich zur Klärung dieser seltsamen Angelegenheit beitragen kann, dazu musst du mich aber gehen lassen."

Der Pospischill schaut den Metzger verwundert an und schüttelt den Kopf.

„Ungern!", meint der Kommissar.

„Aber ohne meine Unterlagen komm ich jetzt nicht weiter", antwortet der Metzger, „und es ist nicht auszuhalten, wenn du weißt, die Hirnkasterl-Laden bergen einen Schatz, und du weißt nicht genau, in welcher du nachsehen sollst. Lass mich gehen, dann find ich vielleicht die richtige."

„Spiel da jetzt nicht den Inspektor!"

„Ich will nur nachhause und ruf dich an, dann weiß ich mehr."

Er kann es nicht sein lassen, jetzt, wo der ganze Auftrag zu scheitern droht. Jetzt, wo die Polizei im Spiel ist. Polizei bedeutet immer Suchen und Bestimmen einer Wahrheit. Die muss nicht die Wirklichkeit sein. Nicht umsonst gibt es zur Unterstreichung der Realität eine Kombination der beiden Worte: „wirklich wahr"! Weil „wahr" allein heißt lange noch nicht „wirklich".

Schnell und problemlos kann er in Willibald Adrians Wohnung eindringen. In einen Zoo der Aufgeräumtheit. Kein Museum, eher Zoo. Denn die Aufgeräumtheit wirkt so lebendig, als könnten die unzähligen Schachteln im Vorzimmer eigenständig auf ihren Platz zurückkehren. Er muss schmunzeln und weiß auch sofort, dass er hier kein Chaos anzurichten braucht. Zur Dokumentation seines Besuches reicht schon das Entfernen eines Kartons. Lange steht er im Vorzimmer, bis ihm klar ist, welche Schachtel er auswählen wird. Beschriftet ist sie mit: „Mein Vater!"

Auf den frei gewordenen Platz legt er das letzte Foto, dann verlässt er lautlos die Wohnung.

Der Leichenwagen wird hier, in der Nähe von Metzgers Wohnhaus, geparkt bleiben. Es ist zu gefährlich geworden, damit zu fahren, abgesehen von der letzten Fahrt, die ihm darin noch bevorsteht.

Schneeflocken fallen aus der Dunkelheit in sein Gesicht. Warm fühlen sie sich an!

Im Stiegenhaus ist es still, und wie der Metzger durch die Wohnungstür marschiert, riecht er seit langem bewusst den Duft seiner eigenen vier Wände. Wenn man jeden Tag daheim schläft, dann fällt er nicht auf. Aber wie der Willibald nun nach so viel Bewegung in seinem Leben und den Nächten in der Fremde wieder in seinem Vorzimmer steht, ist seine Nase ganz erfüllt von der heimatlichen Witterung.

Antikes Möbelaroma, durchsetzt von der pflegenden Politur, die leichte Bienenwachsnote der weihnachtlichen Kerzen und vor allem dieser unglaubliche Duft nach Kindheit. Hier ist er aufgewachsen, und solange er lebt, wird es hier herinnen immer noch nach Mutter und Vater riechen, wird er sich in diesen vier Wänden so beschützt fühlen, wie sonst an keinem Ort der Welt. Er atmet seine Wohnung, und zu dem Gefühl der Heimat mischt sich eine Nuance Einsamkeit. Im Metzger breitet sich eine Schwere aus, am liebsten hätte er sich gleich im Vorzimmer hingesetzt, einfach fallen lassen. Alleinsein ist eine Frage der Selbstdisziplin. Solange die Eltern am Leben sind, lastet der Ruf der Erwartungen wie ein Stein im Gepäck. Widerspruch ist bequem, denn von einer vorgegebenen Route die Gegenrichtung einzuschlagen, ist leichter, als selbst einen Kurs zu bestimmen. Aber alleine seine Richtung finden und ihr folgen braucht mehr Kraft, als der Karawane fremder Erwartungen hinterher zu ziehen. Während der Duft der Wohnung entlang der Atemwege in Willibalds Herz gelangt, wandert sein Blick entlang der mit Schuhschachteln und Ordnern prall gefüllten Regalwand im Vorzimmer, die nur so strotzt vor Aufgeräumtheit. So aufgeräumt, dass der Metzger natürlich sofort das Fehlen einer Schachtel registriert.

Willibald lehnt sich an die Wand und rutscht langsam auf den Teppich. Warum diese, warum diese eine Schachtel?

Dann passiert etwas! Völlig unvorhergesehen und vor allem ungesteuert. Das letzte Mal ist es ihm passiert, als er sie nach der Beerdigung seiner Mutter endlich nicht mehr sehen musste. All die Leichenschänder, die die letzten Monate vor ihrem Tod nicht einmal angerufen haben und die dann, um die Geräusche des knurrenden Magens zu übertönen, laut Rosenkranz betend in der Aufbahrungshalle gehockt sind. Und wie der Willibald dann beim Leichenschmaus, den seine Mutter gewünscht und vorfinanziert, und den er, wie das gesamte Begräbnis, pflichtbewusst organisiert hatte, ohne Worte als Erster gegangen ist, hat er allein am bereits zugeschaufelten Grab seine letzten Tränen geweint.

Bis jetzt. Wie erstarrt blickt er auf die leere Stelle im Regal und weint. Lächerlich scheint es ihm, aber er kann nicht anders. Lächerlich, weil die Schuhschachtel „Mein Vater" leer war. Als Symbol für all die Dinge, die nicht passiert sind zwischen Willibald und seinem Vater. Und weil dieses Nichts durch diesen lächerlichen Karton einen Raum bekommen hat, war für den Willibald aus diesem Nichts eine Vorstellung von Etwas geworden, das im Grunde gar nicht war. Sozusagen ein kleiner Streich, die Phantasie stellt der Realität ein Bein.

Gerade fühlt sich der Metzger, als wäre er wieder hingefallen, gestürzt ist aber nur die Phantasie. Das kann schmerzhafter sein als ein glatter Durchschuss. Wie bedeutungslos wird die Erinnerung, wenn die geistige Schöpfungskraft ein Trugbild erschaffen kann, das jeden bitteren Nachgeschmack der Vergangenheit für unsere Seele in ein süßes Dessert verwandelt.

Dem Metzger drückt es aber jetzt die ganze Verbitterung empor, die, unter feiner Zuckerglasur versteckt, im inneren Tiefkühlschrank konserviert wurde. Wie reinigend ist so eine Regenzeit, wenn sie nicht in epochalem Gejammer endet. Ein wenig dauert die innere Waschung jetzt, aber wie sich die Augen des Willibald vorsichtig wieder an die Wirklichkeit gewöhnen, sieht der Metzger das Eck eines Fotos aus der leeren Stelle im Regal herausragen.

Langsam steht er auf und greift vorsichtig nach dem Bild. Es ist schwarz und leer! Nur in der Mitte ein einsames Fragezeichen, gemalt mit einem leuchtenden Lackstift!

Anstelle der leeren Vaterschachtel liegt dort ein leeres Foto mit Fragezeichen, im Grunde dasselbe! Jetzt muss der Willibald sogar ein wenig schmunzeln, welch Ironie des Schicksals!

Er geht mit dem Foto in der Hand zum Regal der Alben, die seine Arbeit dokumentieren. Das wird eine lange Nacht, denkt er sich, denn genauso aufmerksam wie er sich seinen Werkstücken widmet, verharrt er jetzt, in Erinnerungen schwelgend, auf diversen Seiten. Ein Flasche Oxhoft leistet ihm Gesellschaft, und damit auch diese nicht vereinsamt, wird ihr auch bald eine zweite zwecks Unterhaltung an die Seite gestellt. Und wie dann eine kleine Rotweinflaschenfamilie zusammen mit fast allen Alben am Vorzimmerboden ausgebreitet liegt, kann auch der Metzger nur mehr liegen, denn er hat mittlerweile einen sitzen. Betrunken holt er sich das letzte Album aus dem Regal und beginnt zu blättern. Er muss nicht lange suchen, der Willibald, dann füllt sich die Wissenslücke in seinem Gehirn!

Das Foto einer Frau. Niedergeschlagen lehnt sie am Sekretär. Heute wird der Metzger gleich im Vorzimmer

schlafen, am Fuße seines Kartongebirges, denn niedergeschlagen fühlt auch er sich. Und Schuld hat nicht der
Rotwein! Morgen muss er auf einen anderen Gipfel!

36

So wie der Morgen daherkommt, ist es anfangs für den Metzger unvorstellbar, auch nur einen Schritt vor die Tür zu setzen. Abgesehen von der Nacht im Vorzimmer, auf hartem Parkett mit dünner Perserunterlage, und abgesehen von der erschütternden Einsicht, die ihm das letzte Album geliefert hat, ist so ein kleines Stelldichein mit einigen Flaschen Rotwein selbst für einen geübten Trinker nicht ohne Folgeerscheinungen zu überstehen.

So gut kann ein Wein gar nicht sein, dass er sich nach der dritten Bouteille wahrscheinlich auf Grund akuten Platzmangels im Magen nicht auf den Kopf und aufs Gemüt schlägt. Das Klingeln des Telefons erinnert den Metzger in diesem Augenblick eher an die schmerzhaft sägende Stimme seiner Volksschullehrerin, und nur mit schwerer körperlicher Anstrengung gelingt ihm die Bewältigung der drei Meter zum Hörer.

„Hier Danjela! Na, wie geht es meinem kleinen Inspektor-Amateur?"

„Schlecht! Hab gestern ein wenig zu viel gearbeitet!"

„Na, du hörst dich an, als hättest du Walross verschluckt!"

„Bin ein richtiges Arbeitstier", sagt der Metzger kleinlaut.

„Tier vielleicht, klingt aber eher wie Kater! Bist auf gute Flasche gestoßen gestern?"

„Bin auch auf was anderes gestoßen, gestern! Apropos stoßen, ich hab da so einen Verdacht, wer mich in den See befördert haben könnte, muss das aber noch abklären. Ich werd heut sowieso in die Schule kommen."

„Romantisch oder dienstlich?"

„Zuerst dienstlich, dann romantisch! Das Dienstliche werde ich dir erklären, für das Romantische fehlen mir die Worte."

„Das ist schön, trotzdem hoffe ich, du findest dafür irgendwann auch die richtigen!"

Während andere Männer bei einer solchen Andeutung eher in die geschockte Sprachlosigkeit wechseln und ernsthaft in Erwägung ziehen, Adresse und Telefonnummer ändern zu lassen, wird dem Willibald warm ums Herz, das nächste Mal wird er nicht wie gelähmt vor ihrer Tür stehen. Wenigstens für einen kurzen Moment eilt diesem düsteren Tag ein kleiner Lichtblick voraus. Es sollte der einzige bleiben.

Dann läutet es schrill an der Tür:

„Jetzt gehst du mir schon langsam auf die Nerven, Metzger. Glaubst du, das ist lustig, dir ewig hinterherlaufen zu müssen? Weißt du, wie oft ich dich heute Nacht angerufen hab? Hast du schon einmal in Erwägung gezogen, dass ich mir vielleicht Sorgen machen könnte?"

Der Pospischill fackelt nicht lange herum, schiebt den Metzger zur Seite und betritt den Vorraum, soweit der überhaupt zu betreten ist. Am Vorzimmerläufer breitet sich in geordnetem Chaos das komplette Fotoarchiv eines intensiven Restauratorenlebens aus, durchsetzt von diversen leeren Rotweinflaschen, unzähligen Kartons und zu Bettzeug umfunktionierten Kleidungsstücken.

„Na, bei diesem Bouteillenfriedhof wundert's mich nicht, wenn das Läuten eines Telefons nicht bis zu deinen wenigen restlichen intakten Gehirnzellen durchdringt!"

„Komm mal mit in die Küche, mach einen Pospischill-Kaffee und hör mir zu!", erwidert der Metzger in sehr bestimmtem Tonfall.

Und während der Kommissar sehr bedächtig dabei zusieht, wie der gemahlene Kaffee im Wasser immer wieder aufwallt, spürt er gleichzeitig die, durch die ausführliche Schilderung des Restaurators verursachte, Wallung in seinem Inneren. Da fehlt nichts, jedes Detail wird rekonstruiert, und als der Metzger schließlich seine Ausführungen mit dem Satz „Jetzt müssen wir nur noch den Eder um seine Mitarbeit bemühen!" beendet, liegt, von einer schauerlichen Patina überzogen, die Vergangenheit ausgebreitet in der Gegenwart.

Dann trinken die beiden ihren Kaffee, schweigsam, der Pospischill fühlt sich wie in der Bankreihe neben seinem Sitznachbarn Willibald Adrian, weil schon damals hat der Metzger auf jede Frage eine Antwort gewusst.

Unheimlich die Vorstellung, dass der Dobermann, auch durch sein dienstliches Mitwirken, lange vor seinem Tod sozusagen ermordet wurde.

Es dauert nicht lange, nur wenige Worte müssen die beiden wechseln, und die weitere Vorgehensweise ist klar.

Im Schulwartkammerl sitzt, in ihrer ganzen Pracht, Danjela. „Was kann ich tun für Sie, zu wem wollen Sie?"

„Eigentlich zu Ihnen, am liebsten in die Wohnung, aber momentan komm ich eher als Postbote", antwortet der Metzger, verschmitzt lächeln sich die beiden durch die dicke Glasscheibe an.

„Hab Dienst bis Nachmittag, dann wäre Wohnungsbesichtigung möglich!"

„Ich werde da sein. Bitte, heimliche Schulleiterin dieser heiligen Hallen, könnten Sie, kurz nachdem der Herr Kommissar", freundlich nickt der Pospischill der Djurkovic zu, „beim Eder Platz genommen hat, dem Herrn

Direktor diesen Zettel bringen und mir davor den darauf beschriebenen Raum öffnen?"

„Gerne!"

Danjela Djurkovic verlässt die Loge, nicht ohne Willibald dabei zärtlich die Hand zu berühren, und geht mit auffällig beschwingtem Hüftschwung gefolgt von Eduard Pospischill die Treppen hinauf.

Der Metzger wartet. Dann macht er sich auf den Weg. Die Raumaufteilung ist die gleiche geblieben. Es wird nicht mehr allzu lange dauern, bis die Glocke die große Pause einläutet, er muss pünktlich sein!

Er öffnet die aufgesperrte Tür und setzt sich auf einen der freien Sessel. Die verbleibenden Minuten vergehen sehr träge, nicht unbedingt eine Wohltat für einen bereits nervösen Magen! Ob ihm der Eder die letzten Fragen beantworten kann?

Dann erklingt ein schriller Ton, unverkennbar eine Schulglocke. Die eben noch beinah beängstigende Stille wird innerhalb von Sekunden ein gellender Klangteppich aus hysterischem Geschrei und trampelnden Kinderfüßen. Als Lehrer überlegst du dir das mit eigenen Kindern wahrscheinlich gut. Am Vormittag pro Stunde an die 30 Heranwachsende und dann zuhause noch eine Privatvorstellung, da gehört schon eine gehörige Portion guter Nerven dazu. Und die braucht ein Lehrer nicht nur im Zusammenhang mit Kindern. Die Vorstellung, sich mit Eltern befassen zu müssen, schreckt den Metzger an diesem Beruf weit mehr ab als die hoffnungslos überfüllten Klassen. Wenn wir die Schule verlassen haben, ist nämlich irgendwie jeder ein Pseudoprofi, zumindest was das System Schule betrifft. Alle waren wir dort, zumindest auf der einen Seite. Und nichts ist schlimmer als die ewigen Kommentare, die ungefragten Ratschläge, die belehrenden Weisheiten der Pseudoprofis. Je höher das Wissen um eine Angelegenheit, desto überlegter und reduzierter der Output. Und weil im Grunde niemand weiß, wie sich Schule für die andere Seite abspielt, verpestet regelmäßig zu Ferienbeginn, wie das Amen im Gebet, die hass- und neiderfüllte Hetze einer Horde Ahnungsloser den Kindern und den Schulbediensteten neben der Freud am Beruf auch noch den wahrlich wohlverdienten Urlaub. Da glauben die Schaumschläger allen Ernstes, diese freie Zeit würde sich für einen im Bildungswesen Angestellten nicht beträchtlich auf seinen Gehaltszettel auswirken.

Weil ja der Staat irgendjemandem irgendwas schenkt, außer das Steuerformular. So naive Gedankengänge muss ein denkendes Wesen in der heutigen Zeit erst einmal zusammenbringen! Irgendwann wird dann keiner mehr Lehrer werden wollen, und die schwatzenden Schwachköpfe da draußen können selbst auf ihre Kinder aufpassen, mit denen sie im Grunde ja gar nichts zu tun haben wollen. Für den Willibald sind Schulen heutzutage ohnedies eher Abschiebeanstalten und Aufbewahrungsstätten, ähnlich den Altersheimen, in denen nicht mehr gefordert werden darf, als desinteressierte Eltern verkraften. Jede Generation hat ihre Sündenböcke, denkt sich der Willibald, momentan sind es die Lehrer und Eisenbahner, irgendwann vielleicht die Fußballer und Zuckerbäcker, hoffentlich nie mehr wieder die Ausländer, die Juden, die Moslems oder die Schwarzafrikaner, aber das ist wohl ein naiver Wunsch, und bitte niemals die Restauratoren!

Dann läutet es ein zweites Mal. 15 Minuten sind vergangen ohne Johann Nepomuk Eder. Der Metzger steht auf und geht nervös im Raum auf und ab, seine rechte Backe beginnt rhythmisch zu zucken.

37

Ein sehr beschäftigter Johann Nepomuk Eder, verbarrikadiert hinter seinem protzigen Schreibtisch, empfängt einen inzwischen sehr gelassenen Kommissar Pospischill. Die Begrüßung ist beidseitig souverän amtlich, dem Eder entkommt ein freundliches:

„Was kann ich für Sie tun, Herr Kommissar?"

Der Pospischill erwidert mit einem gefälligen:

„Einem verwirrten Geist auf die Sprünge helfen!"

„Inwiefern?"

„Wie wir gestern erfahren haben, wurde Felix Dobermann erschossen. Und ich muss zugeben, wir sind darüber sehr, sehr verwundert. Wer bitte bringt aus welchem Grund einen stummen Rollstuhlfahrer um? Da tappen wir völlig im Dunkeln. Noch verwunderlicher ist, dass er in der Nacht vor Ihrer Schule gefunden wurde. Meine Frage an Sie wäre, sind in letzter Zeit irgendwelche sonderbaren Vorfälle passiert, vielleicht sogar in Zusammenhang mit der ehemaligen 8B?"

„Schrecklich, schon wieder ein Mord, diesmal an einem Mörder. Sonderbare Vorfälle? Außer dieser seltsamen Einladung zu einem Klassentreffen der 8B, die mir vor einigen Tagen der Metzger gebracht hat, ist da gar nichts passiert. Waren Sie da eigentlich dabei?"

„Natürlich, irgendwie war das schon ein netter Abend, sehr, sehr aufschlussreich und vor allem emotionsgeladen. Wir haben uns doch alle eine Ewigkeit nicht mehr gesehen!"

Dann klopft es an der Tür, und ohne auf ein „Herein" zu warten, übrigens eine weit verbreitete Unart, betritt die Schulwartin die Direktion:

„In meiner Kammer hab ich Zettel gefunden, mit zweitem Zettel. Auf ersten Zettel steht, ich soll Ihnen zweiten Zettel bringen. Was auf zweiten Zettel steht, weiß ich nicht, ist gefaltet!"

Der Eder nimmt die Lieferung mit den Worten „Danke, Frau Djurkovic, Sie können gehen!" entgegen.

Dann öffnet er den zweiten Zettel und erstarrt. Panisch reißt er die Augen auf und brüllt:

„Herr Kommissar, das müssen Sie sich ansehen! Das darf doch nicht wahr sein!"

Der Pospischill nimmt das Papier entgegen und liest vor: *„Treffpunkt Biokammerl, große Pause. Wichtig, müssen uns sehen!* Na das kennen wir doch schon, sehr seltsam. Jetzt bleiben Sie ruhig, Herr Direktor, wie spät ist es?"

„Kurz vor der großen Pause!"

„Dann gehen wir nach der Pause dort gemeinsam hin. Gut, dass ich da bin!"

Es ist Schwerarbeit für den Kommissar, den verängstigten Direktor bis zum zweiten Läuten, welches das Ende der großen Pause unüberhörbar bis in jeden Winkel der Schule brüllt, etwas zu beruhigen. Wie er dann aber dem Eder verkündet „Es wird Zeit, wir sollten gehen", ist Johann Nepomuk nur noch ein Nervenbündel, hypernervös mit hochrotem Kopf. Kein Wunder, wenn dir ein Briefchen auf den Schreibtisch flattert, dessen Inhalt bereits einem Mitglied dieses Gymnasiums den Kopf gekostet hat.

Im Eiltempo marschieren die beiden Richtung Biokammerl, die Tür ist offen. Drinnen geht, mit einer unübersehbaren Zuckung unter dem rechten Auge, der Metzger auf und ab!

„Was soll das, Metzger? Was haben Sie hier überhaupt zu suchen?", schmettert der Eder mit hochrotem Kopf dem Willibald entgegen, der natürlich sofort registriert, dass das erst kürzlich zugeprostete Du wohl nun der Vergangenheit angehört:

„Ich wollte Sie sprechen, Herr Direktor! Oh, der Herr Kommissar, als unerwarteter Begleiter."

„Metzger, bist du wahnsinnig!", brüllt der Pospischill überzeugend, „was tust du hier, und was soll dieser Brief?"

Dem Eder ist die Angespanntheit und Gehetztheit förmlich auf den Leib geschrieben, hysterisch setzt er fort:

„Wollen Sie da ein Experiment veranstalten? Für solche Spielchen hab ich wirklich keine Nerven, bei allem was an unserer Schule schon passiert ist!"

Der Eder schmeißt dem Metzger wütend den zerknüllten Zettel entgegen!

„Aber Herr Direktor, Sie als Chemiker müssen doch Freude haben an Experimenten. Ich brauche nur Ihre Hilfe, bin schon ziemlich verzweifelt. Wissen Sie, warum ich eigentlich in letzter Zeit wieder so eine intime Beziehung zu Ihrer Schule aufgebaut habe? Weil mir gar nicht weit vom Haupteingang dieser ehrenwerten Hallen der Felix Dobermann begegnet ist. Wir haben uns nicht so gut unterhalten, aber nicht auf Grund unserer eher disharmonischen Vergangenheit, sondern weil er tot war."

Aus dem Gesicht vom Eder verschwindet langsam die Röte und weicht einer entspannten Farbe und einer ebensolchen Mimik.

„Der Kommissar hat mir gerade davon erzählt, mir tut das zwar leid für den Felix, aber es erklärt nicht Ihre seltsame Einladung hier: Treffpunkt Biokammerl, große Pause. Wichtig, müssen uns sehen!"

„Genauso wurde damals Ihre Frau Birgit Kitzler von ihrem Ex-Liebhaber Felix Dobermann hierher eingeladen. Zu jenem fraglichen Treffen, das eine Vergewaltigung hätte sein sollen, aber gar keine war."

Die eben erst eingetretene Gelöstheit im Gesicht des Herrn Direktor wehrt sich verbissen gegen die wieder aufkeimende Verspannung.

„Was heißt das, was erlauben Sie sich, das ist doch –"

„– die Wahrheit!", fällt der Metzger dem Eder ins Wort und setzt fort:

„Und weil der Ferdinand Deutner, der damals neue Liebhaber Ihrer jetzigen Frau, nicht verkraftet hat, dass sich der Dobermann wieder an seine Verflossene heranmacht, hat er ihn verraten. Den Rest kennen Sie zur Genüge, so wie ich!"

„Und um mir diese Mitteilung zu machen, haben Sie mich hierher gelockt?"

„Nein, da kommt noch einiges dazu. Es muss doch für Sie als Schulleiter auch ein Bedürfnis sein, etwas mehr Einblick in all die Ungereimtheiten der dunklen Vergangenheit dieses Gymnasiums zu bekommen.

Zum Beispiel der Zettel, auf dem die Einladung des Felix an seine Birgit geschrieben wurde, stammte aus einem Notizbuch. Genauer gesagt aus meinem Notizbuch mit wertvollem, geprägtem Papier, welches mir die Bernadette Deutner als Entschuldigung für eine schmerzhafte Zuwendung ihres missratenen Sohnes überreicht hatte. Der Dobermann hat es mir dann aus reiner Schadenfreude gestohlen, auf einen der Zettel sein Briefchen an die Kitzler geschrieben und das Notizbuch dann am selben Tag, im Hof, vor meinen Augen, in einem Blechkübel verbrannt!"

„Ja und, das tut mir auch leid, aber ich bin nicht Ihr Psychotherapeut, Metzger!"

„Nein, das nicht, aber der spätere Mörder vom Deutner hat, nachdem der Dobermann dann vom Zwirnhofer auf Grund der scheinbaren Vergewaltigung der Schule verwiesen wurde und in Socken das Gebäude verlassen hat, diesen Brief und die rauledernen Schuhe vom Dobermann an sich genommen.

Er hat jahrelang auf den richtigen Moment gewartet, und der ist dann auch gekommen.

Wie der Dobermann dann nämlich wieder vom Ausland zurück war, hat der Mörder den Ferdinand Deutner, damals immer noch Partner Ihrer jetzigen Frau, in die Schule bestellt! Ich weiß nicht, wie es ihm dann gelungen ist, aber hier herinnen hat er ihn erstochen, mit einer Hartholzsprosse gezielt das Herz durchbohrt!"

Der Eder lächelt den Metzger an, keine Regung außer diesem Lächeln steht in seinem Gesicht.

Auch der Pospischill vermittelt einen gleichgültigen Eindruck und meint gelassen:

„Metzger, Metzger! Du weißt schon, dass du gerade auch meine Tätigkeit als Kommissar in Frage stellst. Du willst den Mörder einer Tat finden, für die bereits rechtskräftig der Dobermann verurteilt wurde? Alle Beweise haben felsenfest zu ihm geführt. Das ist ja lächerlich!"

Der Eder setzt etwas belustigt ein:

„Ich habe Sie für intelligenter gehalten, Metzger. Verschwenden Sie nicht meine Zeit mit solchen Ammenmärchen. Ich finde es sehr anständig von Ihnen, dass Sie mir auf sehr sonderbare Weise, das muss ich schon sagen, vermitteln wollen, der Mörder vom Ferdinand Deutner könnte noch frei herumlaufen. Ich fühle mich aber nicht bedroht! Wie kann ich Ihnen jetzt noch helfen, sagen Sie mir das bitte, ich habe nämlich heute wirklich noch viel zu erledigen!"

„Sie waren damals dabei, erinnern Sie sich an irgendetwas Außergewöhnliches? Der Mörder hat alles sehr geschickt vorbereitet. Nach dem Mord hat er dem Deutner den ersten Brief vom Dobermann in die Hand gesteckt, sich seine Rauledernen angezogen und überall Spuren hinterlassen, die Neubauer zu einer Falschaussage bewegt, dann die Schuhe in einem Cohiba-Sackerl an die Tür des heimgekehrten Dobermann gehängt und die Reste der Mordwaffe verschwinden lassen. Reste deswegen, weil der Stab abgebrochen ist. Denn der Deutner hat sich, hier herinnen, heftig gegen seine Hinrichtung gewehrt und die andere Hälfte des Stabes in seinem Herzen archiviert!"

„Eines muss ich Ihnen lassen, Metzger, mit Ihrer Phantasie könnten Sie viel Geld verdienen, an Ihnen ist ein Schriftsteller verloren gegangen! Das mit dem Brief, was meinen Sie, Pospischill, das klingt ja schon interessant? Aber ich kann mich an nichts Außergewöhnliches erinnern, und ehrlich gesagt, ich bin sehr froh darüber, dass die ganze Geschichte so lange vorbei ist. Die Birgit hat damals genug gelitten, lassen Sie es gut sein, Metzger."

„Herr Direktor, die Polizei hat diesen Fall abgeschlossen, momentan suchen sie die Leiche und den Mörder vom Dobermann!"

„Wieso die Leiche?"

„Weil die verschwunden ist, auch komisch! Vielleicht ist der Mörder vom Dobermann auch der vom Deutner!"

„Metzger, hör auf damit, den Deutner hat der Dobermann ermordet!", setzt der Pospischill entgegen.

Der Metzger zieht das Foto aus seinem Archivalbum aus der Tasche, schaut es an und beginnt langsam zu erzählen.

„Sie war ziemlich fertig und es hat mir fast das Herz gebrochen, ihr so ein wertvolles Stück um so einen Spottpreis abzukaufen, aber Geschäft ist Geschäft! Ich glaube, diese Frau hätte mir das Möbelstück sogar geschenkt, nur um die letzten Reste einer schmerzhaften Erinnerung loszuwerden. Oft genug war ich dabei, wenn Ehen zerbrochen sind. Am schlimmsten sind die Frauen dran, die nach jahrelanger kinderloser Ehe von ihrem Mann, der keine Kinder wollte, eiskalt wegen einer Jüngeren abserviert werden. Ihnen bleibt kaum noch eine Chance! Zuerst haben sie sich nur aus Rücksicht ihrem Partner gegenüber von einem zutiefst weiblichen Lebenstraum verabschiedet, und dann bleiben sie über. Sie werden dann irgendwann, wenn ihnen das Glück noch hold ist, entweder die kurzen schmutzigen Affären jüngerer Männer oder sie finden einen alten Witwer, den sie bis zum Tod pflegen dürfen!"

Langsam wird der Eder unruhig und verliert etwas von seiner Selbstsicherheit.

„Während der Versteigerung, bei der mir diese Frau über den Weg gelaufen ist, wurde gerade ein Teil ihrer Möbel verkauft. Wir sind hinten an der Wand nebeneinander gestanden, und sie hat nur geweint. Nach einem langen Gespräch hat sie mich zu sich nach Hause mitgenommen und mir den Sekretär angeboten. Da hab ich dann dieses Foto gemacht, ist so eine Angewohnheit von mir. Das Schreckliche an der Angelegenheit ist aber, dass bei diesem edlen Stück eine Sprosse gefehlt hat, die ich im Zuge meiner Restaurationstätigkeit in sehr mühsamer Kleinarbeit nachbilden musste. Und dann sitz ich da so beim Pospischill im Kommissariat, er zeigt mir die Mordwaffe, und sie gleicht haargenau dem von mir nachgebildeten Teil. Klarerweise muss es sich dabei um die Originalsprosse handeln."

Der Eder wirft dem Pospischill einen fragenden Blick zu, während langsam in seinem Gehirn Klarheit über diese so seltsame „zufällige" Zusammenkunft einkehrt. Eine ungewohnte Lethargie beginnt seine Sinne in Besitz zu nehmen, gedämpft hört er den Metzger weitersprechen.

„Und jetzt kommt der Punkt, an dem Sie mir vielleicht doch noch weiterhelfen können, Herr Direktor! Ich bin mir nämlich sicher, dass der Ex-Mann dieser Frau der Mörder vom Deutner ist."

Der Metzger streckt dem Eder das Bild entgegen und fragt: „Kennen Sie diese Frau?"

Vorsichtig nimmt der Eder das Bild an sich und betrachtet es lange. Sehr lange! Zeit spielt keine Rolle mehr, wenn dir unausweichlich ein intensiver Zusammenprall ins Haus steht. Eine Form der Lähmung umklammert den Direktor, ähnlich der alptraumerprobten Erstarrung in Situationen höchster Gefahr. Wenn das Davonlaufen sinnlos wird, bleibt nur noch die Hingabe. Können wir uns nur deshalb so schlecht hingeben, weil wir immer damit beschäftigt sind, die Möglichkeiten des Davonlaufens abzuschätzen? Der Mensch ist im Grunde ein fliehendes Wesen, obwohl am Ende das Entkommen ausgeschlossen ist. Vielleicht sind wir ja gerade deshalb so wankelmütig?

Johann Nepomuk Eder macht jedenfalls den Eindruck, als wäre er völlig kraftlos, als wäre er satt gegessen, weil es gerade unglaublich viel zu verdauen gibt. Beinah eine vorbildlich christliche Reaktion (Psalm 23: „... Du bereitest mir einen Tisch in Anbetracht meiner Feinde ..."), wäre da nicht die Kleinigkeit, dass die Frau auf dem Bild seit ihrer ersten Eheschließung mit Nachnamen Eder heißt!

Vorsichtig meint der Kommissar:

„Ich glaube, es wird Zeit zu gehen, Herr Direktor."

Ohne zu antworten, dreht sich der Eder um und geht langsam, gefolgt von Kommissar Eduard Pospischill und Willibald Adrian Metzger, der gerade ein wenig im Zwiespalt zwischen Stolz und Bedrücktheit umherirrt, den Gang entlang, Richtung Lift.

Vor dem durchs ganze Haus gezogenen Glaszylinder bleibt der Direktor stehen und sagt:

„Lassen Sie uns noch meine ganz persönlichen Dinge aus der Direktion holen. Wenn möglich wäre es angenehm, wenn Sie den Eindruck einer Festnahme vermeiden könnten."

Die ganze Würde ist von ihm gewichen, der Eder gleicht nun der unscheinbaren grauen Maus, die er zu Metzgers Schulzeit gewesen war. Der Metzger hat nie verstanden, warum gerade dieses so emsige Säugetier als Vergleich für die farblosen Mauerblümchen unserer engstirnigen Gesellschaft herhalten muss, denn graue Mäuse sollten grundsätzlich nicht unterschätzt werden: Sie knabbern heimlich an unseren Elektroleitungen, und irgendwann verursachen sie einen folgenschweren Stromausfall, und keiner weiß warum!

Der Eder hängt sich den grünen Lodenmantel über den Unterarm, kramt in seiner versperrbaren Schreibtischlade, schiebt ein Bild zur Seite, entnimmt dem dahinter liegenden Safe eine Aktenmappe und ein Bündel Geldscheine, schiebt sein Familienfoto aus dem Bilderrahmen und sagt kurz „Gehen wir", ruft den Lift, steigt, gefolgt von seinen zwei schweigsamen Begleitern, in das Glasabteil und drückt auf T2.

Jetzt kann es schon vorkommen, dass man als Meisterdetektiv, was ja dem Metzger nunmehr kaum noch abzusprechen ist, und als Kommissar genau dann, wenn die Anspannung nach erfolgreicher Überführung etwas nachlässt, unaufmerksam wird. Dass es einem aber trotz dieser verdienten Gelassenheit nicht sonderbar erscheint, wenn ein eben erst überführter Mörder einen Mantel über seinen Unterarm wirft, bevor er zur versperrbaren Schreibtischlade geht, dann alle restlichen Handlungen nur mehr einhändig durchführt und schließlich im Lift T2 statt E drückt, ist schon eine Meisterleistung der anderen Art. Der grauen Maus Eder ist es nämlich inzwischen selbst genauso gegangen wie einer zerbissenen Elektroleitung – sie steht kurz davor durchzubrennen.

Pospischill und Metzger erwachen aus ihrer Siegestrance, als der Lift das Erdgeschoß ignoriert und sich ihre bis jetzt in glasigen luftigen Höhen befindenden Körper langsam durch den Marmorbodenbelag der Eingangshalle in tiefere Schichten hinunterarbeiten. Wie dann auch ihre Augen die makellosen Knie der vor dem Lift wartenden erstaunten Junglehrerin erblicken, tastet sich vorsichtig der Pospischill mit der Bemerkung an den Eder heran:

„Jetzt haben Sie falsch gedrückt!"

„Tut mir leid!", antwortet der Eder mit gesenktem Kopf.

Im Tiefgeschoß 2, und mit dem Tiefgeschoß ist das ja etwas anders als mit den üblichen Stockwerken, denn je höher die Zahl, desto weiter unten, geht die Tür auf, der Pospischill drückt E, die Türen beginnen sich wieder langsam zu schließen.

Dann geht alles ganz schnell! Im letzten Moment springt der Eder aus dem Lift, zieht den Mantel von seiner anderen Hand, die unter dem grünen Loden fest eine Pistole umklammert, bleibt stehen und beobachtet sehr entspannt, wie sich die Aufzugtür vor zwei völlig überraschten Gesichtern schließt und sich dieselben langsam in Bewegung setzen – aufwärts. Der Metzger reagiert schlagartig, drückt bereits – beinah im Erdgeschoß angekommen – den, in Liften vorwiegend von den Zeigefingern abenteuerlustiger Halbwüchsiger betätigten, Stoppknopf und wählt erneut T2. Unten angelangt ist natürlich vom Eder keine Spur mehr. Nur eine graue Maus huscht dem Willibald durch die Beine.

Das Einzige, was dem verärgerten Pospischill einfällt, ist:

„Drückst die Stopptaste, Wahnsinniger! Wir hätten stecken bleiben können!"

Darauf der Metzger:

„Wir stecken schon, keine Sorge – ziemlich sogar, oder? Hauptsache, ich nehm zur Ergreifung eines doch eher raffinierten Mörders, hat ja immerhin einige erholsame Jahre auf dem Buckel, die Polizei mit – ist ja auch sehr ergreifend!" Dann laufen die beiden in die einzig mögliche Richtung, überall Rauchmelder, Rohre, Neonlampen und der enorme Lärm der Heizungsanlage. Steht außer Frage, dass der Pospischill weder im Kommissariat angerufen hat, um seine Mitarbeiter von seinem Schulbesuch zu informieren, noch dass im Tiefgeschoß 2 ein Mobiltelefon rein empfangsbedingt irgendeinem anderen kommunikativen Nutzen dienlich wäre als der lautstarken Formulierung diverser Flüche!

Mit gezückter Pistole läuft der Experte, gefolgt von seinem Begleiter, durch unbekannte Tiefen, bis sich schließlich der Begleiter mit einer ungewöhnlichen, gurgelnden Lautäußerung zu Wort meldet! Eduard Pospischill bleibt stehen, dreht sich um und sieht den Metzger mit erstarrtem Blick und in sehr strammer Haltung. Hinter ihm steht der Eder, einen Arm um Willibalds Hals gelegt, der Lauf seiner Pistole gräbt sich unsanft durch den nach einem Haarschneider lechzenden Wildwuchs auf Willibalds Kopf.

„Pospischill, lass die Waffe fallen!"

Also wieder du! So wie der Lehrer seinen Schüler ungefragt duzt, wählt auch ein Bewaffneter in Gegenwart seiner Opfer diese eher persönliche Anrede! Ist eine etwas seltsame Angewohnheit, würde man doch als Außenstehender eher zu der Annahme neigen, dass gerade ein Sie die Hemmschwelle zwischen Täter und Opfer reduziert. Immerhin soll da jemand ins Jenseits befördert werden!

Der Kommissar lässt unvermittelt seine Waffe fallen und lauscht den weiteren Worten:

„Glaubts, es war lustig, jahrelang dabei zusehen zu müssen, wie in der Schule auch der mieseste Charakter einen Partner findet. Die Birgit war eine unsichere Frau und viel zu jung, um auf solche Schüler losgelassen zu werden! Alle sind sie mit ihr Schlitten gefahren, in vielerlei Hinsicht. Und wie dann die Birgit endlich die Schule verlassen hat und mit diesem ewigen Nichtsnutz und brutalen, ordinären Proleten Ferdinand Deutner zusammen war, der ihr sogar ein Kind angehängt hat, hab ich den Deutner ins Biokammerl eingeladen und ihm das Angebot gemacht, gegen eine beträchtliche Summe die Birgit sitzen zu lassen, samt Kind. Ausgelacht hat er mich, wüst beschimpft, und ich hab es nur gut gemeint. Um dieses Schwein ist es nicht schade, vielleicht um den Originalteil des Sekretärs. Wäre keiner auf die Mordwaffe draufgekommen! Der Deutner hat sich die ihm verbleibenden Sekunden heftig gewehrt, aber ein Stoß ins Herz, da bleibt dir nicht mehr viel Zeit. Den Dobermann hab ich nicht beseitigt, für diesen miesen Charakter hat zu Lebzeiten ohnedies schon der Herrgott gesorgt. Da drückt mich kein schlechtes Gewissen. Aus dem wär sowieso ein Verbrecher geworden, der früher oder später im Gefängnis landet. Wer den zum Teufel geschickt hat, das weiß ich nicht.

Wer euch zum Teufel schickt, das weiß ich aber, diesmal tauchst du nicht mehr auf, Metzger!"

Der Eder hätte sich die Bemerkung sparen können, weil der Metzger hat ohnedies längst gewusst, wer für seinen ersten Tauchgang verantwortlich war.

Gezielt wirft der Direktor dem Pospischill einen Schlüssel zu und befiehlt:

„Sperr die Tür auf!"

Der Kommissar öffnet die schwere Eisentür, dahinter führen schmutzige Treppen in die Tiefe.

Der Eder betätigt einen Lichtschalter und sagt:

„Runtergehen und die untere Tür aufsperren!"

Als die zweite Eisentür knarrend aufgeht, eröffnet sich ein kleiner Raum. An der Decke brennt eine verstaubte Glühbirne und beleuchtet eine Fülle alter Schulmöbel, kaputte Sessel, ein zerfranstes Sofa, Bilder vergangener Präsidenten, eine matte Tafel und ein völlig kaputtes Piano.

„Ein Himmelreich für einen Restaurator, oder?", meint der Eder lächelnd. „Hier lagern wir den Sperrmüll. Teile werden einmal im Jahr entsorgt, Anfang Dezember. In einem knappen Jahr also das nächste Mal. Nachdem unsere Schule die letzten Jahre restauriert wurde, kommt hier nicht viel dazu, keine Sorge. Der Platz wird euch bleiben!"

Dann löst sich ein Schuss, die Glühbirne zerplatzt und taucht den Raum in Dunkelheit, nur noch der Eder ist im Türstock zu sehen.

„Ist nicht immer gut, wenn man zu neugierig ist und alte Staubschichten entfernt, Metzger!"

Dann fällt die Tür ins Schloss, die Schritte des die Stiegen emporsteigenden Johann Nepomuk Eder entfernen sich, ein zweites Schloss wird versperrt, und dann verschwindet auch der zarte Lichtschein im Türspalt.

38

Vier Tage hat sie jetzt schon nichts mehr vom Metzger gehört, obwohl er gemeint hat, dem dienstlichen Schulbesuch würde ein romantischer folgen. Auch in seiner Wohnung oder in der Werkstatt hebt niemand ab, das passt nicht zu ihrem Willibald, diese Ungewissheit macht sie krank. Irgendwie ist die Schule die letzten Tage ohnedies wie ein Sanatorium. Die meisten Lehrer sind heiser oder laufen hustend durchs Gebäude, manche sind zuhause geblieben, sogar der sonst so robuste Direktor Eder hat sich krankschreiben lassen! Der kommt normalerweise mit Fieber in die Schule.

Irgendetwas muss sie unternehmen. Selbst der Besuch im Kommissariat hat sich nicht unbedingt beruhigend auf sie ausgewirkt, ganz im Gegenteil. Auch der Pospischill ist schon seit einigen Tagen nicht im Büro gewesen, seine Kollegen haben sogar gefragt, ob sie ihn vielleicht gesehen hat!

Putzen kann sie jetzt nicht, außerdem käme sie momentan nur schwer in Versuchung, die Schulwartloge zu verlassen, vielleicht kommt der Willibald ja doch noch.

Dann öffnet sich das Tor, und könnte sich ein Gebäude abwenden, das Humanistische Gymnasium hätte wahrscheinlich in Anbetracht der rufschädigenden Person, die da durchs Portal spaziert ist, auf den altehrwürdigen Fundamenten kehrtgemacht.

Auch die Danjela ist kurz in Versuchung, unterhalb der großen Glasscheibe zu verschwinden.

Zu spät, selbst das krampfhafte Lesen einer Tageszeitung rettet sie nicht vor dem unvermeidlichen Wiedersehen. Birgit Kitzler klopft an die Scheibe.

Eine harmonische Begegnung zu erwarten, wäre schon Utopie, dass sich dann aber zwei so unterschiedliche Frauen dermaßen nahe kommen, grenzt an ein Wunder. Womit wir wieder beim Glauben wären, und vom Glauben, gerade vom katholischen, ist es nicht weit zum Leid, und Leid, das wissen wir, vor allem, wenn es geteiltes ist, verbindet.

So freundlich ist die Danjela geworden, wie ihr die besorgte Birgit Kitzler kleinlaut die Frage stellt, ob sie vielleicht ihren Mann gesehen hätte, der wäre nämlich schon drei Nächte durchgehend nicht zu Hause gewesen, das macht er sonst nie, eine war er gelegentlich schon weg, Arbeit im Büro genannt, aber drei, da stimmt was nicht. Es hat gar nicht lang gedauert und die Kitzler ist bei der Djurkovic in der Kabine gesessen. Intensiv haben die beiden gegrübelt und geplaudert, überlegt, was sie gemeinsam tun könnten, immer näher sind sie sich gekommen mit ihren sorgenerfüllten offenen Herzen, bis sie sich schließlich sogar immer wieder kurzfristig umarmt haben, sozusagen gemeinsam Halt suchen und gemeinsam Halt geben. Dann läutet die Pausenglocke! Und während sie so vertieft analysieren, was mit ihren Männern passiert sein könnte, bemerken sie nicht, dass zusätzlich zum Läuten auch noch eines der roten Lämpchen im Hintergrund heftig zu blinken beginnt.

39

Zwischen Dunkelheit und Finsternis liegen Welten.
Noch nie hat er so eine Finsternis erlebt, eine Schwär-
ze, die keine Klarheit darüber lässt, ob die Lider geschlossen oder geöffnet sind, da war es ja im See richtiggehend hell. Dumpfes Nichts umgibt den Metzger,
kein Sehen mehr, nur ein Hören: der eigene Atem, die
eigenen Bewegungen und das Stöhnen vom Eduard
Pospischill.

Anfangs haben sie sich noch unterhalten, leise, als
würden sie die Stille nicht stören wollen. Sie haben sich
alles gesagt, gegenseitige Lebensbeichten, Resümees
eines Daseins. Alles, nachdem der Kommissar in einem
Anfall von Wut und Verzweiflung so lange gegen das vi-
suelle Nichts, das sich akustisch als Tür abhob, hämmer-
te, verzweifelt schrie, bis er in sich zusammensank und
nur noch schluchzend unverständliche Sätze von sich
gab. Dann hat er geweint oder besser gesagt gejammert!
Im Grunde Flüssigkeit vergeudet, denn auch wenn der
Körper an die 30 Tage ohne Nahrung auskommt, ohne
Wasser schafft er gerade einmal drei bis vier. Wenn es
schwarz um dich ist, gibt es keinen Tag und keine Nacht.
Hier herunten gibt es keine Zeit. Die Uhren stehen still.
Willibald Adrian Metzger weiß nicht mehr, wie lange sie
hier schon liegen, er kann kaum noch unterscheiden, ob
er wach ist oder schläft, ob er halluziniert oder träumt.
Gelegentlich hört er den Pospischill vor sich hinlallen,
gelegentlich leise wimmern, gelegentlich riecht er den
scharfen Geruch von Kot und Urin, dann weiß er: „Ich
bin wach!"

Nur es spielt keine Rolle mehr.

Manchmal ist der Gedanke sogar sehr angenehm, in
diesem Zustand der Schwäche endgültig einzuschlafen,

den Muskel- und Gliederschmerzen und dem völlig ausgetrockneten Mund einfach Lebwohl zu sagen!

Den Metzger ergreift wieder einer der immer öfter
auftretenden Schwindelanfälle, er halluziniert, sieht
sich auf einer winzigen Hautschuppe sitzen, die im
Strudel des Wassers vom Abfluss in die Tiefe gezogen
wird. Über ihm nähern sich die fetten rissigen Lippen
von Johann Nepomuk Eder, zu einer grinsenden Fratze
verzogen, und aus der unappetitlichen Öffnung bläst der
Eder dem Metzger Zigarrenrauch hinterher! Er fällt tiefer und tiefer, umgeben von dem grauen stickigen Nebel,
beginnt zu schreien, fuchtelt mit den Händen, um nicht
zu ersticken, schwere Übelkeit erfüllt seinen Magen, er
nimmt das Jackett, das er hier herunten auf Grund der
enormen Hitze gleich zu Beginn ausgezogen hat, wie
ein Fahne, schwenkt er es vor sich her, nur um nicht zu
ersticken, er stülpt sich seine Jacke über den Kopf, will
schutzsuchend in den Ärmel kriechen, krallt sich in den
Taschen fest und reißt dem Eder die Zigarre aus dem
Mund.

Plötzlich hört er den Kommissar jammern, ganz
in der Nähe! Erleichtert stellt er fest, dass er für kurze
Zeit wieder in der Wirklichkeit gelandet ist. Mit großer
Kraftanstrengung setzt er sich auf, stark schnaufend,
vom Traum gebeutelt, zieht sein Jackett aus seinem Gesicht, legt es zur Seite und spürt in der anderen Hand
einen weichen, runden, länglichen Gegenstand. Langsam führt er ihn zur Nase und riecht. „Wie kann das sein,
das war doch ein Traum, warum hab ich eine Zigarre in
der Hand?"

Lange sitzt er so da und denkt nach. Dann greift er
abermals in sein Jackett, fährt durch die zerrissene Tasche in das Futter und spürt die flachgedrückte kleine
Schachtel.

Dann weiß er es wieder, hört richtiggehend den Eder, wie er damals bei ihm in der Werkstatt steht, ihm die Zigarre mit den Zündern überreicht und sagt: „Außerdem hat das Genießen einer Zigarre nichts mit Rauchen zu tun. Diese kubanische Cohiba wird dir noch irgendwann viel Freude machen!"

Der Eder hätte sie, aus seiner Sicht, dem Willibald Adrian besser nicht schenken sollen, sie wird ihm nämlich wahrlich noch viel Freude machen.

Im Metzger regen sich längst lahm gelegte Instinkte, der Körper schüttet alle ihm noch zur Verfügung stehenden Reserven aus. Das erste Streichholz bricht beim Reiben an der Schachtel, zu groß war der Druck des ermatteten Fingers, das zweite ist ein Blindgänger, so wie jedes zweite Streichholz, beim dritten aber durchschneidet endlich ein lautes Zischen die Stille der Kammer. Ein für die Augen schmerzhaftes Licht entzündet sich. Nach einigen erneuten Versuchen haben sich die Pupillen an das Flackern gewöhnt. Mit aller Kraft steht der Metzger auf, zündet abermals ein Hölzchen an, streckt vorsichtig die Flamme Richtung Decke und sieht ihn. Betäubende Freude steigt in ihm empor, er beißt den Anfang der Zigarre ab, ein entsetzlicher Geschmack breitet sich in der ausgetrockneten Mundhöhle aus, dann entzündet er ein Streichholz, saugt gierig die Flamme in den Tabak hinein, er lässt sich nicht von den schmerzhaften Würgereflexen irritieren, zündet abermals ein neues Hölzchen an und schließlich beginnt sie zu qualmen.

Immer wieder zieht der Metzger und pustet den Rauch Richtung Decke, unaufhaltsam, dann bricht er zusammen.

40

„So lange läutet aber Glocke normalerweise nicht!", bemerkt Danjela Djurkovic.

Dann hört das Läuten für den Bruchteil einer Sekunde auf, um danach sofort wieder heftig einzusetzen. Panisch dreht sich die Schulwartin um und blickt hinter sich auf die Anzeigetafel. Das rote Lämpchen blinkt inzwischen in einer Frequenz, da muss man schon genauer hinsehen, um das Blinken überhaupt registrieren zu können.

„Feuer, Feuer!"

Die Djurkovic stürzt aus der Kabine und brüllt wieder:

„Feuer, ein Rauchmelder in Keller, Tiefebene 2!"

Sie läuft hektisch zurück zur Kitzler: „Das is nix Probealarm, weil da nicht leuchtet Lämpchen!"

Sie greift zum Hörer, ruft in der Administration an. Kurze Zeit später stürmen die ersten Klassen durchs Schulhaus hinaus auf die Hundstrümmerlwiese, sie ruft die Feuerwehr an, an ihr laufen vergnügt weitere Schülermassen vorbei, sie schiebt das Fenster der Schulwartloge zur Seite, und ruft verärgert: „Idioten, das ist nix Probealarm, Feuer in Keller!"

„Hurra, hurra, die Schule brennt!", bekommt sie als Antwort, und ganz ehrlich, wer von uns hätte als Schüler nicht auch gern zu jener privilegierten Gruppe Heranwachsender gezählt, für die dieser Wunsch in Erfüllung geht.

Innerhalb weniger Minuten erscheint die Feuerwehr, einige Männer stürmen durchs Haus, überprüfen, ob die Räume leer sind, ein anderer Teil läuft in den Keller, Feuerlöscher und Schläuche werden nachgereicht, nirgendwo ein Brandherd! Langsam beruhigt sich die Situation, der Einsatzleiter öffnet die schwere Eisentür und schickt einen Trupp die Stiegen hinunter, der öffnet die zweite Tür. Abgestandene Luft dringt aus dem dunklen Raum, „Ein Scheinwerfer her", schreit ein Feuerwehrmann, dann entdecken sie die Bedrohung.

In ihren eigenen Ausscheidungen liegen ohnmächtig, eng nebeneinander, Willibald Adrian Metzger und Eduard Pospischill, bewegungslos, nur zwischen den Fingern des Restaurators glüht eine Zigarre.

Der Metzger öffnet langsam die Augen, nachdem ein heftiges Schütteln seinen Körper bewegt hat. „Jetzt verlasse ich meinen Leib", denkt er sich, während vor seinen Augen, am Ende eines langen dunklen Tunnels, ein helles, näher kommendes Strahlen zu sehen ist. Diesmal bewegt er sich also auf ein Licht zu! Dass da aber beim Hinbewegen gleichzeitig die Djurkovic daneben hergeht, obwohl die gar nicht tot ist, und flüstert: „Willibald, musst du mir nicht immer zu Füßen liegen, jetzt ist bitte genug", und dass am Ende des Tunnels ein weißer Mann mit einem großen roten Kreuz auf seiner Brust wartet, davon steht nichts in den Berichten Zurückgekehrter. Ich hab schon zu Lebzeiten gewusst, dass die Danjela mein Engel ist, denkt sich der Willibald, dann spürt er, dass ihm seine Lider, die er ja im Grunde gar nicht mehr haben sollte, schwer werden!

Langsam werden die Stimmen leiser: „Vorsichtig beim Rauftragen, dass er nicht von der Bahre rutscht, und ziehts ihnen die stinkenden Sachen aus!" „Aber dann sind die ja komplett nackert!" „Sind eh Decken im Auto, muss ma euch alles anschaffen? Aufpassen mit der Infusion, nur ganz langsam einstellen, die sind völlig ausgetrocknet!"

Dann schläft er ein. Den Himmel hat er sich anders vorgestellt.

Wie er wieder erwacht, kommt der erste Blick seiner Vorstellung vom Paradies ziemlich nahe. Rundherum alles weiß, eine junge Dame in einem weißen, engen, weit aufgeknöpften Mantel beugt sich, duftend nach Desinfektionsmittel, über ihn und sagt:

„Na, Herr Metzger, sind wir endlich aufgewacht! Jetzt haben S' lang genug geschlafen! Fühlen Sie sich schon kräftiger?" Langsam erkennt sein aufs Dekolleté fokussierter Blick das an der Brusttasche fixierte Namensschild: Dr. Renate Seipel! Der Gedanke: „Ich lebe!" durchströmt Willibalds Gehirn. Ein inneres Lächeln breitet sich in seinem Körper aus und endet in lachenden Augen, so voll Ausstrahlung, da hätte die Frau Doktor unter anderen Umständen wahrscheinlich gleich noch ein Knopferl ihres Kittels geöffnet. So aber streicht sie ihm nur behutsam über die Wangen und meint:

„Da haben Sie noch einmal großes Glück gehabt, wäre auch wirklich schad gewesen! Jetzt werden wir dann was essen, gelt."

Kaum regen sich in einem mit diesen feinen Stimmungssensoren ausgestatteten weiblichen Wesen Gefühle liebevoller bis mütterlicher Art, ist schon vom „Wir!" die Rede.

Nicht selten, dass eine Mami in der Sprechstunde fragt: „Was haben wir denn auf die Schularbeit? Wir hätten uns mehr erwartet!" (Übersetzung: „Was hat denn mein Kind auf die Schularbeit? Ich hätte mir mehr erwartet!")

Der männliche Umgang mit dieser Pluralisierung ist lebensphasenabhängig: Als Kind empfindet er es als selbstverständlich, als Jugendlicher empfindet er es als peinlich, als Mann empfindet er es anfangs als bedrohend, wenn er aber den Zustand der Dualität akzeptiert hat, als Zeichen der Zusammengehörigkeit und im weiteren Verlauf wieder als selbstverständlich. Dann sagt er meistens zu seinen Frauen wieder Mutti oder Oma und sucht sich heimlich jemanden, für den es gerade peinlich ist, wenn die Mami „wir" sagt!

Dem Metzger hat es im Augenblick jedenfalls gutgetan, weil wer sagt schon „wir" zu einer Leiche. Lebendig sein fühlt sich gut an, zufrieden grunzt der neugeborene Willibald vor sich hin, bis er schließlich dicht an seinem Bett eine Stimme hört: „An dir ist auch ein Herzensbrecher verloren gegangen! Wie machst du das, Metzger? Weil schön bist du ja nicht unbedingt!"

Der Pospischill ist schon länger munter, genauer gesagt einen ganzen Tag länger, weil der Metzger hat nämlich fast zwei Tage durchgeschlafen. Kein Wunder, er hatte im Tiefgeschoß die ganze Hirnarbeit zu leisten, während sein Gefährte längst jammernd einem gründlichen Schlummer verfallen war, kein Wunder also, wenn der Pospischill früher ausgeschlafen ist.

So wie in der Schule, der Metzger sucht den Weg durchs intellektuelle Dickicht, der Pospischill spaziert unbekümmert hintendrein!

„Hast was gut bei mir, ohne deine zündende Idee wäre das da unten unsere Gruft geworden! Dem Eder sind die Kollegen schon auf den Fersen, sein Foto ist schon in der Zeitung, wir finden das Schwein!"

„Genau!" Aus dem Hintergrund ertönt der satte Bass von Pater Meixner. Gleich nachdem die Polizei bei der Kitzler gewesen war, hat sich der Karl ins Auto gesetzt, und seither sitzt er am Kopfende seines größten Kirchenkritikers und bearbeitet heftig seinen Rosenkranz!

Der erste wache Tag zurück im Leben übertrifft für den Willibald ohnedies seine Vorstellung vom Himmel bei weitem. Beinah ein zweites Klassentreffen ist das. Der Dörflinger, der Friedberg, der Hofmüller und sogar der Lackner, alle sind sie kurz da. Nur der Mario Sedlatschek ist logischerweise nicht auf-, sondern immer noch untergetaucht, inklusive Dobermann!

Und wie dann sogar die Kitzler reinkommt, um an seinem Bett heulend zu versichern, dass sie von all dem nichts gewusst hat und dass sie ihm danken will, ist der erleichterte Metzger nahe dran – an seinem Kopfende beim Meixner – still in einen Durchgang Rosenkranz einzusteigen! Am Abend lösen dann die Trixi Matuschek und die Danjela Djurkovic den Pater ab und bearbeiten die beiden Helden gemeinsam mit Frau Dr. Seipel dermaßen fürsorglich, dass am nächsten Morgen der erste Ausflug gleich nachhause unternommen werden kann.

Versteht sich von selbst, dass die spärlich gefüllte Schuhschachtel mit der Aufschrift „Freunde" in Willibalds Vorzimmerregal Zuwachs bekommt, denn so eine kleine gemeinsame Wanderschaft zur Himmelspforte und wieder zurück, das verbindet. Fest hat der Pospischill den Metzger an sich herangedrückt und umarmt, im Grunde die erste männliche Umarmung für den Willibald, und gemeint:

„Jetzt wirst mir richtig abgehen, ein paar Nächte neben dir, und ich hab mich schon an dich gewöhnt!"

Dann ist die Trixi mit ihrem Pospischill davongefahren und der Metzger steht mit seiner Danjela auf der Straße. Einer der wenigen Momente, an denen eine staatliche Lenkergenehmigung samt eigenem Fahrzeug von Nutzen wäre – im Falle eines leeren „Freunde-Kartons". Beim Metzger ist aber schon ein Bild in der

Schachtel! Quietschend bremst sich eine schwerfällige Rostschüssel vor der Krankenhausrampe ein, hechelnd verpestet ein alter Diesel die Luft. Aus der geöffneten Beifahrertür dringt wohlige Wärme, aber weniger auf Grund der Heizung, sondern weil, wie der Metzger so glücklich seinen Kopf in den Wagen steckt, kaum erkennbar, der Petar Wollnar auf seinem zerfetzten Fahrersitz lächelt! Ein leichtes Nicken gesellt sich dazu, verfeinert mit dem Wort „Gut!" Es braucht nicht viele Worte, um so ein kleines Herz zum Glühen zu bringen.

„Bitte zu mir!", meint die Danjela, und der Metzger beginnt sich ernsthaft die Frage zu stellen, wie lang das mit dem Himmel noch anhält, weil schön langsam wird ihm dieser Zustand unheimlich.

Lang braucht es dann nicht, bis es dem Hirn gelungen ist, die üblichen Zerstörungsversuche an das seelische Gleichgewichtszentrum zu schicken.

Die Frage „Und wer hat jetzt den Dobermann ermordet?" ist da schon völlig ausreichend.

Am nächsten Tag gelingt es dem Metzger dann nur mit großen Überredungskünsten, die besorgte Danjela davon zu überzeugen, dass sein lädierter Körper einem Besuch in der Werkstatt standhält. Vor allem sein Wunsch, allein hinzugehen, ist in Metzgers Zustand aus weiblicher Sicht besonders absurd!

Ohne große Eile macht er sich schließlich auf den Weg. Schon allein die Vorstellung, bald vor seinem Werktisch stehen zu können, ist dem Willibald Therapie genug. Ihm ist jetzt nach Ruhe, nach allein sein. Wenn in Beziehungen das Äußern dieses fundamentalen Bedürfnisses nicht möglich ist, dann gnade Gott! Wer das Miteinander als Geflecht sieht, ist eine Schlingpflanze. Ein Parasit, der sich seinem Wirt ohne Rücksicht auf dessen

Bedürfnisse nähert, ihn benutzt und kontrolliert, bis er ihn schließlich überwuchert. Nahe liegend, wenn der Befallene seine körpereigenen Pestizide entwickelt, zum Beispiel Modelleisenbahnen, Ausdauersportarten, eine Hobbywerkstatt, einen Hund oder einen Bienenstock!

Zum Glück hat der Metzger schon zu Beginn der Beziehung seine Werkstatt und die Djurkovic ihren Hund. „Man muss sich gelegentlich aus dem Weg gehen, um den Weg gemeinsam gehen zu können", hat sein Vater immer gesagt, im Grunde eine bedeutsame Lebensweisheit, hätte er beim „Gelegentlich-aus-dem-Weg-Gehen" nicht ein Weibchen getroffen, das den väterlichen Einsamkeitsdrang ausschließlich auf den männlichen Genitalbereich reduzierte!

Die Stunden in der Werkstatt sind Labsal für Willibalds Psyche, aus einer alten Stereoanlage die Klänge seines Namensvetters W A. M., das Requiem, das Dies Irae, und während musikalisch der Tag des Zorns donnert, verbreitet der Heizstrahler auf der Werkbank diese zwiespältige Wärme: Die bestrahlte Körperseite erglüht, die andere friert. Da kann es noch so leuchten, es hat doch alles seine Schattenseiten.

Der Metzger setzt sich auf die barocke Chaiselongue, mustert zufrieden sein Revier, aus den Boxen erwärmt das Sanctus das gotische Kellergewölbe, zufrieden rollt sich ein Wiedergeborener in die schützende Embryostellung und verfällt in einen tiefen Schlaf.

Jetzt gibt es das kurze erholsame Tagesnickerchen, aus dem der ausgeruhte Geist wieder gestärkt den Fuß ins bewegte Dasein setzt, nur, wenn aus den fünf bis zehn Minuten gleich ein ganzes Stündchen wird, dann bleiben nach dem Erwachen eine Betäubtheit und Schwere zurück, als hätte ein ohnedies nicht mehr jugendlicher Körper die letzten Nächte kein Auge zugemacht. Es fällt dem Metzger nach fast zweistündiger Rast ziemlich schwer, den Heimweg anzutreten.

Ermattet schleicht er nachhause, in Zeitlupentempo zieht die Welt an ihm vorbei, im Vorhaus öffnet er den Briefkasten, sortiert wie gewöhnlich Rechnungen von Werbeschriften und bemerkt staunend, dass für die äußerst seltene dritte Ordnungskategorie „private Post" ein Schreiben übrig bleibt. Neugierig dreht er den Brief um und sinkt augenblicklich auf die erste Stufe des Stiegenhauses. Das kann nicht sein!

Absender: Felix Dobermann

41

Jetzt ist es vorbei. Das Foto von Direktor Eder, versehen mit einer Fahndungsmeldung, hat in ihm bereits den Verdacht ausgelöst, es könnte sich doch etwas bewegt haben. Der aufklärende Anruf von Johann Lackner, kurz nach dessen Spitalsbesuch beim Metzger, war schließlich die Bestätigung, die herbeigesehnte Erlösung und zugleich der Aufruf zu seiner letzten Aufgabe. Sofort nach dem Telefonat hat er sich angezogen, alle Briefe vom Felix in eine Aktentasche gepackt und den letzten in seine Manteltasche geschoben.

Zügig geht er eng an den Hausmauern entlang. Beim erstbesten Postkasten wirft er den letzten Brief ein, das war der finale Auftrag.

Nun ist alles getan! Nur nicht schwach werden, so oft hat er in Gedanken genau diesen Moment durchgespielt. Die Zeit dazwischen war mit einer Aufgabe erfüllt, da ist es leicht. Aber jetzt steht nichts mehr dazwischen, keine Verpflichtung!

Er setzt sich in den hintersten Waggon der U-Bahn und beobachtet die Menschen. Jeder ein Universum für sich, jeder ein vollkommenes Geheimnis. In sich gekehrt; abgeschlossene Systeme, deren Fähigkeit zur Versprachlichung ihrer Gedanken das Grundübel dieser Welt darstellt. Mit dem Felix hat er nie viel reden müssen und trotzdem hatten sie sich mehr zu sagen, als sich mit der Engstirnigkeit der Worte beschreiben lässt. Hier in der U-Bahn, da stehen sie, schweigend, angespannt und grimmig aneinandergepfercht, die Menschen, und genauso sind sie auch. Einander ausgeliefert werden sie echt, authentisch und ungeschminkt. Keiner will mit dem anderen etwas zu tun haben, keiner will den anderen zu nahe heranlassen.

So ist es. So ist es in den Familien, auf den Arbeitsplätzen, überall – Felix und er, sie waren eine Ausnahme. Hier gibt es für ihn nichts mehr, dieser Sitzplatz war sein letzter Aufenthaltsort in der Tiefkühltruhe der menschlichen Gesellschaft. An der Endstation steigt er aus, stellt den Kragen auf und marschiert los. Nach einiger Zeit nähert er sich dem verschneiten Hügel. Er wird noch ein Stück zu gehen haben. Monoton setzt er einen Fuß vor den anderen, die Spuren im Schnee verweht der Wind.

Der Anstieg auf den schneebedeckten Hügel strengt ihn nicht an, er fühlt sich immer freier und zufriedener, dann ist er am Ziel. Drohend baut sich vor ihm die eiserne Aussichtswarte auf. Die Metalltreppen geben ein dumpfes Geräusch von sich, 127 Stufen. Dann ist er oben, blickt zufrieden über die Stadt. Keine Menschenseele weit und breit.

Vorsichtig klettert er aufs Geländer, es ist breit genug, um stehen zu können. Der Wind streicht ihm sanft über das Gesicht, so wie das der Felix immer gemacht hat. Er nimmt den Abschiedsbrief vom Felix aus der Tasche und liest ihn noch einmal durch. Er kann die Worte längst auswendig, trotzdem empfindet er beim Lesen noch mehr Nähe. Fest drückt er die Aktentasche an seine Brust. Die letzten Zeilen spricht er mit:

„… Bis wir uns wiedersehen. In Liebe, dein Felix".

Dann lässt er sich fallen.

42

Lieber Willibald!

Du hältst meinen Brief in deinen Händen, und das bedeutet, du hast mich wiedergeboren. Aus dir bin ich neu entstanden – obwohl ich schon tot bin. Das Recht, mir den Tod zu wünschen, hattest gerade du, das weiß ich.

Wenn es für mein Verhalten dir gegenüber, vor allem während unserer gemeinsamen Schulzeit, eine Strafe gibt, dann hab ich sie da unten bei euch Lebenden schon tausendfach abgebüßt. Und wenn die Instanz da heroben der Auffassung ist, das hätte noch nicht gereicht, dann bin ich wahrscheinlich gerade damit beschäftigt, meine Strafe in Empfang zu nehmen. Aber das ist mir jetzt egal, denn du hast mich befreit, und kein anderer hätte das können! Befreit von der Lüge, die auf meinen Rücken und in meine Seele gebrannt wurde. Ich habe nie an dir gezweifelt, auch nicht zu Schulzeiten, nur war damals mein Neid größer. Mein Neid über deine Gaben und deine Leichtigkeit dem Leben gegenüber. Dir war es egal, was andere denken, und wie sehr wir dich auch gequält haben, du hast dich nie brechen lassen. Und ich wollte dich brechen, damit wir beide wenigstens irgendetwas gemeinsam haben.

Kannst du dich erinnern, einmal, als ich dich in der Mangel hatte, hast du mir ruhig in die Augen geschaut und gesagt: „Himmel und Hölle sind auf Erden zuhause. Du wirst das auch noch merken!" Du hattest Recht, Willibald. Die Hölle ist mitten unter den Lebenden, wir müssen uns vor dem Tod nicht fürchten. Es war ein alter Revolver aus meiner Militärzeit, mit dem ich mir selbst den Gnadenschuss gegeben habe. Bis sich der Schöpfer endlich meiner erbarmt, wollte ich nichts mehr seiner himmlischen

Launenhaftigkeit überlassen, davon hatte ich „bei Gott" schon genug.

Nun bin ich im Himmel, egal, was gerade mit mir passiert, du bist mein Engel der Apokalypse.

Gegenüber der Schule, aus Marios Wohnung, konnte ich dich jeden Tag vom Fenster aus beobachten. Und plötzlich war mir klar, dass du und Mario die einzige Hoffnung für mich bleiben. Ich hab euch beiden eine schwere Bürde übertragen. Mario war das Bindeglied zwischen dir und mir, der Überbringer meiner Botschaften.

Der Tod lässt nichts zurück, er nimmt alles mit, bis auf die irdischen Taten, an denen die Menschen dich messen. Alles Materielle ist bedeutungslos.

Ich bin als Mörder gestorben, und du hast mich freigesprochen. Diese Unschuld ist mein wertvollster Besitz, meine einzige Hinterlassenschaft an diese Welt. Und nichts ist mir wichtiger als dieses Erbe!

Bring bitte den beigelegten Brief zur beigelegten Adresse und umarme den Menschen, der dir die Tür öffnet, mit all der Güte und Liebe, die in dir steckt – ich vermag es nicht mehr!

Möge dein Leben mehr vom Himmel sehen!

Verzeih mir und hab Dank

dein Felix Dobermann

PS: Mario und ich vererben dir das sehr wertvolle antike Mobiliar unserer Wohnungen.

Der Metzger bleibt noch lange auf den Stufen sitzen, unfähig zu irgendeiner Handlung. Es gibt Momente, da rebelliert der Körper, weil jede Kraftquelle vom Gemüt in Anspruch genommen wird. Erst die schmerzenden

Warnsignale der vom kalten Stein tiefgekühlten Gesäß-
muskeln überzeugen ihn, dass eine Ortsveränderung
in seine Wohnung vielleicht auch seinem Gemüt nicht
schaden könnte.

Dort angelangt, setzt er fort, wozu er eigentlich nach
Hause gekommen ist. Der Metzger legt sich nieder, und
trotz der großen Traurigkeit, die ihn fest in ihrem er-
drückenden Würgegriff hält, schläft er ein, während es
draußen noch hell ist.

Als er wieder aufwacht, ist es draußen noch immer
hell, oder eigentlich schon wieder. Heimlich hat sich die
Nacht am Metzger vorbeigeschlichen. Ist ihm ziemlich
egal, Dunkelheit hat er ja die letzte Zeit zur Genüge kon-
sumiert.

Ein neuer Tag, und vor allem ein Willibald voll neuer Energie. Nicht unbedingt gut gelaunt, aber immerhin
wieder sicher auf den Beinen, hebt er schon nach dem
ersten Läuten den Hörer ab.

„Na, wie fühlst du dich, Metzger!" Eduard Pospischill
hört sich recht frisch und vergnügt an.

„Ausgeschlafen", antwortet der Gefragte.

„Ist nicht unbedingt eine Erleichterung, weil wenn
du ausgeschlafen bist, werden die anderen bis zur Er-
müdung auf Trab gehalten."

„Keine Sorge, Kommissar, meine Neugier ist ziemlich
gestillt!"

„Ich könnte dich da aber schon noch ein wenig an
meine Brust nehmen, nur zwecks Wissensvermittlung.
Bin schon wieder fleißig am Arbeiten. Seit gestern haben
wir, das Klima in der Wachstube betreffend, ein Besorgnis erregendes Hoch: Den Eder haben wir festgenom-
men, seit der Suchanzeige sind dutzende Hinweise eingegangen, nur der arme Herr Direktor hat nicht Zeitung
gelesen. Er hat schon bei der Verhaftung ziemlich fertig

ausgesehen, aber du müsstest ihn jetzt sehn, nach den Vernehmungen.

Und jetzt halt dich fest, wir haben auch schon den Sedlatschek und seit heute Morgen den Dobermann!"

„Erzähl!", sagt der Metzger trocken.

„Also der Sedlatschek hat seine Aussichten nicht ertragen und sich von der Franz-Ferdinand-Warte in die Tiefe gestürzt. Gefunden hat ihn erst ein Spaziergänger, da war er wahrscheinlich schon seit mindestens einem Tag gelandet. Um die Zeit und bei dem Wetter ist dort kaum eine Menschenseele. Neben der Leiche ist eine Aktentasche gelegen, und, stell dir vor, da waren lauter Briefe drinnen. Vom Dobermann an den Sedlatschek. Die müssen stockschwul gewesen sein! Immer war von meinem geliebten Mario oder meinem Engel die Rede und allesamt sind es Aufträge und Anweisungen, die mit dir in Zusammenhang stehen.

Der Dobermann hat alles akribisch geplant, sich dann offensichtlich selbst erschossen. Und der Sedlatschek hat wahrscheinlich die Leiche vor deinen Füßen abgelegt, den Dobermann dann mit dem Leichenwagen abtransportiert, dich dann offensichtlich mit den Materialien versorgt und sich nach deiner erfolgreichen Mission zu seinem Geliebten aufgemacht. Der hat in der Kühlkammer der städtischen Bestattung, fein säuberlich präpariert, auf ihn gewartet. Jetzt liegen sie beisammen in der Gerichtsmedizin.

Der letzte Auftrag an den Sedlatschek lautete, dir nach positiver Falllösung einen Brief zu schicken. Warst du schon beim Postkastel?"

„Ja."

„Und?"

„Ein Dankesschreiben, ein kleiner Auftrag und eine Erbschaft!"

„Bitte, nicht schon wieder ein Auftrag an dich!"

„Brauchst dir keine Sorgen machen. Ich soll nur ein versiegeltes Schreiben zu einer bestimmten Adresse bringen. Am besten wäre, du holst mich ab, und wir erledigen das sofort. Ist mir leichter, wenn du dabei bist!"

43

Wenig später sitzen die beiden in einem stattlichen Dienstwagen. Im Metzger regt sich die Überlegung, es könnten in den verborgenen Tiefgaragen des öffentlichen Dienstes einige Repräsentationsfahrzeuge herumstehen, die ausschließlich dazu dienen, Angestellten für die Dauer einiger Sonderfahrten das Selbstwertgefühl aufzupolieren. So darf beispielsweise ein Kommissar, nach erfolgreichem Einsatz, ein paar Runden mit so einem hinterradbetriebenen Vehikel durch die Gegend kurven. Die scheinbar logische Schlussfolgerung, im noblen Dienstwagen eines Politikers könne demzufolge nur ein fleißiger Staatsmann nach erfolgreichem Einsatz sitzen, funktioniert beim Metzger aber nicht! Gemäß Willibalds Theorie müssten die sich allesamt eigenständig per Drahtesel zum Bundestag, ins Parlament oder sonst wohin befördern.

Durch die getönten Scheiben zieht die verdreckte Stadt vorbei. Der Schnee ist längst einem grauen, feuchten Matsch gewichen, und bereits nach einigen Metern verschwindet der Glanz des frisch polierten Gefährts. Im Grunde ist so eine Aufbesserung der äußeren Erscheinung vergebene Liebesmüh, denn schon nach den ersten Schritten durchs Dasein führt das Leben seine unübersehbaren kosmetischen Eingriffe durch. Und es gewinnt immer, zum Glück!

So eine Versteigerung zum Beispiel wirkt für den Metzger meist wie ein Besuch im Wachsfigurenkabinett. Wenn aus einem Gesicht Lachfalten, Furchen und Altersflecken, sozusagen die Landkarten des Lebens, den feinen Wölbungen der plastischen Chirurgie gewichen sind, bleibt in diesem verjüngten Gesicht das ganze Alter in den Augen hängen. Und während die einen mit ihren

Augen noch lachen können, weil ihnen der entspannte Körper die Last der Jahre abnimmt, wird bei den anderen der gestraf(f)te Leib äußerlich von der Bürde der Zeit befreit, während aus den bis zur Verweigerung jeglichen Schmunzelns gespannten Augen ein verirrter, bemitleidenswert trauriger Blick nach dem verlorenen Ich Ausschau hält.

Die Vergötterung der ewigen Jugend hat für den Metzger ein wenig was von der Hölle auf Erden.

So wie die bittere Angelegenheit, bei der er die letzten Tage Regie führen durfte.

„Geht einem schon durch Mark und Bein, diese Geschichte!", beginnt der Pospischill.

„Wäre schön, wenn sie durchginge, Eduard. Ich hab aber das Gefühl, dass sie irgendwo in mir stecken bleibt. Momentan bearbeitet sie vorwiegend den Geschmacksinn, mir graust seither noch ein wenig mehr vor der Menschheit."

Im Grunde ist so ein Selbstmord eine Tragödie, doch obwohl der Metzger bis jetzt der Auffassung war, das mit dem Sterben wäre normalerweise eine überirdische Angelegenheit, fällt es ihm schwer, den freiwilligen Abgang der beiden ausschließlich dramatisch oder gar negativ zu beurteilen. Wenn Romeo und Julia ihrem Leben ein Ende setzen, bleibt beim Publikum, nach Konsum einer brauchbaren Vorstellung, am wenigsten das Unverständnis über ihren Freitod. Diese beiden adeligen, stinkreichen Teenager, samt ihren überschäumenden Empfindungen, wurden zum Symbol der Liebe ganzer Generationen. Da schickt ein genialer Dichter zwei junge Leute ins Jenseits, weil es den beiden nicht gelingt, ihre erst wenige Tage alte Liebe vor ihrem Umfeld zu behaupten, weil sie nicht innerhalb weniger Tage das bekommen, was sie gerne hätten, und den Zuschauer durchströmt eine Ahnung von „wahrer Liebe"!

Im Vergleich zu den Beziehungsproblemen und Bedingungen heutiger Jugendlicher sind die Sorgen der beiden verwöhnten Italiener, um bei Shakespeare zu bleiben, für den Metzger ein Lercherlschas.

Jetzt aber hat für den Willibald die „wahre Liebe" endlich zwei reife und ernst zu nehmende Gesichter bekommen, Felix und Mario. Zweifelsohne kein poetischer Titel. Geschichten, die das Leben schreibt, sind auch keine Poesie. „Das Leben beginnt dort, wo all die Liebesfilme aufhören", hat Willibalds Mutter gemeint, dann ist sie zu ihrer Scheidung spaziert.

Ein offizielles „Bis der Tod euch scheidet" war dem Dobermann und dem Sedlatschek, auf Grund ihrer sexuellen Neigung, zu Lebzeiten ohnedies nicht vergönnt. Hätte in diesem Fall auch denkbar schlecht gepasst, wo gerade der Tod das Verbindende ist.

„Ich glaube, wir sind da!"

Der Pospischill rempelt den dahingrübelnden Metzger und meint:

„Komm, bringen wir's hinter uns!"

Nachdenklich schaut der Restaurator zum Kommissar:

„Ich hab grad das Gefühl, dass wir vielleicht zu zweit zu viel sind. Lass mich allein raufgehen. Ich bin sicher, es wird nicht gefährlich!"

Ohne auf eine Antwort zu warten, steigt der Metzger aus und verschwindet in der Eingangstür des mehrstöckigen Wohnhauses. Bedächtig steigt er die Stufen hinauf, zweiter Stock, Tür 26. Am Gang stehen Kinderwägen und aus den verschlossenen Türen dringt neben dumpfen Stimmen der Duft frischen Kaffees. Es ist ein herkömmlicher Morgen im gleichmäßigen Leben der Bewohner dieses Blocks, nur für Tür Nummer 26 wird ab heute die gewohnte Sicht der Dinge verrückt.

Aus der Wohnung dringen Schritte, jemand ist zuhause. Der Name am Türschild erschreckt ihn nicht, er hat ihn erwartet. Dann läutet er.

Es dauert nicht lange, und eine junge Frau öffnet die Tür. Mit hellen Augen betrachtet sie den Metzger, von oben herab und trotzdem freundlich, einen ganzen Kopf größer als der unangemeldete Besuch. Sie lächelt. Einfach so. Sie haben sich noch nie gesehen, und dem Willibald wird einmal mehr bewusst, dass gegenseitige Bekanntschaft keine Bedingung für ein Lächeln ist.

Wortlos überreicht er ihr den Brief.

Sie lehnt sich an den Türstock, und langsam füllen sich die Augen mit Tränen. Dann weint sie, lautlos. Der Metzger hat so etwas noch nie gesehen. Ein lächelndes Gesicht, das weint.

Sie lässt ihre Hand sinken, und leise hört er sie flüstern.

„Er war mein Vater!"

44

Mit dem Rhythmus ist das eine komplizierte Angelegenheit. Vom Lebensrhythmus gar nicht zu sprechen! Ist man aber endlich mit den Gesetzmäßigkeiten des Tempos vertraut, versteckt sich hinter der monotonen Regelmäßigkeit die reinste Freude. Außer man gerät dabei in schwere Atemnot und muss, trotz völligen Taktverlustes, dennoch weiter Schritt halten.

Mit dem gleichmäßigen „Klack, Klack" neben dem Metzger verhält es sich nämlich, was die reinste Freude betrifft, etwas anders. Wegen der unbeirrbaren Konstanz wirkt es geradezu taktlos, beinah boshaft. Wie eine Kriegserklärung an Willibalds ohnedies schon überreizte Nerven hämmert es ein „Mir geht es gut" in den Schotterweg.

„Nett von dir, dass du dein Versprechen hältst und mit mir einen sportlichen Ausflug unternimmst, Willibald. Versuch vielleicht, die Stecken etwas weniger nachzuschleifen, sondern sie im Gleichklang zu deinen Schritten einzusetzen, dann könnten wir eventuell ein wenig schneller gehen!", meint ein hörbar entspannter Zwirnhofer mit fester Stimme. Mehr hat der Metzger jetzt nicht mehr gebraucht, mit hochrotem Kopf bleibt er stehen und meint:

„Ich brauch jetzt dringend eine Pause, Konrad! Sonst kannst du mich an meinen Stöcken nach Hause schleifen."

Die beiden setzen sich auf eine der zahlreichen Bänke am Wegesrand, deren ständige Anwesenheit für den Willibald die letzten 30 Minuten die reinste Folter war.

Sichtbar unterfordert betrachtet der Zwirnhofer seine Pulsuhr, drückt sie auf Stopp, stellt fest:

„Jetzt sind wir 30 Minuten unterwegs, Willibald, ich glaub, du solltest wirklich ernsthaft beginnen, regelmäßig Bewegung zu machen", und der Metzger weiß in diesem Augenblick, dass dieser aktive Streifzug in die Welt des Sports sein erster und letzter sein wird, eben ein Streifzug.

„Wie geht es Laura?", wechselt er geschickt das Thema.

„Recht gut, sie unternimmt demnächst gemeinsam mit ihrer Mutter einen Wochenendausflug, die beiden haben sich, glaub ich, sehr viel zu erzählen. Ich bin nur froh, dass meine Bernadette, Gott hab sie selig, nicht mehr mitbekommen musste, dass ihr geliebtes Enkerl gar nicht ihr Enkerl ist.

Meinen Verdacht hab ich ja vor ihr nie geäußert. Zwischen der Birgit Kitzler und mir war das immer eine unausgesprochene Übereinkunft. Ich hab's gewusst, sie hat gewusst, dass ich's weiß, aber wir haben nie darüber gesprochen. So wie das halt ist zwischen den Menschen.

Laura blüht richtig auf. Sie kann jetzt Frieden schließen mit ihrer Vergangenheit. Es gibt keinen Vatermörder, weil ja der vermeintliche Mörder der Vater ist. Und den Eder hat sie sowieso immer gemieden, sie muss ihm halt jetzt nicht mehr aus dem Weg gehen.

Was ist mit dir, Willibald, wirst du die Werkstatt schließen und deine neu entdeckte Bestimmung pflegen?"

„Ich werde die nächste Zeit wahrscheinlich in der Werkstatt verbringen, so fehlt mir meine Arbeit. Pflegen werde ich meine neu entdeckte Bestimmung ganz sicher, die hat aber weniger mit dem Kommissariat als mit der Schule zu tun. Wir könnten wieder ein Stückchen gehen, am besten Richtung Taxistand!"

Es gibt Dinge, die weiß man einfach. Auch wenn sie noch gar nicht geschehen sind. Dass wir alle einmal gehen müssen zum Beispiel, nicht nur zur Schule. Wie das mit dem Gehen sein wird, das wiederum wissen wir nicht. Und so frisst sich eine Mentalität der Neugierde durch unser Dasein, wie ein Wurm, der dieses eine Loch freilegen soll, durch das wir in die Zukunft sehen können. Manche frequentieren Wahrsager, manche begnügen sich mit dem Horoskop, manche fangen Fische und studieren ihre Gedärme, und manche kaufen sich ein Buch und lesen zuerst die letzte Seite. Das Leben, mit dem Wissen um das Ende, ist genetisch tief verankert im menschlichen Wesen, wahrscheinlich versuchen wir deshalb, die übrigen Ungewissheiten mit dem Experiment der Vorausschau zu überholen: mit den Wetteraussichten, dem Fernsehprogramm, den Aktienkursen, den Wahlstatistiken, der Wahrscheinlichkeitsrechnung, den Unfall- und Lebensversicherungen und der heute zu kaufenden Zeitung von morgen.

Nun gibt es aber Dinge, die weiß man einfach, auch ohne Vorschau. Nicht im Kopf, sondern im Bauch!

Mit der besten Flasche Wein steht der Metzger an der Rückseite seines ehemaligen Gymnasiums, vor der Eingangstür zur Schulwartwohnung. Und er muss nicht zuerst die letzte Seite lesen, um voll Zuversicht die erste aufschlagen zu können. Tief in seinem Bauch spürt er dieses wohlige Gefühl, und beruhigend flüstert es: „Sie ist die Richtige." Welches Ende diese Geschichte nehmen wird, ist für den Willibald unbedeutend, wichtig ist, dass sie nun endlich beginnen kann.

Thomas Raab
Der Metzger sieht rot
Kriminalroman
336 Seiten
HAYMON taschenbuch 274
ISBN 978-3-7099-7920-4

Sport ist Mord, das hat der Metzger schon immer gewusst.
Für seine geliebte Danjela geht er trotzdem zu einem
Fußballspiel. Leider spielt diesmal auch der Sensenmann mit –
und verübt ein grobes Foul: Für den nigerianischen Tormann
endet das Match bereits vor dem Schlusspfiff, er bricht
plötzlich tot zusammen.

Und als wäre das noch nicht genug, gerät Danjela, weil
sie ihre Neugier nicht bezähmen kann, am nächsten Tag in
allerhöchste Gefahr. Das wird ein Nachspiel haben!
Morbid, spannend und voll von wortwitzigem Wiener
Schmäh: Der Metzger is Kult!

„witzig, charmant, mit unverkennbarem Zug zur Wuchtel"
Format